她的身體與其它派對

HER BODY & OTHER PARTIES

目次

為丈夫縫的那一針

如果你是把這個故事大聲讀出來，請遵照以下讀音指示：

我：小孩階段，用尖銳、容易讓人遺忘的聲音；女人階段，一樣。

那名會長成男人、並成為我配偶的男孩：總是偶然撞見好運般的有力聲音。

我的父親：親切、洪亮；就像你的父親，或像你渴望是自己父親的那個人。

我的兒子：小孩階段，溫和，發音時ㄙ和ㄘ會有輕微不分的問題；男人階段，就跟我的丈夫一樣。

所有其他女人：跟我自己的聲音沒差別，就算交換使用也不會有人察覺。

早在他還沒要我的一開始，我就知道我要他，這種事不是說要就能要到，但我打算憑著這股鬥志得到。當時的我十七歲，正和爸媽在鄰居的派對上，我在廚房喝了半杯白酒，身旁是鄰居正值青春期的女兒。我爸沒注意我在幹嘛。我感覺身旁一切彷彿被上了柔焦，就像剛畫好的油畫。

這男孩沒面向我。我看見他脖子跟上背的肌肉，他就像盛裝參加舞會的臨時工，肌肉美妙撐緊了那件排扣襯衫，而我就像煞不住的車想往他身上撞去，倒不是我沒其他人可選。我很美，我的嘴很漂亮，我的乳房以一種既純眞又變態的方式幾乎要從洋裝領口撐出來。我是個好女孩，出身好家庭。他質地卻有點粗糙，男人有時候就是會這樣，而我就是想要。他似乎跟我一樣渴望。

我曾聽過一個故事，某個女孩要求情人做的事太骯髒，被情人告訴了她的家人，結果他們就找人把她架進療養院了。我不知道她提出的享樂要求有多偏差，但實在太想知道了。到底是一件多麼神奇的事，能讓人想要成這樣？甚至只是因爲提出要求，大家就把你從我們所知的世界給拔除？

這男孩注意到我了。他看起來人很好，有點慌張。他說了哈囉，還問了我的名字。

我一直想親自決定屬於自己的人生重要時刻，而我選擇這一刻。

在露臺上，我吻了他。他也吻了我，一開始非常溫柔，然後變得比較激烈，他甚至嘗試用舌頭推開我的雙唇，我對此感到驚訝，然後我想，或許他也很驚訝吧。我在黑暗中想像過很多事，就在我的床上，就在那條厚重的老舊毯子底下，但從沒想像過這種事——然後我呻吟起來。他把身體拉開時似乎嚇壞了，眼神四處晃了一下，最後停在我的喉部。

「那是什麼？」他問。

「噢，這個嗎？」我摸了摸脖子後方的緞帶。「就是我的緞帶。」我的手指在綠色、光滑的緞帶上滑了半圈，最後停在前方那個綁得緊緊的蝴蝶結上。他伸出他的手，我抓住蝴蝶結，推往一邊。

「你不該碰這個，」我說。「你不能碰這個。」

進屋之前，他問能否再跟我見面。我跟他說我很樂意。那天晚上，在我睡前，我又想像了他一次，他的舌頭推開我的雙唇，我用手指滑過身體，想像是他在身體上頭，那些令人喜悅的肌肉和慾望呀，我知道我們之後一定會結婚。

❖

我們要結婚。我是說，我們之後會結婚。但首先他在一片黑暗中把我帶上他的車，然後開到一座邊緣充滿沼澤、導致常人難以接近的湖泊。他吻我，一隻手握住我的乳房，我的乳頭在他的手指撫觸下堅硬起來。

在他眞的開始進行之前，我其實不太確定會發生什麼事。他又硬又熱又乾，聞起來像麵包，而就在他擊破我時我尖叫，我像在海中迷航一樣緊抓住他。他的身體緊扣住我的身體，然後推進、推進。就在結束前，他把自己退出來，然後在血的妝點下完成一切，我的血。我因爲那樣的韻律、他確切表現出的渴求，以及最後清楚明瞭的釋放，而感到讚嘆、興奮。完事之後，他癱坐在座位上，我可以聽見湖邊的聲響：那是潛鳥和蟋蟀，另外，還有像是斑鳩被抓住的慘叫。風從水面捎來涼意，讓我身體冷卻下來。

我不知道現在該怎麼辦。心臟彷彿在腿間跳動。好痛。在我想像中，做這種事的感覺應該很好才對。我用手撫摸自己的身體，似乎從遙遠的某處得到幾絲愉悅。他的呼吸緩了下來，然後我意識到他在觀察我。我的皮膚在窗戶射入的月光下發亮。當我發現他正在看，我知道自己可以攫住那份愉悅，像一顆氣球快要飄走，但我還能用指尖去挑弄線的尾巴。所以我扭動身體、呻吟，終於緩慢、平順地攀過了感官的高峰，過程中始終咬著舌頭。

「我需要更多，」他說，卻沒起身做些什麼。他望向窗外，我也是。**任何人事物都可能在外面那片黑暗中徘徊**，我想。比如一名有著鉤子手的男人；一名永遠重複同樣行程，如同幽靈一樣想搭便車的旅人；一名因為孩童吟唱兒歌，被從鏡中休憩狀態召喚出來的老婦人。所有人都知道這些故事——應該說，大家都不認識他們，卻都說過這些故事——但也沒人真正相信這些故事。

他的眼神飄到水面上，然後又回到我身上。

「妳的緞帶是怎麼回事呢？」他說。

「沒什麼好說的。那就是我的緞帶。」

「我可以摸嗎？」

「不行。」

「我想摸。」他說。他的手指抽搐了一下，我緊閉雙腿，身體坐得更直。

「不行。」

有什麼在湖裡使力、翻騰出水面，接著又趴搭一聲掉回水裡。他轉頭望向聲音來源。

「是條魚。」他說。

「之後吧，」我告訴他，「我會跟你說這座湖和其中生物的故事。」

他對我微笑，用手摩擦下巴。一絲血跡沾上他的皮膚，但他沒注意，我什麼都沒說。

「我很想聽唷。」他說。

「帶我回家。」我告訴他。他像個紳士一樣照做了。

那天晚上，我沖洗自己。流在腿間的柔滑肥皂泡沫是鐵鏽色，但我從未感到如此煥然一新。

我的爸媽非常喜歡他。他們說他是個好男孩，會成爲一個好男人。他們問了他的職業、他的嗜好，還有他的家人。他用力握了我父親的手，還說了讓我母親像小女孩一樣咯咯尖笑又臉紅的恭維話。他一週會來拜訪兩次，有時候三次。我母親會邀請他來吃晚餐，而在我們吃飯時，我會興奮地把指甲掐進他的腿肉裡。在碗中的冰淇淋都化成水之後，我會告訴爸媽我要跟他去外頭小巷散步。我們穿越夜色，雙手甜蜜緊握，終於走到看不見房子的地方。然後我把他拉進樹林，找到一片空地，立刻扭動身體脫下褲襪，雙手及膝蓋跪在地上，將自己奉獻給他。

我聽過所有像我這類女孩的故事，也不怕製造出更多故事。我聽到他長褲褲頭金屬扣環的敲擊，還有落到地面前的「咻」，然後感覺到他那半軟半硬的傢伙頂著我。我求他——「別光是逗我」——他立刻回應了我的要求。我悶哼著壓向他的身體，我們就在那片空地上搞了起來，我因爲享受而呻吟，他因爲走了好運而呻吟，兩人的呻吟交纏又消散在夜色中。我們都在學習，他和我都是。

我們立了兩條規則：不能射在裡面，也不能碰我的綠色緞帶。他射在泥土地上，**滴**、**滴**、**滴**，就像甫落下的雨水。我繼續撫摸我自己，但剛剛撐住泥土的手指髒兮兮。我拉起內褲和長襪。他發出聲音，又用手指了指，我才發現尼龍襪底下的膝頭也沾滿泥土。

我把長襪拉下，撥掉泥土，接著再穿起來。我整平裙子，重新把頭髮夾好。他因爲剛剛太過賣力，一綹髮絲從往後梳整的鬈髮中翹了出來，所以我幫忙塞回去。我們往下走到溪邊，我把手放入水流，直到雙手再次潔淨如新。

我們散步走回屋內，手臂純潔地挽在一起。我母親已在屋內煮好咖啡，我們圍坐一圈享用，我父親開始問他跟生意有關的事。

如果你是把這個故事大聲讀出來，那麼，在重現空地上的聲響時，最好的方法就是深深吸一口氣，憋住好長一段時間，接著一次把所有空氣吐出來，讓胸口像座積木塔般瞬間崩塌後散落一地。然後再做一次，再做一次，不停縮短憋氣及吐氣之間的時間。

❖

我從小就愛說故事。當我還是個小女孩時，母親帶我去購物，結果我在農產品貨架旁的走道不停尖叫著「腳趾頭」。我一邊在空中狂亂踢腿，一邊捶打母親瘦巴巴的背部，許多憂心忡忡的女性全轉頭盯著我看。

「是馬鈴薯！」她在我們回家後糾正我，「不是腳趾頭！」她要我在椅子裡坐好——那是一張專門爲我訂做的椅子，是小孩子的尺寸——乖乖等我爸回來。但才不呢，我看到那些腳趾頭了，那些蒼白又血淋淋的斷趾，就混在馬鈴薯赤褐色的塊莖中。我用食指指尖戳了一下其中一個，冷得像冰，還因爲我的觸摸而稍微有壓陷的感覺，就像水泡。當我向母親重複這個細節時，她眼球內的液體背後閃現了些什麼，彷彿一隻受到驚嚇的貓。

「妳待在那裡別動。」她說。

我的父親晚上下班回來，聽了我的故事，聽了其中每個細節。

「妳見過巴恩斯先生，對吧？」他問我，巴恩斯先生就是經營那間超市的老先生。

我見過他一次，也這麼回答。他的頭髮就跟降雪前的天空一樣白，而爲店面櫥窗畫上店招牌的則是他妻子。

「爲什麼巴恩斯先生要賣腳趾頭呢？」我父親問。「他從哪兒弄來的呢？」

我年紀小，對墓地和停屍間毫無概念，所以答不出來。

「就算他眞從哪兒弄來了一些腳趾，」我父親繼續說，「把腳趾頭混在馬鈴薯裡賣，能爲他帶來什麼好處？」

腳趾頭就在那裡呀，我親眼看見了。但在我父親耀眼的邏輯推論底下，我覺得我的疑慮被解開了。

「最重要的是，」我父親洋洋得意地提出了最後一項關鍵證據，「爲什麼除了妳，沒有其他人注意到那些腳趾頭呢？」

若是身爲一名成年女性，我會跟父親說，世界上有許多事情眞實發生時，是只有一雙眼睛看見的。但身爲一名女孩，我同意他說的那個故事，並在他把我從椅子裡抱出來、親吻我、打發我走開時，也跟著笑開。

大家並不會覺得由女孩教導她的男孩不正常，但我只是讓他知道我的需求，以及睡著時在我眼皮內面上演的各種畫面。於是他後來知道，當慾望正流經我體內，我臉上所閃現的微妙神色，而我也對他毫無隱瞞。當他說他渴望我的嘴，渴望我的頸項，我便教導自己別在過程中作嘔，要把他的一切吞下去，同時因爲那股鹹腥味而呻吟出聲。當他問起我最可怕的祕密時，我告訴他有個老師把我藏在衣櫃裡，然後在其他人離開後逼我握住他的「那裡」，我回家後花了好大把勁用鋼絲絨把自己的手刷到流血；那份回憶喚起了過往的怒氣與羞恥感，導致後來我做了一個月的噩夢，但我還是說了。而在我十八歲生日的前幾天，他要我跟他結婚時，我也說了好，好，太好了，然後在公園的長板凳上，坐在他大腿上的我用裙子把兩人蓋住，以免路人意識到我們正在底下幹的好事。

「我覺得我已經很了解妳了，」他對我說這句話時，一個指節已經伸了進去，同時努力不讓自己喘得太厲害。「而現在，我將了解妳的一切。」

有個故事，內容是個女孩被同儕挑釁，問她敢不敢在天黑後冒險進入當地墓園。而她愚蠢的地方在於：當他們告訴她，若晚上站在某人墳墓上，死者會從土裡伸手把她扯下去時，她竟不屑一顧。不屑一顧通常是女人犯的第一個錯誤。

「人生太短，東怕西怕也太浪費時間，」她說，「我證明給你們看。」

驕傲是她犯的第二個錯誤。

她做得到，她堅持，這種厄運不可能降臨到她身上。所以他們給了她一把刀子，好讓她插在結霜的地面，當作到過那裡的證據，同時證明她的理論。

她到了墓園。有些人會說她隨機挑了座墳墓，我想她應該是選了座很老的墳，之所以這麼選，是因爲她多少有點自我懷疑，而且隱隱相信若她錯了，一具剛死又血肉完整的屍體，畢竟比一世紀前的屍體危險多了。

她跪在墳上，把刀子深深插入地面。就在起身準備跑開時——反正不會有人因此看出她的恐懼——她卻發現自己逃不開。有什麼抓住了她的衣服。她尖叫後跌倒在地。

早晨來臨時，她的朋友們來到墓園，發現她倒在墳墓上，死了，堅韌的羊毛裙被刀子釘死在地面。她究竟是被嚇死的？還是冷死的呢？然而這些問題等她爸媽到場時還要緊嗎？她的看法確實沒錯，但也無關緊要了。在此之後，所有人都相信她一心求死，即便她就是因爲太想活下去才死的。

就結果而言，若一個女人看法正確，正是她所犯的第三個、也是最糟糕的錯誤。

我爸媽對這場婚事非常滿意。我母親說，雖然現在的女孩流行晚婚，但她可是在十九歲就跟我爸結婚，也很高興自己這麼做了。

我在選婚紗時想起一個故事，有個年輕女孩希望跟愛人一起去舞會，但買不起洋裝。她在一間二手商店買了件優美的白色小禮服，舞會後卻生病離世。醫生最後檢驗發現，她是因爲暴露在防腐液中而死。原來有個手腳不乾淨的殯葬業助理，把某具新娘屍體身上的新娘洋裝偷來賣。

這個故事的道德教訓，在我看來，就是貧窮能殺人。我在禮服上花的錢比原本規畫的更多，但禮服確實很美，而且再怎麼說，多花點錢也好過因禮服而死。我把禮服摺好，收進嫁妝箱時，想到曾有人說有個新娘在婚禮當天玩捉迷藏，躲進閣樓一隻舊箱子，結果蓋子一瞬間密合緊閉，打不開了。她就被困在那裡直到死去。人們一直以爲她逃婚了，直到多年後，才有名女僕在箱中發現穿著禮服的她，而骸骨就這麼折疊蜷縮在箱內陰暗的空間中。新娘在故事中的下場向來很糟。這些故事總能嗅出幸福之所在，然後像蠟燭的火焰般，把幸福吹熄。

我們在四月結婚，那是個冷得不合季節的下午。他在婚禮前跑來看我，我當時已穿上禮服，但他堅持親吻我，還把手探進我的緊身馬甲內。他硬起來了，我要他盡情使用我的身體。我順著當下情勢棄守了我的第一條規則。他把我推到牆上，爲了穩住身體，單手撐在我喉嚨邊的磁磚上。他的大拇指掃過我的緞帶。他的手沒動，而在我體內苦幹時，他說，「我愛妳，我愛妳。」我不知道在這座聖約翰教堂，自己是不是第一個走向聖壇時，有精液沿著腿流下來的女性，但我喜歡想像自己正是那第一位。

至於蜜月，我們去了趟歐洲。我們不有錢，但還是想辦法湊合著成行。歐洲是一片充滿故事的大陸，而我在一次次的婚後性愛間得知了這些故事。我們從繁忙且歷史悠久的大都會，玩到阿爾卑斯山那片幽靜中的小村莊，然後又回到大都會，又是啜飲烈酒，又是用牙齒把燒烤肉排上的肉從骨頭扯下，又或者吃著德國麵疙瘩、橄欖、義大利餃和一種我不知道名字，但每天早上都迫不及待想吃的充滿奶香的穀類食物。我們買不起火車上的臥鋪座位，但我丈夫賄賂了一名乘務員，好讓我們在空房間待上一小時，因此我們在萊茵河上搞了好幾次；我丈夫把我固定在搖搖晃晃的床架上，嘶吼聲比我們所跨越的那些山脈還原始。我明白自己體驗的不是全世界，但卻是第一次見識到的這世界的一部分。我感覺到各種生龍活虎的可能性。

如果你是把這個故事大聲讀出來，為了發出火車行進及性愛導致床受撞擊的聲響，你可以不停扭動金屬摺疊椅的絞鍊。等累了之後，對距離最近的人哼唱你只記得一半歌詞的老歌，同時心裡想著對孩子唱的搖籃曲。

我的月經在旅行回來後立刻停了。某天晚上，當我們在床上狠狠搞過一輪，癱在床上，我把這事告訴了丈夫。他真的很開心，整張臉彷彿在發光。

「一個孩子呀，」他說，同時雙掌交錯枕在頭下。「一個孩子呀。」他安靜了好長一段時間，我以爲他睡著了，但望向他時，發現他正張眼瞪向天花板。然後他翻過來，側身躺著，凝視著我。

「所以孩子也會有緞帶嗎？」

我感覺自己的下巴繃起來，一隻手無法克制地開始玩弄我的蝴蝶結。我的心思在幾個答案之間跳來跳去，最後選定一個最不會讓我產生怒氣的答案。

「現在還很難說。」我終於這麼告訴他。

就在那一刻，他用手撫摸過我的喉頭，嚇壞了我。我用雙手擋開他，但他一隻手使力抓住我的手腕，另一隻手開始撫摸我的緞帶。他使勁用大拇指按壓那條滑順的緞帶，輕巧撫觸蝴蝶結，彷彿正在愛撫我的核蕊。

「拜託，」我說。「拜託不要。」

他似乎沒聽到。「拜託，」我又說了一次，這次聲音比較大，還一度有點沙啞。

他當時就能動手，如果他選擇這麼做的話，當時就能解開那道蝴蝶結。但他放開了我，翻身躺回床上，彷彿什麼事都沒發生過。我的手腕疼痛，只能不停揉著。

「我需要喝杯水。」我說。我起身走向浴室，把水龍頭開著，然後發狂似地檢查我的緞帶，睫毛上沾滿眼淚。蝴蝶結依舊繫得緊緊的。

我很喜歡一個故事：有對拓荒者夫妻被野狼咬死，鄰居發現他們的屍體被大卸八塊，屍塊四散在小木屋周圍，卻始終沒找到他們襁褓中的女兒。生死未卜。有人宣稱看到那女孩在狼群間奔跑，而且就跟她的所有同伴一樣，都在野地上奔放、兇猛地奔馳著。

每次只要有人看見她，關於她的消息就會在當地的部落間傳開。在某座冬季的森林中，她恫嚇了一名獵人——其實與其說受到恫嚇，還不如說是看到一個全裸小女孩露出牙齒，發出令他骨膚爲之震顫的原始嚎叫，因而嚇了一大跳。這樣一名剛進入適婚年齡的年輕女性，竟還試圖征服一匹馬。甚至有人看到她徒手撕開一隻雞，羽毛因此如同爆炸開來一般飛散。

許多年後，據說曾有人看到她在河邊的燈芯草中休息，正給兩隻小狼哺乳。我喜歡想像牠們是由她的身體產出，於是就那麼一次，狼的血脈玷汙了人類。牠們當然把她的乳房給咬得血跡斑斑，但她不介意，因爲牠們屬於她，只屬於她。我相信當牠們的口鼻和牙齒壓在她身上時，她有一種受庇護的感受，並擁有任何地方都無從尋得的平靜。她跟狼群一起生活一定比身處他方更好。對此，我非常肯定。

幾個月過去，我的肚子大了起來。我們的孩子在我體內激烈游動，又是踢，又是推，又是抓。我常會在公共場合倒抽一口氣，跌跌撞撞走到一邊後緊抱住肚子，咬牙小聲要求「我的小東西」住手。曾有一次，我在公園裡走路時絆了一下，也就是一年前丈夫向我求婚的那座公園，然後直接跪在地上用力喘氣，幾乎要啜泣出聲。有個路過的女人扶我坐起身，給了我一些水喝，還跟我說第一次懷孕的經驗總是最糟的，但會隨著時間改善。

確實是最糟的，但除了體態改變，還有許多其它原因。我會對我的孩子唱歌，也會思考以前那些太太老愛說胎位高低所代表的意義。我體內懷的是個男孩嗎？跟他父親長得很像的男孩？還是一個女孩？一個能融化之後我們其他兒子的心的女兒？我沒有手足，但我知道長女通常能軟化弟弟的個性，弟弟則會保護她們，好讓她們不用面對這個世界的險惡——光想到這種可能性，我的心就雀躍起來。

我的身體正以我毫無預期的方式出現改變——我的乳房變大、變熱，我的肚皮上出現淺白的妊娠紋，就跟虎皮紋路一樣，只是深淺相反。我覺得自己好巨大，但丈夫對我的慾望似乎出現了新的樣貌，彷彿由於我的體型改變，我們那張性癖好清單上的每個項目都因此換上新裝。而我的身體也對此做出回應：無論是在超市排隊，還是在教堂領聖餐，我都出現一種全新的猛烈渴望，就連最輕微的挑逗都能讓我又濕又脹。我的丈夫每天回家，都會在腦中列出渴望從我身上獲得的一切，而我非常樂意滿足他，甚至提供更多，畢竟打從一大早買了麵包和胡蘿蔔之後，我就一直處於即將高潮的邊緣。

「我是這世上最幸運的男人了。」他用雙手拂過我的肚子。

每天早晨，他親吻我、愛撫我，有時會在早餐的咖啡和吐司之前佔有我。他出門上班時腳步輕盈，下班時帶回來一句句廣告標語般的宣言。「爲我的家賺大錢，」他說。「爲我們的幸福賺大錢。」

我在半夜開始陣痛，體內每一吋痛楚都彷彿得先絞扭成一個駭人聽聞的死結，然後才會緩解。自從湖邊那一晚以來，我從未尖叫地如此慘烈，但理由跟當時完全相反。此時此刻，得知孩子即將到來的喜悅，已經完全被強悍不休的痛楚給瓦解了。

我生了二十小時。過程中幾乎要把我丈夫的頭扭下來，不過嘶吼出的髒話似乎沒嚇到護士。醫生非常沮喪，但很有耐心，不停窺看我的腿間，額頭上的白色眉毛扭曲出讓人難以解讀的摩斯密碼。

「怎麼了？」我問。

「呼吸。」他命令我。

我很確定，要是再過一段時間，我就會把我的牙齒磨成碎末了。我以眼神向丈夫求救，他親了親我的額頭，然後問醫生到底發生了什麼事。

「我無法確定這次能自然產，」醫生說。「我們或許得動手術把孩子接生出來。」

「不，拜託，」我說。「我不希望這樣，拜託。」

「如果不快點出現其它動靜的話，我們就得動手了，」醫生說。

「這樣做或許對大家都好，」他抬頭往上看，我幾乎確信他正在對我丈夫眨眼，但畢竟疼痛讓我很難判斷情勢。

我已經跟我的小東西講好了，在心中講好了。**小東西**，我心想，**這是最後一次只有你和我兩人一起攜手努力了。請不要逼我們把你從我體內切出來**。

小東西在二十分鐘後出生了。他們還是得切一刀，但不是像我恐懼的切在肚子上。醫生把手術刀拿到我下方，而我只感覺被輕微地扯了一下，或許他們也眞的只是扯了一下。等孩子被放進我的懷抱，我從頭到腳看著那個皺巴巴的小身體，顏色就跟太陽下山時的天空一樣，上頭還沾染著血。

沒有緞帶。是個男孩。我開始啜泣，收緊手臂把沒被做上記號的嬰兒緊抱在胸口上。護士向我示範如何哺育他。我感受到他在喝奶，又看到他蜷曲的指頭每根都像小小的逗號，心裡覺得好快樂。

如果你是把這個故事大聲讀出來，拿把削皮刀給聽眾，並要求他們把食指和大拇指之間薄薄的皮膚割開。之後，感謝他們。

有個故事說，某個正要生產的女人遇上疲勞的值班醫生。有個故事講的是某個女人自己就是早產兒。有個故事講的是某個女人的身體堅持不讓孩子出去，醫生只好剖腹拿出孩子。有個故事講的是某個女人聽說有個女人祕密生下了小狼崽。你只要想一想，這些故事就像雨滴入池塘般匯流起來。每個雨滴都來自不同雲朵，但只要它們匯流在一起，就很難分辨它們的不同。

如果你是把這個故事大聲讀出來，拉開窗簾，向你的聽眾展示最後這項論點。屆時外面一定在下雨，我保證。

他們把嬰兒抱走，好治療我被切的那一刀。他們給了我一些讓我想睡的藥物，透過一個面具輕柔推送入我的口鼻。丈夫一邊握著我的手，一邊跟醫生閒扯著玩笑話。

「多縫那一針要價多少？」他問。「你提供這種服務，對吧？」

「拜託別這樣，」我向他開口，但聽起來口齒不清、內容扭曲，而且很可能只像一聲小小的呻吟。兩個男人都沒把頭轉向我。

醫生咯咯笑。「你不是第一個——」

我滑下一個漫長的通道，接著再次浮出表層，但仍感覺被某種厚重陰暗的事物覆蓋著，像一層油。我覺得快要吐了。

「——傳言說就像——」

「——就像處——」

接著我醒來了，徹底清醒，我的丈夫不見人影，醫生也不見人影。而嬰兒呢？嬰兒在——

護士把頭伸進門內。

「妳丈夫剛去買咖啡喝，」她說，「嬰兒在搖籃裡睡著了。」

醫生跟著護士走進來，正用一塊布擦拭雙手。

「妳都被縫好了，完全不用擔心，」他說。「又好又緊，所有人都很滿意。護士會跟妳談恢復期間要注意的事項。妳得休息一段時間。」

嬰兒醒了。護士把他從襁褓中抱起，放入我的懷抱。他好漂亮呀，我甚至得提醒自己別忘了呼吸。

我每天都稍稍恢復一點。移動速度很慢，也會痛。我的丈夫想過來碰我，但我把他推開。我想回復以前的生活，但眼下就是無法達成。爲了照顧我們的兒子，我幾乎無時無刻都得帶著疼痛起床、哺乳。

接著某一天，我用手服務他，他非常滿意。我才意識到，即便自己無法被滿足，仍有辦法滿足他。大約在兒子第一次生日時，我終於復原到足以在床上接受丈夫的愛了。他碰觸我，正如我一直以來希望被塡滿的那樣塡滿我時，我因喜悅而啜泣。

我的兒子是個好孩子。他不斷長大、長大。我們嘗試再生一個，但我懷疑那個小東西已經在我體內造成極度毀滅性的損害，導致我的身體無法再收容另一個孩子。

「你眞是個糟糕的房客呀，小東西，」我對他說，一邊把洗髮精揉入他的細緻棕髮，「我眞該沒收你的押金。」

他在水槽裡到處拍出水花，因爲喜悅而嘎嘎大笑。

我兒子也會碰觸我的緞帶，但不會讓我害怕。他覺得那就是我的一部分，對他而言，緞帶跟我的耳朵、手指差不多。緞帶讓他愉快，而且是一種不包含渴望的愉快，這點讓我非常開心。

我不知道丈夫是否因爲無法再有孩子而難過。他把憂傷封鎖在心底的程度很徹底，正如他完全展現所有慾望的徹底。他是個好父親，他愛他的兒子。下班之後，他們下棋、在院子裡奔跑。兒子太小，還不能接球，但我丈夫會在草地上耐心把球滾給他，而我們的兒子會把球撿起來，再次丟到地上，然後我的丈夫會示意要我看，大叫著說，「看啊，看！有看到嗎？他很快就能丟球了。」

在我所知與母親相關的故事中，這個最眞實：一名年輕的美國女孩和母親去了巴黎，但在巴黎時，母親開始不舒服。她們決定入住一間旅館，好讓母親休息幾天，而女兒也立刻找來醫生爲母親評估狀況。

簡單檢查後，醫生告訴女兒，她母親只需要吃點藥就行了。他把女兒帶上一台計程車，用法語給了司機指示，並向女孩解釋，司機會把她帶到他的住處，而他妻子會給她該給的藥品。車子往前開呀開了好長一段時間，女孩終於抵達目的地，但對醫生妻子令人難以忍受的慢手慢腳感到挫敗，因爲她當時還小心翼翼把藥粉組裝入膠囊。等她回到計程車上，司機卻開始在街上亂開，有時還在同一條大道上迴轉兩次。她沮喪到不行，下了計程車後徒步走回旅館。終於回到旅館後，櫃台人員卻說沒見過她。她跑到母親正在休息的房間，卻發現牆面顏色不一樣，裝潢也跟她印象中不同，當然也沒見到母親的人影。

這個故事有好幾個結局。根據其中一個結局，這女孩令人敬佩地堅持己見，確定自己沒錯，所以在附近租了個房間，監視這間旅館，最後色誘了一名在旅館洗衣間工作的年輕男子，才發現了眞相：她母親是因爲染上具有高度傳染性的致命疾病而死，而早在女兒被醫生打發離開旅館沒多久，母親就已離世。爲了避免引起全市恐慌，職員把她的屍體移到其它地方掩埋，重新粉刷、裝潢房間，還賄賂了所有相關人員，要求他們否認見過這對母女。

在另一個版本的結局中，女孩在巴黎街上遊蕩了好幾年，她深信是自己瘋了，是自己在早已生病的心智中，去想像出母親及她和母親一起度過的人生。這個女兒在不同旅館間顚簸前行，困惑、憂傷，但也說不出是爲了誰而憂傷。每次她只要被門房趕出旅館，她就因爲失落了些什麼而啜泣。她母親死了，但她並不知道。她得在死後才能眞正知道母親已經死了，但這點要成立，也得你相信天堂存在才行。

我想你已經很清楚這個故事的寓意了，不用我告訴你。

❖

我們的兒子五歲開始上學，我認得他的老師，因爲她就是那天在公園蹲下來協助我，還預見我之後懷孕會比較順利的那個人。她也記得我，所以我們在走廊聊了一下。我告訴她除了這個兒子之外，我們沒再生孩子，而現在他開始上學，我的日子要變得既懶散又無聊了。她人很好。她說若我想找點事情打發時間，當地大學有開一門很不錯的女性美術課。

那天晚上，等兒子上床睡覺後，我丈夫把手越過沙發，滑上我的腿。

「來我這裡，」他說，我感到一陣喜悅的痠麻。我滑下沙發，一邊愛漂亮地整平我的裙子，一邊用膝蓋著地，窸窸窣窣地往他的方向移動。我親吻他的腳，用手沿著他的皮帶撫摸，扯開皮帶扣，然後把他的傢伙整個吞進去。他撫摸我的髮絲，輕揉我的頭，一邊呻吟一邊壓入我。我沒有意識到他的手已經滑到我的脖子後方，直到他嘗試把緞帶纏在手指上，我才倒抽一口氣，迅速退開，往後跌倒之後瘋狂檢查我的蝴蝶結。他還坐著，那地方因爲我的口水而滑溜溜的。

「來我這裡，」他說。

「不要，」我說。「你會碰我的緞帶。」

他起身，把上衣塞進褲頭，拉起拉鍊。

「身爲妻子，」他說，「不該擁有丈夫不清楚的祕密。」

「我什麼祕密都沒有。」我告訴他。

「緞帶呢？」

「緞帶不算什麼祕密；緞帶只是屬於我。」

「妳是出生就有緞帶的嗎？爲什麼是在喉嚨那邊？爲什麼是綠色？」

我沒回答。

他沉默了好長一段時間。接著說，

「身爲妻子不該有祕密。」

我的鼻子開始發熱。我不想哭出來。

「我已經把你要求的一切都給你了，」我說。「就不能讓我把這留給自己嗎？」

「我想知道。」

「你以爲你想知道，」我說，「但其實你不想知道。」

「爲什麼妳要瞞著我？」

「我沒瞞著你。那就只是不屬於你。」

他從沙發移下，靠我非常近，我聞到波本威士忌的味道後往後退開。吱嘎一聲，我們一起抬頭，看見兒子的腳消失在樓梯頂端。

當天晚上，我丈夫帶著火燙的怒氣入睡，然而一旦眞正開始作夢，那股怒氣就消散無蹤。我好長一段時間都醒著，就聽著他的呼吸，想著或許男人也有看起來不像緞帶的緞帶。或許我們都以某種方式被標記了，只是肉眼無法見到。

隔天，我們的兒子碰了我的喉嚨，問起我的緞帶。他試著拉扯緞帶。我必須禁止他，雖然這麼做讓我難受。只要他伸手想碰，我就會搖晃一個裝滿一分錢硬幣的鐵罐。鐵罐發出刺耳噪音，他立刻收手哭起來。我們之間有什麼不見了，而且再也沒找回來過。

如果你是把這個故事大聲讀出來，準備一個裝滿一分錢硬幣的汽水罐。等你說到這兒，用力向離你最近的人大力搖動罐子。觀察他們驚懼及隨後感覺受背叛的表情。注意，這天之後，他們會一直用這種表情看你。

我報名了那門女性美術課。當我的丈夫在工作，兒子在學校時，我會開車到充滿綠意的校園，抵達開設美術課的灰矮建築。根據推測，我們之所以不會看到男性裸體，是爲了顧及禮儀，但這門課仍湧動著獨特的張力——陌生女子的裸體也有很多可觀之處，在你滾動炭筆及混和顏料時，也會在其中發現許多値得沉思的細節。我看到不只一個女人在座位上前後挪動位置，就是爲了讓充血的血液能順暢流動。

其中有個女人反覆多次出現在課堂。她的緞帶是紅色的，就綁在纖瘦的腳踝上。她的肌膚是橄欖色，還有一道深色毛髮從肚臍一路延伸到陰阜。我知道自己不該渴望她，不是因爲她是女的，也不因爲她是陌生人，而是因爲她的工作就是寬衣解帶，我卻在面對她這個狀態時產生慾望，所以彷彿佔她便宜般羞恥起來。我的雙眼一邊在她身上游移，一邊湧現不小的罪惡感，但隨著透過筆尖重現她的身體曲線，我的手也在心底的祕密角落撫摸那些曲線。我甚至不確定要怎麼讓這種幻想成眞，但光是這種可能性就幾乎要讓我發狂。

某天下午課後，我在走廊角落轉了個彎，而她就在眼前，那個女人。她衣著完整，外邊還包著雨衣。她的凝視讓我動彈不得，我幾乎看到那道環繞她瞳孔的金色圓圈，彷彿她的雙眼是兩顆日蝕。她向我打招呼，我也回禮。

我們一起在附近一間餐館的卡座坐下，在富美加木紋膠桌底下，我們偶爾會摩擦到彼此的膝蓋。她點了杯黑咖啡，我嚇了一跳，雖然不知道有什麼好驚訝。我問她有沒有小孩，她有，她回答我，一個女兒，一個十一歲的漂亮小女孩。

「十一歲眞是恐怖的年紀，」她說。「我對於自己十一歲以前的生活毫無印象，但轉眼就得面對了，眞的多采多姿又令人害怕。多麼驚人的一個年紀呀，」她說，「多麼驚人的一場大戲。」接著她的表情有一瞬間彷彿遊走到他方，浸入湖面底下，回神後，她又稍微稱讚了一下自家女兒的歌喉和音樂表現。

我們沒聊養育一個女孩所需要特別面對的恐懼。其實光想到要提問都讓我害怕。我也沒問她是否已婚，她也沒主動說明，不過手上確實沒戴婚戒。我們聊我們的兒子，聊美術課。我迫切想知道她是基於什麼樣的需求，才會到我們面前寬衣解帶，但我沒問，或許因爲答案勢必像青春期一樣嚇人地難忘。

我被她完全迷住了，沒有其它方法能描述我對她的感受。她有一種隨興的氣息，但不是我之前的那種——也跟我現在的狀態不同。她就像麵團，人們用手揉捏她時，那種能被凹折的觸感掩藏了其中的堅韌及潛力。等我把眼神別開，再移回來時，她看起來似乎變成之前的兩倍大。

「或許我們之後可以再找機會聊聊，」我對她說。「這個下午我過得很愉快。」

她對我點點頭。我付了她的咖啡錢。

我不想跟丈夫提起她，但他似乎在我身上感受到某種未曾出現的慾望。某天晚上，他問我體內到底翻騰著些什麼，我就坦白了。我甚至詳細描述了她的緞帶，並又因此被一股羞恥的洪流淹沒。

他對此非常開心，甚至在脫下褲子進入我時，喃喃自語地說出一段漫長、累人的性幻想，而我甚至無法全部聽清楚。不過我想在這個故事中，她是和我搞在一起，又或者我們兩人都跟他搞在一起。

我覺得好像背叛了她，所以再也沒回去上那門課。我又找了其它娛樂來打發時間。

如果你是把這個故事大聲讀出來，強迫一名聽眾揭露一個會使人崩潰的祕密，接著打開離你最近的窗戶，用最大的音量對著街上轉述出去。

我有幾個最喜歡的故事，其中一個的主角是個老女人和她的丈夫。那名丈夫和週一一樣刻薄，她很怕他，因爲他脾氣火爆，態度總因爲天馬行空的想法而反覆無常。她只能透過料理滿足他，這他倒非常滿意。某天，他買了鵝肝回來要她料理，她也用香料及肉湯照辦了。但她被自己卓越廚藝造就的香味迷住了，一開始只是偷啃幾小口，後來咬了幾大口，結果整塊鵝肝很快就沒了。她沒錢再買一塊，很怕丈夫發現這餐沒了會有什麼反應。所以她偷溜到隔壁教堂，發現有個剛死的女人屍體停放在那裡。她走近那個被裹屍布覆蓋的軀體，用一把廚房剪刀切開屍體，偷走其中的肝臟。

那天晚上，女人的丈夫用餐巾輕擦嘴唇，宣稱這是他這輩子吃過最棒的一餐。他們上床睡覺時，老女人聽見前門打開，一個微弱的哀號聲飄進每個房間。**誰拿走了我的肝？誰誰誰拿走了我的肝？**

老女人可以聽見那個聲音離臥房愈來愈近。然後颼的一聲，房門猛地敞開，那個死去的女人又再次提出疑問。

那個老女人把毯子丟過去蓋住丈夫。

「是**他**拿走的！」她得意洋洋地宣布。

接著她看見那個死去女人的臉，認出自己的嘴和眼睛。她低頭看著自己的腹部，才想起，她是如何把刀刺進自己的肚子。

她的血在床上到處漫流，慢慢死去之際她不停低聲說著什麼，那是你跟我都無從得知的內容。就在她的血滲進床墊最核心時，躺在她隔壁的丈夫仍在酣眠。

這或許不是你所熟悉的故事版本。但我向你保證，這就是你應該要知道的版本。

我丈夫不知爲何爲了萬聖節非常興奮。我拿了一件他的舊毛呢外套爲兒子打扮了一番，好讓他成爲一位迷你教授，或者那種一本正經的學究，我甚至給了他一支菸斗咬著。我們的兒子在齒間滾動菸斗的模樣非常像大人，我因此莫名感到不安。

「媽媽，」我兒子說，「妳扮成什麼？」

我沒特別裝扮，所以我說我是你的母親。

菸斗從他的小嘴巴掉到地上，他大聲尖叫，我被震懾得無法動彈。我丈夫跑進來，抱起他，小聲跟他說話，在他啜泣時不停重複說著他的名字。

一直到他的呼吸恢復正常，我才有辦法搞清楚自己犯的錯。他年紀太小，沒辦法了解聽過的某個故事；在那個故事中，有群頑皮的女孩想要玩具鼓，所以不停鬧她們的母親，母親被逼走後，她們又有了一名新母親——新母親有雙玻璃眼和拍地時砰砰作響的木頭尾巴。他年紀還太小，無法理解這類故事及其中傳達的眞實寓意，但我沒想太多，總之還是告訴了他——比如還有個故事提到某個小男孩在萬聖節才發現，原來母親不是自己的母親，只有在大家都戴上面具的這一天才是自己的母親。內疚感湧上我的喉頭。我試著抱他、親吻他，但他只想出門上街，只想去那條因爲太陽已落下地平線，霧濛濛涼意正襲上所有陰影的街道。

我在這個節日沒什麼用處。我並不想帶著兒子到陌生人家，不想製作爆米花球，也不想等那些喊著「不給糖就搗蛋」的傢伙出現在門口勒索我。不過，我還是準備了一整托盤焦糖甜點等著，也爲那些小皇后跟小鬼怪應門。我想到我的兒子。等他們離開後，我把托盤放下，把頭埋入雙手中。

我們的兒子是笑著回來的，嘴裡還嚼著一塊糖，整張嘴巴都因此被染成李子的紫紅色。我氣我丈夫。我希望他能晚一點回來，而且在外面，沒必要允許他把全世界的珍貴糖果掃蕩一空吧。他沒聽過那些故事嗎？有人會把針埋在巧克力裡頭，還會把剃刀片埋在糖蘋果裡的那些故事？他好像不了解這世界有什麼好怕的，但我還是很憤怒。我檢查了兒子的嘴，但沒有尖銳金屬卡在他的上下顎。他在屋內又是笑又是旋轉，因爲那些點心和激情又是陶醉又是亢奮。他用雙臂環抱住我的雙腿，之前的事件早已遭到遺忘。原諒的滋味比你能在任何人家門口嚐到的糖果還甜。他爬上我的大腿，我一直唱歌哄到他睡著。

我們的兒子長呀長的，就這樣長到八歲、十歲。一開始，我跟他說那些童話故事——最古老的那些，只是把其中那些跟痛苦、死亡、強迫成婚的部分像枯葉一樣修剪掉。美人魚長腳的感覺就像笑聲。淘氣的小豬從豪華盛宴上逃走後改過自新，沒被吃掉。邪惡巫婆離開城堡後搬入小別墅，每天的生活就是爲森林的小動物繪製畫像。

不過隨著他長大，他會問的問題變得太多。爲什麼他們不吃豬？反正他們這麼餓，豬又那麼壞？爲什麼巫婆在做了糟糕的事情之後還能被放走？而且在他體驗過被剪刀割手後，美人魚必須捨棄魚鰭而長腳的橋段，完全只體現了她被人類世界所拒斥的痛苦。

「這樣才『退』，」他說，因爲他還發不太出「ㄉ」的音。

我在幫他包紮時同意他的說法。確實這樣才對。所以我開始跟他說一些比較接近眞實世界的故事：有一些小孩因爲受到幽靈火車的聲音吸引，會在特定的鐵軌段落失蹤，進入未知的世界；有隻黑狗曾在某個女人過世三天前出現在她家門口；三隻青蛙組成的隊伍在沼澤地把你逼到絕路，表示只要付出代價，牠們就能替你算命。我想我丈夫應該會禁止我講這些故事，但我兒子姿態莊嚴地聽著這些故事，從未告訴任何人。

學校舉辦了一場《小扣環男孩》的表演，他演主角「扣環男孩」；幫忙孩子做戲服的母親組成了委員會，我也跟著加入。我在一屋子女人中擔任主要的戲服製作者，我們一起爲演「花」的孩子縫製小小的絲綢花瓣，還爲海盜製作白色的緊身縮腳褲。其中一個母親手指上有淺黃色緞帶，總是因爲緞帶跟手中縫線纏在一起而咒罵、尖叫。某天我還得用縫線剪刀把那些惱人的線挑開。我盡量小心了。就在我把她跟芍藥花分開來時，她搖搖頭。

「眞是麻煩，對吧？」她說。我點頭。孩子們就在窗外玩耍——他們把彼此從遊樂設施上推打下去，或把蒲公英的頭捏爆。那場戲優美地演完了。就在開演那晚，我們的兒子在獨白時表現耀眼，無論音準或韻律都無從挑剔，之前從沒有人表現得這麼好。

我們的兒子十二歲了。他問起我的緞帶，直截了當。我跟他說我們完全不同，有時候你不該問一些問題。我向他保證只要長大就能理解，然後用沒有緞帶的故事分散他的注意力：想變成人類的天使、沒意識到自己死掉的鬼魂，以及那些化爲灰燼的孩童。他的味道聞起來不再像個孩子了——原本帶有奶味的甜香，已被某種尖銳、灼燒的氣味所取代，就像在爐火上嘶嘶燃燒的髮絲。

我們的兒子十三歲了，十四歲了。他的頭髮有點太長，但我實在無法接受他的頭髮剪短。我的丈夫準備去上班時會用手玩弄他的髮絲，然後親吻我的嘴角。我們的兒子在上學途中會等鄰居的男孩一起走，那是個腳上必須套著支架走路的男孩。他展現出一種非常幽微的同理心，我這個兒子。完全不像某些人本能上就是冷酷。「這個世界上的惡霸夠多了，」我反覆告訴他。也就是在這一年，他開始不再要求我講故事。

我們的兒子十五歲了，十六歲了，十七歲了。他是個了不起的男孩。他跟他父親一樣很有應付人的本領，又跟我一樣有神祕感。他開始追求一個跟他同高中的漂亮女孩，她的笑容亮麗，散發出溫暖的氣息。我很高興能見到她，不過也憶起自己的青春時代，所以從未堅持熬夜等他們約會回來。

他說被一間大學的工程系錄取時，我簡直太開心了。我們在屋子裡遊行、唱歌，又大笑。等丈夫回家時，他也跟著我們一起狂歡，然後我們開車到一間海鮮餐廳。他的父親在吃大比目魚時告訴他，「我們實在以你爲傲。」我們的兒子笑了，說他也很希望能跟一個女孩結婚。我們倆的手握得好緊，感覺更快樂了。多麼好的一個男孩呀。多麼值得期待的美好生命呀。

就算是世界上最幸運的女人，可能都沒體驗過這種極致喜悅吧。

有個經典故事，眞的很經典，我還沒告訴你們。

有個女朋友和男朋友去「車震」了。有些人說車震代表兩人在車裡親吻，但我清楚這個故事。我就在現場。他們把車停在一座湖邊，然後在後座翻雲覆雨，彷彿世界再一下子就要終結那樣。或許眞是如此吧。她奉獻了自己的身體，他接受了。完事之後，他們打開收音機。

廣播裡有個聲音表示，有名瘋狂的鉤子手殺人魔逃出當地精神病院。那個男朋友嗤笑出聲，把頻道轉到音樂台。那首歌結束時，女朋友聽見有個細微的刮擦聲，就像迴紋針在刮玻璃一樣。她看向她的男友，接著把開襟羊毛衫批在裸露的肩膀上，用一隻手臂環抱住乳房。

「我們該走了，」她說。

「不用啦，」男朋友說。「我們再來一次吧。我整個晚上都有空。」

「萬一殺手來這裡呢？」女朋友問。「精神病院離這裡很近。」

「我們不會有事啦，寶貝，」男朋友說。「妳不信任我嗎？」女朋友勉強點點頭。

「對嘛，那麼——」他說，然後他的聲音逐漸消失，她之後會非常熟悉這個模式。他把她的手從胸口移開，放在自己身上。她終於把眼神從湖畔移回來。窗外，月光在一道發亮的鋼鉤上閃耀。殺手對她揮手，露齒冷笑。

抱歉。故事剩下的部分，我已經忘了。

沒了我們兒子的聲音，屋內變得安靜。我走過整棟屋子，撫摸所有家具表面。我很開心，但感覺心中有某些事物被轉移到一個全新的空曠所在。

那天晚上，我丈夫問我要不要讓新空出來的房間「受洗」一下。自從兒子出生後，我們已經好久沒那麼激烈地交合了。彎腰趴在廚房桌上時，我的體內有些老舊的什麼被重新燃起，也記起我們之前擁有的慾望、我們如何任由愛液流淌在各種物件表面，以及他又是如何享用著我體內各種陰暗的空間。我暴烈地尖叫著，完全不在意鄰居會聽見，也不在意是否有人透過沒拉起簾子的窗戶，看見我丈夫的那兒正深埋入我口內。若是他要求，我願意到外面草坪，讓他在所有鄰居面前從背後佔有我。我在十七歲的那場派對上有可能遇上任何人——蠢男孩、拘謹的男孩，或者暴力的男孩。我甚至可能遇上一個虔誠的男孩，他會逼我搬到某個遙遠的國家，對居民傳教，或做些諸如此類的荒唐事。我可能因此經歷無數的苦難或失望。但我現在正在地板上，兩腳岔開騎著他狂叫，我知道我做了正確的選擇。

我們疲憊地睡著了，兩人都裸體癱倒在床上。醒來時，我發現丈夫正在親吻我的脖子背後，用舌頭探索著緞帶。我的身體立刻湧起猛烈的防備意識，儘管享樂的回憶仍在湧動，但身體立刻因爲受背叛而使力拱背往後頂。我叫了他的名字，他沒回應。我又叫了一次，他把我抱緊，靠在他身上，繼續原本動作。我用手肘頂他的側身，當他驚訝放開我時，我坐起身面對他。他看起來迷惑、受傷，就像我對著兒子搖晃罐硬幣的那天。

我的決心開始動搖。我撫摸緞帶。我看著我丈夫的臉，他的欲望的開始及終結都刻蝕在那張臉龐上。他不是個壞男人，我突然懂了，我之所以受傷也是因爲如此。他完全不是個壞男人。把他描述成邪惡、缺德或墮落完全是對他的毀謗。然而——

「你想解開緞帶嗎？」我問他。「這麼多年過去，你還是希望我讓你這麼做嗎？」

他的臉閃現興高采烈的神采，接著一臉貪婪，用手撫過我光裸的乳房及蝴蝶結。「想，」他說。「想。」

我完全不用撫摸他，就知道他心中早已醞釀這個想法。

我閉上雙眼。我記得那個在派對上的男孩，那個親吻我、在湖畔撬開我身體，跟我一起完成我的渴望的那個男孩。那個給了我一個兒子，並幫助我把他也培育成一個男人的那個男孩。

「那麼，」我說，「想做就動手吧。」

他用顫抖的手指拎起緞帶的一端。蝴蝶結被解開了，緩慢地，緞帶長久以來被綁緊的部分自然皺皺的。我的丈夫呻吟出聲，但我不覺得他眞正理解這一切。他將手指伸進最後一個結，拉扯。緞帶從我身上落下。落下、飄浮，然後蜷曲在床上，至少我是這麼想像的，因爲我無法低頭看著它往下掉的過程。

我的丈夫皺眉，接著臉上出現其它表情——哀痛，或是一種先發制人的失落。我的手在我身前驟然抬起——那是一種反射性的動作，爲了平衡或其它無用的原因——接著他的身影消失在我眼前。

「我愛你，」我向他保證，「比你想像的還愛你。」

「不，」他說，但我不確定他試圖回應的是什麼。

如果你是把這個故事大聲讀出來，你或許會想知道被緞帶所保護的地方是否被血液或傷口浸濕，又或者像玩偶腿間的連接點一般毫無性徵可言的平滑。我恐怕無法回答你，因爲我不知道。我很抱歉，我無法回答這些問題或其它問題，對於找不出解答也無能爲力。

我的重心開始轉移，重力攫住了我。在我眼前，丈夫的臉往下消失，接著我看到天花板，看到我身後的牆。隨著落下的頭往後傾斜，從脖子滾落床上，我感覺到前所未有的寂寞。

性愛清單

一個女孩。我們在她家地下室，並排躺在發霉的毯子上。她的家長在樓上；我們跟他們說我們在看《侏儸紀公園》。「我當爸爸，妳當媽媽。」她說。我拉起我的襯衣，她拉起她的，然後我們就這樣盯著彼此。我的心臟在我的肚臍底下奔騰亂跳，但我擔心我的監護人和她的家長會發現我們在幹嘛。我到現在始終沒看過《侏儸紀公園》。我想之後大概也沒機會了。

一個男孩，一個女孩。我們三人是朋友。我們在我房間喝偷來的小冰櫃裡的酒，就躺在我那張大床上。我們笑呀聊呀，把酒瓶傳來傳去。「我之所以喜歡妳，」她說，「就是喜歡妳的反應。妳對任何事的反應都很有意思。好像對什麼都很熱情。」他同意地點點頭。她把臉埋入我的脖子，然後對著我的肌膚說：「就像這樣。」我笑了，我很緊張，也很興奮。我感覺自己像把吉他，有人跑來轉了調音旋鈕，讓我的弦緊了起來。她眼睛的睫毛不停拍打我的皮膚，對著我的耳朵呑吐氣息。我呻吟、扭動，有整整一分鐘都在高潮邊緣盤旋，但其實沒有人撫摸我那裡，就連我自己也沒有。

兩個男孩，一個女孩。其中一人是我男友。他的家長出城去了，所以我們在他家辦了場派對。我們喝加了檸檬汁的伏特加，他鼓勵我和他朋友的女友溫存一下。我們遲疑地吻了彼此，然後就沒了。男孩們也溫存起來，我們就這樣望著他們好長一段時間，感覺無聊，但又醉得站不起來。我們在客房睡著了。等我醒來，膀胱已經滿得像枚握緊的拳頭。我踱步到門廳，發現有人把伏特加檸檬水撞到地上。我試圖清理乾淨。這種混合液把大理石地板的塗層一條條溶掉，裸露出本體。幾個星期後，我男友的母親在床後面發現我的內褲，拿給他，而且洗過了，此外什麼話也沒說。我好懷念那種乾淨衣服散發出的化學花朵香。而此時此刻，我腦中想的都是衣物柔軟精。

一個男人。很瘦，個子高。整個人瘦到能看出骨盆的形狀，而我因此莫名覺得性感。灰眼睛。挖苦人的微笑。我認識他近一年，打從去年十月開始，當時是在一場萬聖節派對遇見彼此。（我沒打扮；他打扮成太空英雌。）我們在他的公寓喝酒。他很緊張，說要替我按摩。我很緊張就答應了。他花了很長的時間搓揉我的背部，然後說：「我的手開始累了。」我說：「噢。」然後轉身面對他。他吻我，他的臉上都是刺刺的鬍渣。他聞起來有酵母的味道，還有昂貴古龍水的前味。他躺在我身上，我們溫存了一陣子。我體內的一切都在絞扭，快樂地絞扭。他問可不可碰我的乳房，我拿他的手直接壓覆住我的乳房。我脫掉我的襯衣，那感覺就像有滴水正沿著我的脊椎往上滑。我意識到這一切要發生了，真的要發生了。我們都脫光衣服。他把保險套滾動著往下套好，整個身體笨重移到我身上。那感覺比什麼都痛，真沒這麼痛過。他高潮了，我卻沒有。他把自己退出來時，保險套上滿是鮮血。他把保險套剝下來，丟掉。我體內的一切感覺都在劇烈跳動。我們睡在一張太小的床上。他隔天堅持開車送我回宿舍。回到我房間後，我脫掉衣物，用一條毛巾把自己捲起來。我身上仍有他的味道，彷彿我們還待在一起，而我渴望更多。我感覺很好，像個偶爾會做愛的成年人了，像個真正展開人生的成年人了。我的室友問我感覺如何，然後擁抱了我。

一個男人。是男朋友。不喜歡保險套，問我是否有在避孕，反正還是在最後一刻抽出來了。一團糟。

一個女人。分分合合的那種女朋友。計算機系統組織課上的同學。棕色長髮一路披散到屁股。她的人比我預期的還柔軟。我想往下直攻重地，但她太緊張了。我們溫存了一下，她把舌頭滑入我的嘴巴，之後回家，我在我那間清冷寂靜的公寓內自己來了兩次。兩年之後，我們在我的公司大樓鋪了碎石子的頂樓搞了一次。就在我們交纏身體的底下四層樓，在我那張空蕩蕩的椅子前，螢幕上的程式正進行編碼。我們完事後，我抬頭注意到一名穿著西裝的男人，正從隔壁的摩天高樓看著我們，手在長褲裡東摸西摸。

一個女人。戴圓眼鏡，紅髮。不記得在哪認識的。我們用藥嗨了，幹了一場，手還在她體內就不小心睡著了。我們在天亮前醒來，走過整座小鎮到一間二十四小時的餐館。我們抵達時天空下著小雨，穿涼鞋的腳因涼氣而僵麻。我們吃了鬆餅，把馬克杯都喝空了，但要找女侍來時，卻發現她正盯著懸吊在天花板下的電視機，裡頭播放著最新消息。她咬住嘴唇，手上的咖啡壺都歪了，麻油氈布上因此出現了許多棕色小點。我們看著電視，眨眼間主播又消失了，取而代之的是一張清單，裡頭列了正在隔壁州蔓延的病毒症狀，就在北加州。主播重新出現，他反覆表示飛機已經停飛，州界已被封鎖，病毒似乎已被隔離。女侍終於走過來了，但心不在焉。「妳有親友在那裡嗎？」我問，她點點頭，雙眼湧滿淚水。我感覺好糟，我什麼都不該問的。

一個男人。我在家附近的一間街角酒吧認識了他。我們在我的床上溫存。他聞起來像酸酒，但其實他喝的是伏特加。我們上了床，但他大概有一半時間都軟軟的。他想下去舔我，但我不想。他生起氣來，走了，摔紗門時太用力，我的香料架還因此從釘子上震摔到地上。我的狗不停舔著肉荳蔻，我爲了替牠催吐只好強餵牠吃鹽。因爲腎上腺素，我整個人靜不下來，因此列了一張生命中出現過的動物清單——七隻，其中包括我的兩條泰國鬥魚，不過牠們在我九歲時於一週內相繼死去——另外還列出越南河粉需要用的香料清單。

丁香、肉桂、八角、芫荽、薑，小荳蔻莢。

一個男人。比我矮六英吋。我向他解釋，我原本任職的網站生意快速變差，因爲流行病蔓延時沒人想要怪奇的照片，所以我在那天早上被解雇了。他請我吃了晚餐。我們在他車上搞了起來，因爲他有室友，而我當時無法待在自己屋內；他把手滑入我的胸罩，他的手完美無缺，天殺的完美，我們就這樣陷在空間過小的後座內。我兩個月來第一次高潮了。隔天我打電話找他，留了一通語音訊息，說我過得很愉快，希望有機會再見面，但他始終沒回電。

一個男人。以某種粗活維生，我記不得是哪種粗活，不過記得他背上有條蟒蛇的刺青，底下還有一句拼音有問題的拉丁片語。他很強壯，可以把我抱起來壓在牆上，就這麼直接上我，那是我這輩子最刺激的感官體驗了。我們還因此弄壞了幾個畫框。他的雙手萬能，我則用指甲在他背上刮擦，他問我是否會爲了他抵達高潮，我說：「就是這樣，就是這樣，我會爲你抵達高潮，就是這樣，我會。」

一個女人。金髮，說話急促，是個朋友的朋友。我們結婚了。其實我到現在都還不確定，自己究竟是眞的想跟她在一起，還是因爲害怕身邊世界正相繼發生的一切。不到一年時間，我們的婚姻就吹了。我們對彼此吼叫的時間比做愛還多，甚至比說話的時間還多。我們某天晚上吵了一架，我因此淚流滿面。之後，她問我要不要來幹一下，然後在我回答前脫光衣服。我眞想把她推出窗外。我們做愛，然後我開始哭。結束後她去沖澡，我打包了行李，開著自己的車離開。

一個男人。六個月之後的事，當時我還處於離婚後的混亂苦惱。然後在他家族中最後倖存的成員葬禮上認識了他，他當時還很憂傷。我們在一間空屋中做愛，那間屋子本來屬於他的哥哥、哥哥的妻子及小孩，但他們全死了。我們在每個房間內都幹，包括走廊。在走廊時，我無法直接躺在硬木地板上彎折骨盆，所以在光禿禿的毛巾櫃前爲他打手槍。在主臥房時，我騎在他身上看著自己在化妝鏡面上的倒影，燈沒開，我們的肌膚因爲月光而閃現銀光，而他在進入我時說，「抱歉，抱歉。」他一個星期後死了，是自我了結。我搬出這座城市，往北方去。

一個男人。又是灰眼睛。我很多年沒見過他了。他問我過得如何，我跟他說了一些，隱瞞了一些。我不想在拿走我處女之身的人面前哭。不知怎的感覺就是不對。他問我失去了多少親友，我說，「我的母親，大學時的室友。」我沒提到是我發現我母親的屍體，也沒提到之後三天，好幾位緊張的醫生都在檢查我的眼睛，想知道是否出現早期病徵，更沒提到我曾試圖逃離隔離檢疫區。「我之前認識妳時，」他說，「妳眞是天殺的年輕。」他的身體好熟悉，但也好陌生。他的技巧變好了，我的技巧也變好了。當他從我體內拔出時，我幾乎以爲會看到血，但當然一點也沒有。在我們分別的這些年中，他變得更美了，也更體貼了。我很驚訝自己竟然在浴室的洗手台前哭了起來。我讓水龍頭的水不停流著，免得他聽見。

一個女人。深褐色頭髮。美國疾病管制與預防中心的前僱員。我和她在社區大會中認識，會中他們教導我們儲備物資的方法，以及若是病毒越過防火線而來，我們該怎麼處理疾病爆發事宜。我結婚後就沒碰過妻子以外的女人，但當她把襯衣掀開時，我意識到自己是多麼渴望乳房、濕潤，和柔軟嘴唇。她渴望被老二進入，我照做了。完事後，她沿著保險套留下的凹痕撫摸，然後向我坦承，其實從沒有人好運地製造出疫苗。「不過，那天殺的玩意兒只會透過肢體接觸傳播，」她說，「只要人們彼此離得遠遠的——」她沉默下來。她在我身邊蜷曲著身體，我們逐漸睡去。我醒來時，她正在玩假陽具，而我假裝自己還在睡。

一個男人。他在我家廚房爲我做晚餐。菜園裡剩的蔬菜不多了，但他盡力了。他試著用湯匙餵我，但我直接把湯匙柄接過來。食物嚐起來不算太差。那個禮拜已經停電第四次，所以我就著燭光吃飯。我痛恨這種偶然促成的浪漫氣氛。他在我們搞上時摸了我的臉，說我很美，而我稍微擺頭甩掉了他的手指。當他第二次這麼做時，我用手放在他的下巴側邊，叫他閉嘴。他立刻高潮了。我沒回他打來的每通電話。當收音機傳來病毒不知怎的傳到內布拉斯加的消息時，我意識到自己得往東移動，所以這麼做了。我丟下菜園、丟下那片我埋葬了狗的空地，也丟下我曾在上頭焦慮列過許多清單的松木桌——比如英文中以M開頭的樹：楓樹、銀葉合歡、桃花心樹、桑樹、木蘭、山梨、紅樹林、桃金孃樹；比如我住過的州：愛荷華、印第安納、賓州、維吉尼亞州和紐約——還在軟木桌面下留下一大堆難以判讀的字母。我帶了我的存款，租了一間靠海的別墅。幾個月後，住在堪薩斯州的房東不再存入我的支票。

兩個女人。她們是從比較西側的州逃來的難民，車子開呀開的，結果在距離我別墅的一哩處拋錨了。她們來敲我的門，在我家待了兩星期，期間我們一直想把車修好，希望它能跑起來。某天晚上我們喝了酒，聊起隔離檢疫。發電機必須有人手動啟動，其中一人自告奮勇去了。另一人坐在我隔壁，將手沿著我的腿往上滑。結果我們一邊親吻一邊各自用手玩了起來。發電機啟動了，電力恢復。另一個女人回來了，然後我們三人睡在同一張床上。我想要她們留下來，但她們說要繼續往加拿大去，有謠言說那裡比較安全。她們提議帶我一起去，但我開玩笑地說要爲美國堅守這座堡壘。「我們現在在哪一州？」其中一個人問，我答，「緬因。」她們輪流吻了我的額頭，封我爲緬因的保防官。她們離開之後，我只偶爾開啟發電機，大多時間寧願待在黑暗裡，就這樣點著蠟燭。這棟別墅的前屋主擁有一整櫃滿滿的蠟燭。

一個男人。是國民兵。他第一次出現在門口時，我以爲是來要求我撤離，結果發現他是逃兵。我提供他能睡一晚的地方，他向我道謝。結果被一把抵在喉頭的刀子嚇醒，他一隻手就放在我的乳房上。我告訴他，我現在躺成這樣沒辦法跟他發生關係。他讓我站起來，我把他推進書櫃，他一撞昏過去了。我把他的身體拖到沙灘上，再滾進浪花中。他醒來，嘴中不停吐出沙子。我拿刀指著他，要他往前走，一直走，敢回頭看一眼就宰了他。他照做了，我就這樣盯著他，直到他成爲細長海岸邊的一個暗色小點，接著消失。他是我那年見到的最後一個人。

一個女人。她是個宗教領袖，後頭拖著一隊五十人的信徒，所有人都身穿白衣。我要求他們在我的住處周遭等了整整三天，逐一確認他們的眼睛沒問題後，才允許他們待下。他們在別墅各處紮營：包括草坪和沙灘。那名領袖說他們自己就有物資，只需要有個地方睡覺。她穿的袍子讓她看來像名巫師。夜幕降臨。她和我光腳繞著營地走，營火的光線在她臉上刻下許多陰影。我們走到水邊，我指向那片黑暗，指向她看不見的一座小島。她把手滑入我手中。我爲她倒了一杯酒——「喝起來有點像月光酒[1]。」我把平底酒杯遞給她時這麼說——然後我們一起坐在桌邊。我可以聽見屋外的人們在笑、在演奏音樂，孩子們則在跟海浪嬉戲。這個女人看來累壞了。我此時意識到她的年紀其實比外表更小，是她的任務讓她衰老。她啜飲手中的飲料，因爲酒的味道扮了張鬼臉。「我們已經走了好長一段，」她說。「我們有停下一段時間，在靠近賓州的某地，但就在遇上其它團體時，病毒追上了我們。結果再次和病毒拉開距離前，我們死了十二個人。」我們花了很長的時間深吻彼此，我的心臟劇烈敲打著我的屄。她嚐起來就像煙和蜂蜜。這個團隊在此地待了四天，直到某天她做了個夢，醒來後說她得到一個徵兆，表示他們得繼續前進。她邀請我跟他們一起走。我試著想像我跟她一起走的樣子，而她的信眾會像孩子般跟在我們身後。但我拒絕了。她在我的枕頭上留下一份禮物：一隻跟我大拇指一樣大的白臘兔子。

一個男人。不超過二十歲，有一頭鬆軟的棕髮。他已經步行了一個月。外表就跟你能想像的一樣：怯懦、不抱希望。我們發生關係時，他很恭敬，簡直太溫和了。等我們梳洗乾淨後，我拿了罐頭湯餵飽他。他開始說他是如何一路從芝加哥走來，其實應該說穿越芝加哥，還說人們過了一段時間後，甚至已經懶得清除屍體。他得再倒滿一杯酒才有辦法說下去。「之後，」他說，「我走過一座座城市。」我問他病毒距離這裡有多遠，老實說他也不知道。「這裡眞的很安靜。」他藉此轉移話題。「沒有車流呀，」我解釋。「沒有遊客。」他哭呀哭個不停，我就這樣抱著他，直到他睡著。隔天早上我醒來，他已經不見了。

一個女人。年紀比我大上很多歲。在那等待的三天中，她就坐在沙丘上冥想。我檢查她的眼睛時，注意到她的眼珠子跟海玻璃一樣綠。她太陽穴附近的頭髮灰了，笑起來的樣子彷彿讓喜悅沿著我的心梯輕快走下。我們坐在凸窗內，外頭照進來的光不算很亮，後續亮起來的速度也很慢。她跨坐在我身上，她吻我時，我感覺玻璃外的光景開始擠壓、扭曲。我們喝了酒，我們一起沿著沙灘散步，潮濕的沙子環繞她的腳形成淺色圓圈。她談起自己的孩童時光，談到青少女時期的創傷，包括在她搬到新城市後必須把她的貓安樂死。

1 美國在禁酒令時期，人民偷偷在晚上就著月光釀造、運輸的烈酒（通常是威士忌）被稱為「月光酒」。

我跟她談起尋覓我母親的事，那道穿越佛蒙特州和新罕普夏州的危險山徑，以及潮汐是如何永遠不止息，還談到我前妻。「發生了什麼事？」她問。「就是處不來。」我說。我跟她說了在空屋中的那個男人，說了他是如何尖叫，還有他高潮之後精液是如何在他肚子上閃閃發光，而當時的我幾乎可以直接將絕望一把把從空氣中挖出來。我們回想起各自年輕時代流行的廣告歌，包括一間每次在漫長夏日結束後，我都會去的義大利冰品連鎖店，就爲了能在因爲熱氣昏沉時吃口義式冰淇淋。我不記得上次這般臉帶笑意是什麼時候。她留了下來。更多難民穿越這間別墅而去，穿越我們而去，穿越這跨越邊界的最後一站；我們餵飽他們，也跟小孩子玩遊戲。我們開始鬆懈。那天我醒來時，氣氛已經變了，我意識到事情終究還是發生了。她坐在沙發上。她在夜裡起床後泡了些茶，但茶杯已經翻倒，地上那灘茶也已冷掉，然後我認出那些症狀，那些症狀一開始出現在電視和報紙上，然後出現在宣導手冊裡，然後出現在廣播節目裡，然後又出現在圍繞營火邊的人們低語中。她的皮膚因爲許多瘀青而變成深紫色，眼白充血泛紅，血從斑駁的指甲床中滲出。沒時間哀痛了。我在鏡中檢查了自己的臉，雙眼仍然清澈。我檢視了我的緊急清單和物資，拿了袋子、帳篷，上了小船，然後划上那座小島。打從我抵達別墅後，就一直在這座小島上儲存糧食。我喝了水，搭好帳篷，又開始列清單。包括幼稚園開始的所有老師。做過的所有工作。住過的所有家屋。愛過的所有人。所有可能愛過我的人。下星期我就要三十歲了。沙子被風吹入我的口中，吹入我的頭髮，吹入筆記本中的凹槽，而大海看起來灰而洶湧。在海的另一邊，我可以看見那棟別墅，但現在就只是遠方岸邊的一個斑點。我一直在想自己可以看見病毒在地平線上如同日出般綻放開來。我意識到世界會繼續運轉，即便裡頭一個人也沒有。或許只是運轉得快一點吧。

母親們

她人來了，就站在門廊上，頭髮像稻草一樣乾巴巴，關節軟綿綿，嘴唇上有道好長的裂傷，彷彿從未嚐過雨水滋味的土地。她的懷中抱著一個寶寶：看不出性別，紅通通的，完全沒發出任何聲音。

「貝德。」我喚她。

她親吻寶寶的耳朵，然後把寶寶遞給我。我在她伸出手臂時稍微閃了一下，但還是接下寶寶。

寶寶的重量總是比你想的還重。

「她是你的了。」貝德說。

我低頭盯著寶寶，她雙眼張得老大盯著我，像豆金龜一樣閃閃發亮，手指彷彿在玩繞一綹隱形髮絲，小小的尖細指甲刺進皮膚。

有種感受籠罩了我——我彷彿喝了杯啤酒，彷彿陷阱彈夾起來後再也聽不見獵物手腳慌亂掙扎的聲音。我又看向貝德。

「什麼意思？她是我的了？」

貝德的眼神彷彿在說我笨得難以想像，又或者我根本在耍她，又或者兩者皆是。

「我懷孕了。既然有了個寶寶。她就是妳的了。」

我又在腦中檢視了一下這個句子。幾個月了，我的腦子始終一片迷亂。廚房桌上堆滿未讀信件，我的衣服更在原本一塵不染的地板上堆成一座山。我的子宮彷彿抗議般的收縮起來，同時又迷惘。

「看呀，」貝德說。「我能做的就只有這樣。我沒辦法再多做些什麼了。是吧？」

我同意，但順著她的推論往下說似乎哪裡不太對勁。有危險。

「妳只能盡力去做。」我還是跟著說了一次。

「很好，」貝德說。「寶寶若是哭，可能是因爲餓了渴了生氣了暴躁了病了睏了發神經了吃醋了或者本來有個計劃結果卻完全出錯了。所以當她哭的時候，妳得處理一下。」

我低頭望向寶寶，她正在哭，雙眼因爲想睡而眨個不停，我發現自己開始思考恐龍在被隕石焚燒爲塵土前是否曾這麼眨眼過。寶寶很放鬆——身體因而顯得更沉，我從沒想過一個寶寶可以這麼沉——還把頭斜靠在我的乳房上。她甚至稍微噘起嘴唇，彷彿相信有機會可以從我這裡喝點奶。

「我不是妳媽呀，寶寶，」我說。「沒辦法餵妳。」

我簡直像被她深深催眠了一樣，不但沒聽到逐漸遠去的腳步聲，也沒聽到車門摔上時「碰」的一聲。不過貝德就這麼消失了，而生平第一次，我在被離開之後不是孤身一人。

回到屋內後，我才意識到自己連寶寶的名字都不知道。地板上有個我根本不記得有接下的小小衣物袋。我走進廚房，坐進一張有點凹陷的藤椅。我想像椅子會在自己抱著寶寶坐下時解體，所以又起身靠在流理檯邊。

「哈囉，寶寶，」我對著寶寶說。

她的眼皮突然張開，眼神定定凝視著我。

「哈囉，寶寶。妳叫什麼名字？」

寶寶沒回話，但也沒哭，我很驚訝。我可是個陌生人呀。她以前從沒看過我。若是她哭了，還算在預期之內，畢竟理由充分。但她沒哭是什麼意思？她是害怕嗎？看起來不怕呀。或許寶寶沒有恐懼的能力。

她看起來正在努力搞懂些什麼。

她聞起來很乾淨，但帶有一種化學氣味。這股氣候背後有股奶味，同時混和著體味及酸味，像是有什麼被弄翻了。她的鼻子有點流鼻水，但沒有任何想擦掉的動作。

有東西摔了，有人淒厲嚎哭。寶寶伸手抓住水果碗裡頭的香蕉，還扯下半打梨子。未熟的硬梨子在地上滾呀滾的，過熟的直接摔成一灘泥。現在寶寶看起來確實很驚恐。她開始嚎叫。我親吻寶寶頭骨頂端那個軟軟的所在，然後把她帶到隔壁房間。

「噓，寶寶。」

她的嘴巴是個無止盡的大洞穴，光線、思想和聲音只要落入其中就一去不回。「噓，寶寶。」為什麼貝德沒告訴我她的名字呢？

「噓，小東西，噓。」我的頭因為哭聲一陣陣痛起來。一模一樣的淚水從她的雙眼沿著臉的兩側滾落耳邊，看起來像一張寶寶在哭的照片，而不是個眞實的寶寶。「噓，小東西。噓。」

一陣涼爽的微風將屋外沙土掃了進來，紗門陡然翻開。我跳起來。她尖叫。

大衛和茹絲結婚時走了整套拉丁彌撒的儀式。茹絲戴了遮臉的面紗，裙擺在她走紅毯時厚重拖在地上。由於新郎和新娘要求，現場所有女性做的華麗髮式都被帽子和面紗蓋住。儀式非常優美，老派，彷彿穿越回到一千年前。

婚宴上，我快步走過一名繫著寬腰帶的女性身邊，接著開始在意起自己咀嚼的樣子。我之前幾乎沒注意過她，眾多親友幾乎都以為她是一名纖瘦男子，但不是，她高聳的顴骨洩漏了眞實身分，還有那沿著一條隱形直線交叉腳步往前跑的女性化姿態。我在派對沉悶進行時不停觀察她，敬酒時觀察、跳雞舞時觀察，在茹絲十二歲的表弟難看跌在地上時也觀察，話說那名屁股先著地的表弟讓茹絲她爸很不開心。之後整個舞池清出一塊地方，讓那名女子在白色的聖誕燈光下步入會場。她一開始全身包滿棉布，然後掀開衣領，捲起漿平的袖子開始跳舞，而當時我也還在觀察。

我常聽說婚禮就是讓女人發情的場合，這是我第一次了解這句話的意思。她舞動的樣子帶有一種冷峻、陽剛的淡定，相當有自信，我發現自己無法聚焦在屋內的任何其他人事物。我濕了。我覺得自己好不得體，整個人發熱又莫名飢餓。

她接近我時，我的心跳慢了下來。她旋轉我的樣子就像一名厲害的搖擺舞伴——態度篤定，完全掌控場面。我任由自己沉醉其中，無法克制地笑個不停。整個人輕飄飄的。

之後我們跳起慢舞，慢到簡直跟站在原地沒兩樣。她低頭湊到我耳邊。

「妳擁有我見過最美的一雙手。」她說。

我兩天後打給她，從未如此堅定相信一見鍾情的存在，相信命運的存在。她在電話另一頭笑開時，我體內有些什麼裂開了，我任由她走進來。

這個寶寶的頭非常困擾我，因爲就像一塊爛掉的水果。就是這樣！在這一片如同由細碎聲音組成的無止盡沙漠裡，此刻的我突然懂了：那就像桃子上一塊軟掉的地方，你可以直接把大拇指戳進去，無須事先提問，連句「最近過得如何」都不用湊合著敷衍。我不打算這麼做，但好想這麼做，這衝動強大到我決定把她放下。她尖叫得更大聲了。我抱起她，讓她靠在我身上，然後悄聲對她說，「我愛妳，寶寶，我不會傷害妳的。」不過第一句話是謊言，而第二句話也可能是個謊言，但其實我也不太確定。我應該出現保護她的衝動才對，但滿腦子想的都是那個軟軟的地方，那個只要我嘗試和我想就能傷害她的地方。

我們認識後一個月後，貝德跨坐在我身上往一只玻璃缽裡頭塞大麻，用手指輕柔把大麻塞滿。當她斜著打火機燒缽，吸入氣體時，身體便沿著一條隱形的曲線抖動，而煙從她口中攀爬而出，彷彿動物一次爬出一隻手臂。

「我沒吸過。」我告訴她。

她把菸斗交給我，一隻手包覆住玻璃缽，點火。我吸入氣體；有些什麼飛進我的氣管，我咳得厲害，深信自己咳出血來。

「我們試試這個吧。」她說。她吸了一口後用嘴唇覆住我的嘴唇，在我肺中裝滿令人迷醉的煙。我吸進去了，全吸進去了，慾望立刻直直穿越我全身。我們癱軟在那裡時，我感覺整個自我都鬆開了，心智也撤退到某個約位於左耳附近的所在。

她帶我去看了她老家附近，我整個人太亢奮，只能任由她把我像個小孩一樣牽著到處走。然後我們到了布魯克林博物館，那裡有張幾乎沒盡頭的長桌，花朵圖樣的盤子讓人聯想到遠古女神，也想到作家維吉尼亞・吳爾芙。我們大概是去了小俄羅斯區內的某處，接著去了間雜貨賣場，又去了海灘，但我能感覺到的只有她，只有環抱我腳板的溫暖沙子。

「我想讓妳看樣東西。」她說，然後在太陽落下時帶著我走過布魯克林橋。

我們決定渡幾天假。我們爲了看果醬男開車到威斯康辛，結果發現他死了。我們掉頭開向海邊，去了喬治亞州離岸的一座島，在暖得像湯的水裡漂浮著。我抱著她，她也在晃蕩的水中抱著我。

「海洋，」她說，「是個大拉子。我感覺得出來。」

「但不是歷史意義上的拉子。」我說。

「不是，」她同意。「是時間及空間意義上的拉子。」

我思考著這件事。我的雙腳在水中像剪刀一樣輕柔前後交叉。我的嘴唇有鹽的味道。

「沒錯，」我說。

遠方有灰色突起物捲著浪花浮出海面。我想像牠們是鯊魚，而我們的身體會被咬成碎肉。

「海豚。」她吸氣，然後模仿起海豚的模樣。

我們陷入愛河。她年紀比我大很多，但我很少想起這件事。她會在公共場合把手滑上我的大腿根，會把最陰暗的祕密告訴我，當然也問起我的。我感覺她正在燒灼我的時間軸，想讓一切如同龐貝城般凝固不變。她會把我推倒在床上，直著身體捧住我的骨盆。而我任由她在那裡，希望她在那裡，同時感覺著她的重量，感覺腦子再清楚不過了。我們剝下身上所有衣物，因爲那些衣物本來就不該存在於我們之間。我會審視她光滑、蒼白的肌膚，審視她陰唇上那一大叢粉色毛髮，用一種讓震波直達體內每道斷層的方式吻她，然後心想，**感謝上帝我們生不出孩子**，因爲她已打從內在擄獲了我，讓我從她的床，她的嘴，她的屄、她的種種善良，以及她的低沉嗓音中，直接墜落入此生第一次的成家幻想，也是我們第一個共同擁有的白日夢：在柯克伍德的鬧區咖啡店中，我爲一個牙牙學語的寶寶擦掉嘴邊的湯糰子殘渣，那是我們的寶寶。我們會開玩笑地稱寶寶爲馬拉，討論她第一次開口會說出哪些詞彙，討論她古怪的髮型及癖好。馬拉，一個女孩。馬拉，我們的女孩。

我回到貝德的床上，那是一張好床，她把手伸進我體內，我撩撥她，她屈服，我打開自己，她沒碰自己就高潮了，而我以徹底失去語言作爲回應，我想，感謝上帝我們生不出孩子。我們可以無謂地、無止盡地幹個不停，我們可以進入彼此，不用保險套不用避孕藥不用恐懼不用協商每個月的第幾天才能做，也不用萎靡地靠在浴室洗手台邊拿著那根愚蠢的白棒子檢查個不停，**感謝上帝**，**我們生不出孩子**。而當她說，「來我這裡，進入我」時，**感謝上帝**，**我們生不出孩子**。

我們生出了一個孩子。她人就在那裡。

我們戀愛了，我幻想著兩人的未來。我幻想一個在印第安納州樹林內的家。一座曾庇護了擠滿一整道迴廊的修女的老教堂，她們曾肩並肩祈禱，立誓，稱呼彼此爲姊妹。這座教堂有石造外牆，石塊間的灰泥受擠壓後溢出。數條狹窄小徑穿過老花園，還有一座我們翻土之後用來種植作物的新花園，就是那些只要照顧就會長大的作物。教堂有一整圈花窗玻璃，就跟我們人一樣高，其中透過小片小片細瘦的玫瑰茶色玻璃，描繪出一枚正淌血的鼓脹心臟，還有兩片玻璃因老舊而出現裂痕。

接著是一間裝有深色木櫥櫃的廚房，只要打開櫥櫃就能看到許多高腳酒杯，另外還有許多裝滿霧面銀器的柚木盒子。有座爐子上頭散落了容量共二十加侖的鍋盤，另外還有共六打的馬克杯收藏，而隨著年歲過去，我們會覺得這些馬克杯更美或更令人感到諷刺。另外還有一疊疊邊緣破裂的盤子，非常適合用來宴請我們從未有過的友伴。不遠處有張小桌子，上頭擱著一只空空的柳條籃子，旁邊有組堅實、沒上色的椅子。窗外光線照在一組玻璃罐上，上頭的標籤已被除去，爲了能夠再利用，一條條留下的殘膠早已被努力不懈的手指揉擦清除。

桌子的另一端有座祭壇，上頭爲比莉・哈樂黛、薇拉・凱瑟、希帕媞婭和珮西・克萊恩點了蠟燭。旁邊有個曾用來擺聖經的座檯，我們重新擺上一本內頁修改過的老舊化學手冊當作《莉莉絲之書》[1]。裡頭頁面記載了屬於我們自己的禮拜儀式：比如聖克里曼婷及眾徒步旅者日[2]；聖羅瑞娜・西考克和愛蓮娜・羅斯福日[3]在夏天，必須以象徵藍寶石的藍莓慶祝；聖茱麗葉守夜節[4]必須以薄荷及黑巧克力收尾；詩人盛宴日則必須搭配萵苣茱葉朗誦瑪莉・奧立佛的詩、搭配油醋朗誦凱伊・萊恩的詩、搭配小黃瓜朗誦奧菊・羅德的詩，並搭配胡蘿蔔朗誦伊莉莎白・畢夏普的詩；光榮派翠西亞・海史密斯日時吃奶油及大蒜煮滾的蝸牛，搭配秋日火堆旁朗誦的懸疑故事來慶祝；芙烈達・卡蘿升天日時要製作自畫像及戲服；獻雪莉・傑克森節是個冬季節日，從日出到日落都必須用落下的乳齒及石頭玩一種賭博遊戲。她們有些人甚至擁有自己的經書；她們全是我們這個小小宗教中或主要或次要的神祕支流。

冰箱中：醃黃瓜和四季豆塞滿直條脊線玻璃罐、兩只裝滿牛奶的玻璃容器（一只沒問題，一只已經酸了）、一紙盒的半對半牛奶混鮮奶油、我在跟男人交往時代沒吃完也還沒丟掉的避孕藥、一顆幾乎發黑的茄子、一罐跟肥皂塊同樣形狀的辣根、橄欖、鼓脹如同心臟的義大利甜椒、醬油，包藏於乾燥紙張內的血淋淋牛排不知羞恥地滲出血來，起司抽屜中有在奶呼呼的汁水中漂浮的新鮮莫札瑞拉起司，至於外表像一條灰巴巴管子的薩拉米腸，貝德發誓味道就跟精液沒兩樣，另外還有即將被丟到廚餘堆中的璁蔥、焦糖洋蔥，和拳頭一樣大的紅蔥頭。冷凍庫中，帶有裂紋的冰盒裝著從側邊腫脹溢出的冰塊、使用花園現採蘿勒製作的青醬，還有即便人們警告對健康不好，我們仍會拿來直接吃的餅乾麵團。櫥櫃打開時，能看到裡頭散放著特級初榨橄欖油，大約六瓶左右，其中幾瓶叢聚著森林般的迷迭香和剝了皮的肥滿蒜瓣，有一瓶是那種瓶身無論擦拭幾次，都擺脫不掉油滋滋光澤的芝麻油，還有一瓶是一半凝結成白色固體、另一半像乳漿的椰子油；另外許多罐黑眼豆、蘑菇湯奶油、一盒盒杏仁、一小袋生的有機松子，和走味的蠔餅。蛋放在流理台上，棕色、淺綠色、有些還帶斑，大小也各自不一。（其中一顆已經壞了，但從外觀看不出來；除非你把蛋放進一玻璃碗的水裡，才能看到它像一名女巫般浮起來。）

臥房中有一張加大雙人床，看起來就像廣闊石造海洋中的一座救生筏。梳妝台面上有顆燈泡在滾動，如果拿近耳朵搖晃，你會發現玻璃中有碎裂的燈絲喀啦喀啦。項鍊如同套

---

1 莉莉絲（Lilith）是打從聖經時代開始，就在神話中備受壓抑的一名誘惑之神。上帝在創造亞當之前就已創造了為萬物賦予靈魂的莉莉絲。有榮格心理學的學者指出，她是女性為了符合「好母親」形象而必須壓抑自身情慾的化身。

2 在加拿大作家瑪格麗特・愛特伍（Margrete Atwood）的小說《洪荒年代》（The Year of the Flood）中，作者創造出一連串具有聖經意涵的節日，其中一個是「聖泰瑞與眾徒步旅者日」（Saint Terry and All Wayfarers），當中的泰瑞是加拿大一名馬拉松運動員，因為堅忍不拔的長跑意象而被暱稱為代表國族精神的「聖泰瑞」。此處作者是借用了這個節日名字向愛特伍致敬。

3 羅瑞娜・西考克（Lorena Hickok）是一名美國記者，據傳與當時的第一夫人愛蓮娜・羅斯福（Eleanor Roosevelt）有過一段情。

4 此處指的是莎士比亞劇作《羅密歐與茱麗葉》中的茱麗葉。

索般纏繞在老舊的酒瓶上，霜狀表面的瓶塞堵住了玻璃酒瓶的嘴。有座床頭櫃，打開時會看到——關起來吧，麻煩你了。浴室內有面噴到不少睫毛膏斑點的鏡子，而當貝德靠近鏡子時，吞吐的氣息在鏡面上如同變形蟲般變大、縮小。你從來不是跟一個女人住在一起，你是住在一個女人體內，我某次剛好聽見父親對我弟弟這麼說，沒錯，確實如此，當你望入那面鏡子時，彷彿正透過她的厚重睫毛眨眼往外瞧。

門外是一片大自然。天空美得令人頭暈又屏息，大教堂如同屋頂般壟罩住群樹，樹則被豐美枝葉壓得低下頭來，並在春天散發出霓虹般的綠色——一開始滿是花苞，接著便盛放。驟雨將嫩葉從莖枝扯下，將地面鋪上一張明亮地毯。在彼此交纏的枝幹間，雛鳥尖叫著尋找母親，牠們的身體是半熟蝦的灰粉色，骨頭則像乾義大利麵條一樣細。

接著，朦朧又嘈雜的夏日閒步而來，空氣充滿尖刺的刮擦及嗡鳴。殺蟬泥蜂抓住最弱的蟬，將牠們叮到無法動彈，再將牠們的屍體及玻璃般的翅膀往上、往上搬運，直到某個地方。螢火蟲迷亂點綴暗夜。樹葉是飽滿的墨綠色。樹群枝葉茂密，合攏在一起捕獲各種祕密，而能扯開樹叢的唯有雷響帶來的粗暴淚水，以及閃電的白灼威力。

然後是秋天，第一個秋天，我們擁有的第一個秋天。第一道南瓜料理、各式各樣的毛衣、暖器的燃燒氣味、總是窩在厚毯子內不離開，而煙的氣味會讓我回想起以前參加女童軍團的時光；當時我才十二歲，但得和恨我的女孩子一起去露營。樹葉彷彿著火，彷彿傳染病一樣燒掉所有綠色。雨下得更多，地上又多了另一層地毯，有些是蒲公英一樣的黃色、有些是石榴皮一樣的紅色，也有胡蘿蔔皮一樣的橘色。某些晚上比較奇怪，太陽已經下山，雨卻還是一股腦落下，而天空又金又桃但又像瘀青一樣又灰又紫。每天早上，細緻的霧氣覆蓋群樹。有些晚上，血紅色的穫月[5]在地平線上升起，彷彿另一種日出將雲染紅。

接著是乾燥、適合蜷曲的時節，死亡隨著數以兆計的激進腳步緩慢襲來，那是頭腸胃蠕動功能完美的冬之獸。地表以我們從未想像過的程度裸露出來，樹木孤絕，狂風怒吼呻吟，空氣中是大雪將至的氣味。暴風雪徹夜襲來，此地的黑夜及樹林中沒什麼能將其照亮，只有窗戶內射出的光線，在一定範圍內照亮那些尚未落地消失的肥厚雪花。屋內住戶的肌膚乾燥、搔癢，緩和用的乳液被螺旋狀抹上兩人背部。做愛，忍住淫叫，在毯子下握住彼此那個溫潤的小口袋。然後到了早上，住戶用力推開大門，身體被衣物包得死緊，口吐霧氣，讓受解放的自己投入這個她們根本不想參與的世界。隨處紛飛的雪將自然中一切細微差異堆積成一個個突起，提醒我們永遠必須從不同角度看待事物，提醒我們所有事物都有專屬的季節，也提醒我們時間不停逝去，我們也終將逝去。而在林中空地的邊緣，馬

5 最靠近秋分點的一次滿月，又稱收穫月。

拉的連指手套讓她的小手上畫滿卡通，她的夾克很膨，拉鍊一路拉到小小的鼻頭，還戴了頂羊毛帽保護她細緻的棕髮。然後我們又意識到我們活著，我們無時無刻愛著彼此，大多時候也喜歡彼此，也意識到女人能像呼吸一樣輕鬆將小孩視爲整個世界。馬拉伸手往上舉高，不是想找我們，而是面向某種看不見的存在，某個說話的聲音，某一抹曾是修女的身影，以及在我們死後很久，會用一整座城市人口充滿這座森林的未來文明的非鬼魂。馬拉伸手往上舉高，而我們走向她，握住她的手。

我們的寶寶哭了。我把她抱緊。她太小了，我想還無法吃固體食物。她太小了——我把她靠在我的屁股上，努力翻找那半空的冰箱，同時推開裝了可口剩菜的塑膠盒，和一個用錫箔紙包起來的罐子。我找到一罐蘋果醬，餵她吃，她吸吮得好用力。我把手放在她頭骨頂端，輕柔抹開一層嬰兒油。她抽著鼻子啜泣，一團團蘋果醬從她口中吹泡泡一般溢出。

「吃蛋好嗎？」我問她。

她打了個噴嚏。

「蘋果？狗？女生？男生？」

寶寶看起來不像我，也不像貝德——她有我尖挺的鼻子和棕髮，我陰沉的嘟嘟嘴，又有她的圓臉和分離的耳垂。至於那張敞開嚎哭的嘴，則完全是貝德的翻版。我阻止自己，這個玩笑很危險，其餘波還在我腦中蕩漾，即便我明白貝德根本沒在場聽這個笑話，她不可能停下手邊在做的任何事，抬頭對我挑眉，也不可能責備我在我們女兒面前說這種話，當然也不可能因此對著我的頭丟玻璃杯。

我用空出的那隻手從口袋掏出手機。貝德的聲音在另一端機械化迴響著，同時在我體內鑿出新的空間。逼。我留下一通訊息。

我說：「爲什麼把孩子丟給我？」

我其實想說的是：「妳幾乎摧毀了我，但沒有。我變得比之前更堅強了。是妳讓我變得更堅強。謝謝。我直到世界末日都會愛著妳。」

我想從她身上得到的太多了，我想。我要求的太多了。

「我愛妳。」我在睡著時喃喃說著，醒著也說；我對著她的頭髮說，對著她的脖子說。

「請別那樣罵我，」我提醒她。「我永遠不可能用這種方式對妳說話。」

「我想要的只有妳，我發誓。」我說，當偏執的念頭像傳染病一樣緩慢滲透入她的說話的聲音。

我相信一個能夠化不可能爲可能的世界。在那裡，愛能勝過殘暴，能中和殘暴，雖然過往從未如此，但愛能將其轉化成新的、更美的事物。在那裡，愛可以超越大自然。

寶寶開始吸奶。我不知道她在吸什麼，但她還是照樣吮著。她的牙齦卡著我，好痛，但我不要她停下來，因爲我是她的母親，而她只是在爲她的需要索求，即便要到的並不是眞的。她咬我，我大叫，但她好小，我無法就這麼把她放下。

「馬拉。」我悄聲叫她。她看向我，直直盯著我，彷彿認得自己的名字。我用力親吻她的額頭，抱著她前後搖晃，同時默默用力喘息。她是眞的，她是眞的，她正穩妥躺在我的臂彎裡，她聞起來好乾淨、好新。一點也沒錯。她還不是個女孩、野獸或任何其它東西。她只是個寶寶。她是我們的。

我把我的床推到角落，爲她搭了個嬰兒床。我用小刺繡枕頭築牆，然後把她放進去。

她又開始哭喊。完全沒來由地不停哭喊，那哭喊如同海平面般毫無止盡。她的聲音沒有漸弱的趨勢，也沒有爲了呼吸好好吸氣，雙手不停亂揮試圖抓住我的臉，還稍微刮傷我的皮膚。我把她放到床上。

「馬拉，」我說。「馬拉，拜託，拜託別這樣。」但她沒有要停止，只是不停哭喊。連續好幾個小時，我就這麼在她身邊的床上彈跳著，而她的哭喊充滿整個房間，我沒法不聽見。那種乾淨的寶寶氣味也消失了，被某種電爐上沒放東西但持續燃燒的熱紅氣味取代。

我摸摸她的小腳，她尖叫，我把覆盆子吹到她肚子上，她尖叫，然後我覺得體內有些什麼破裂了；我是一片堅實穩重的大陸，但就快要撐不住了。

有個老師在廁所的隔壁間時，偶然聽到貝德透過電話對我吼叫。我知道她在那裡，我有看到她穿著高跟鞋的腳岔開立在磁磚上，當貝德的聲音變得低沉、冷淡，像瓦斯一樣從受話器漏出來時，我聽見她吸了一口氣。她一直待在裡頭等我離開。那天下午在走廊，她非常尷尬地提起了這件事，開口時雙手還不停扭著一隻原子筆的蓋子。

「我猜，」她說，「我想說的只是，這種狀態不正常。我只是爲妳擔心。」

「妳眞好，願意伸出援手。」我說。

「我只是想說，如果情況聽起來一直都是那樣，就算妳覺得兩人之間還存在著一點感情，其實也早已沒了。」她不小心把筆蓋彈出手中，筆蓋就這麼沿著長長的走廊彈跳而去。

「如果需要我打電話找相關單位幫忙，讓我知道，好嗎？」

我點頭，她離開。就連她已經消失在轉角，我都還在點頭。

馬拉爲了呼吸暫時停止哭泣。時間過了很久，窗外天空都已開始出現一道道陽光。她再次觀察我，把我整個人收入眼底，包括我所有的羞恥、痛苦、以及關於她母親們的眞相，關於她們最老實的眞相。我感覺一陣震顫，儘管我不願意，心底祕密就這麼傾洩而出。然後她又開始哭叫了，但因爲有過那個珍貴的時刻，有過那樣的休息，我可以忍。我的容忍度又潔淨如新，我的愛再次滿溢。只要她能大約每天讓我擁有類似那樣的片刻，我應該就沒問題了。我做得到。我可以成爲一名好母親。

我用手指撫過她的捲髮，爲她唱一首我小時候會唱的歌。

「比爾．格羅根的山羊，牠心情不錯呀，吃了三件紅衫，從那晒衣繩上。比爾拿了棍子，給牠打了一下，然後把牠綁在，鐵軌上——」

我破音了，歌聲逐漸安靜下來。她的雙腳在空中交互踩著，她嚎哭，我的耳朵嗡嗡作響。然後我爬到她身邊的床上，我的懇求被她的哭聲吞沒。

我不想離開房間。我不想睡。我怕若我睡了，醒來後馬拉就不見了，而混亂會在靜默中接手一切，我的細胞會因此擴張，我會跟空氣合而爲一。要是我轉身了，就算只有一秒，回頭可能就會發現只剩一堆毯子和枕頭，發現眼前跟之前一樣始終只有張空床。彷彿我只要眨眼，她的形體就會在我的指尖下消融，然後再一次的，我將只是我自己：什麼都不配，而且孤獨一人。

我醒來發現她還在。感覺像個徵兆。就算她在夜裡哭過，我也沒聽見。我睡得好熟，就是熟到讓妳這個寶寶醒來一看就知道，妳剛剛沒像上鉤的魚一樣翻來翻去，也沒因爲夜哭讓我天殺的整晚醒著，老天爺呀，妳很清楚妳睡得香甜安靜。也因爲如此，我的關節僵得像用來綁紮青花椰菜的粗橡皮圈，臉上也因爲白癡地睡在毯子補丁縫線上方而滿是壓痕。馬拉沒在哭。她像活塞一樣不停推擠她的手臂和腳，雙眼張開又閉起：早晨的燦陽過後，緊接著就是大白天的烈日，捕蠅草都因爲熱氣蒸騰而呵欠般張開。

我起身，瞇眼看著這個早晨。馬拉發出尖細叫聲。我抱起她。她似乎比昨天更重了。這種事是有可能的嗎？

我才一踏出臥房，她又開始大聲哭叫。

我們搭公車到印第安納波利斯，轉車時一片恍惚。她睡在我的臂彎中，沒被這一切驚動，只是偶爾尖叫，分貝足以呑沒一切具有意識的思想。圍繞在我身邊的人們衣服看起來皺巴巴，氣味陳舊，不過對我們的沉默不表滿意，對吵鬧也不表憤怒，對此我相當感激。

當我們在布盧明頓下車時，我發現——應該說我想起來——現在是春天了。一名和善的女子讓我們搭便車，她讓我想起某位本已經忘記的人。我們沿著高速公路開著，終於我要求她在某處停車。

「這裡什麼都沒有唷。」她說。她的肢體幾乎是刻意表現出放鬆的樣子。

枝葉摩娑，彷彿在回答她。

「讓我把妳送到鬧區吧。」她說。「還是我能替妳打通電話，找個誰來幫忙嗎？」

我下車，馬拉就在我的臂彎裡。

最近下過雨。泥土一塊塊黏在球鞋周遭，而且一步步累積得更多。我像隻巨獸般行走，準備好毀滅一座城市。

在那裡，沿著山丘斜坡往上有棟房子。我們的房子。我認出那些花窗玻璃，炊煙從煙囪蜿蜒冒出，沿著樹冠飄散而去。外頭的野餐桌需要上層新漆了。一條德國牧羊犬瘦成皮包骨，懶懶趴在門廊邊緣，尾巴因爲我們接近而快樂敲打地板。

「奧圖。」我喊，牠任由我揉捏他後頸的脊線。牠把下巴抵在我的掌心，接著又把我的掌心舔乾淨。

門沒鎖，因爲貝德和我信任我們的鄰居，也就是那些鳥兒。屋內地板是石造的。

我認出那些櫥櫃，那張床。馬拉安靜躺在我的懷中，甚至沒有扭動。或許她之所以一直哭就是因爲不在自己的家，而現在既然回家也就安靜了。我坐在一張書桌前，把一隻沉重的筆滾過木頭桌面。我用手指撫過沿牆擺放的一排書。書架後方，一條細細的裂紋沿著灰泥牆面逡巡蔓延，姿態不慌不忙。我用我的指尖碰觸，沿裂縫往上摸，直到超越我的身高。我有點想移動整個書架，檢查後方，但沒有必要。我知道那裡有什麼。我把冰箱裡那包油封香料漬鮭魚打開來檢視。這片魚肉是從針狀骨上解下，彷彿扯下黏在牙齒上的染病牙齦。我用手指在魚肉深深留下一個印痕，內心覺得有些什麼被滿足了。

我把臉頰貼在帶有波紋的玻璃窗面上。奧圖已經跟著我們走進屋內，亦步亦趨跟在我身後，還用牠冷冷的鼻子碰觸馬拉的腳。我在流理台上拉出一本食譜，翻開。書封砰一聲落在檯面上。「茱莉亞阿姨的豆子沙拉」，我唸出來。要加好多小茴香呀。

我們還在一起的最後一晚，貝德把我摔到牆上。我真希望自己能記得原因。整件事的脈絡似乎很重要。前一刻她還是個有骨有肉有皮膚有光采有笑聲的人，下一刻她就化身龍捲風，妳能看到一片陰影像日蝕一樣開始覆蓋她的臉。我的頭撞裂了牆面灰泥。眼球後方感覺都是閃光。

「妳這婊子，」她尖吼。「我恨妳。我天殺的恨妳。我一直都好恨妳。」

我爬進浴室，鎖門。浴室外面的她像冰雹暴一樣槌打著牆，而我打開蓮蓬頭，脫下衣物，走進淋浴間。我是巨蟹座，出生就是愛水的寶寶，直到現在仍是如此。有那麼一刻我就在那裡，在印第安納的森林裡，雨水敲打葉片，溫和的週日清晨細雨在我們睡覺時落下，不過醒來時，我只看見還沒進入青春期的馬拉睡眼矇矓走進來，她抱怨昨晚的噩夢，然後蜷縮入我們的懷抱中。這樣的時光不會一直持續下去，等她年紀夠大就不會這麼做了，也躺不進我們這兩位老媽媽的懷裡了。接著這段假回憶如同暴風雨中的濕油漆般被洗去，而我在沖澡，我在發抖，她在外面，她正在失去我，而我無法叫她住手。我無法跟她說，我們是如此親密，我們是如此親密，現在請別這麼做，我們是這麼天殺的親密呀。

「妳怎麼想呢？馬拉？」我問她，我抱著她轉了幾圈，然後靠著牆休息。我把她放到家傳毯子上，那條毯子被漂亮地鋪整在大床上。某天我也想教馬拉這麼鋪毯子，我的祖母就是這麼鋪，而我正是跟她學的。我可以從小開始教她。我可以給她一條寶寶毯子。一個晚上就能教會了。

奧圖吠了。

門打開，有隻瘦瘦的手臂彎著伸進來。接著是一張臉，以及一個黃色背包。那是個十、十一歲的女孩，頭髮本來綁了辮子，現在已經拆開。那是馬拉，那是年紀已經大到能走路，也能說話的馬拉。是年紀大到可能遭到霸凌，再想辦法戰勝霸凌者的馬拉。是年紀大到會問一些沒答案的問題，遇上一些無法解決的麻煩的馬拉。在她身後是另一個孩子，一個男孩——她那個還是嬰兒的弟弟崔斯坦。他的出生在我記憶中彷彿只是上星期的事，甚至彷彿此刻正在發生，他全身是血，處於肩位，位置高到我的肋骨，還拒絕產婦的引導接生。即便是現在，我的肚子也不再跟之前一樣了，因爲那些腹腔的壁面曾受重傷、曾被撕裂。他會長大，他也眞的長大了，而且就跟在馬拉身後，老是跟著她。她嘴上說討厭，但其實很喜歡，我知道她很高興被他關注。馬拉和崔斯坦，兩個棕髮的孩子。棕的就像——某人的祖母。或許是我的祖母吧。

有個男人站在他們身後，還有一個女人。兩人都瞪著我。

女人叫馬拉別過來，男人緊緊把嬰兒崔斯坦抱在胸口。他們問我是誰，我回答。奧圖吠了。女人叫牠，但牠對她吠叫，又對我叫，總之不願讓出牠的領地。

馬拉呀，還記得妳把沙子踢進隔壁小朋友的眼睛嗎？我對妳大吼，要妳穿上最好的衣服去道歉；那天晚上我自己在浴室哭了起來，因爲妳不只是貝德的小孩，也是我的小孩。還記得妳撞進一整片落地玻璃窗時，手臂被割得好嚴重，我們只好開著小貨卡把妳載到最近的醫院，等治療結束後，貝德還因爲血跡要求我把整個後座翻新嗎？或者妳還記得嗎，當崔斯坦說要邀請一個男孩去舞會時，妳就是這樣抱住他的？馬拉？記得嗎？記得妳的幾個寶寶嗎？妳的丈夫有著亞哈船長的鬍鬚，多繭的手，還有那棟妳在佛蒙特買的房子？馬拉？妳還記得仍帶著星星般的燦亮熱情愛著妳的小弟弟，而且那種足以吞噬一切的愛唯有你們其中一人崩毀後才能終結？妳還記得你們在孩提時期拿給我們看的那些畫？那些恐龍的畫？崔斯坦拍娃娃的照片？你們有關怒氣的故事？他那些有關天使的詩歌？還有那些在庭院裡做的科學實驗，搞得草都黑得發亮？妳還記得你們的生活滿足、堅實、古怪但安全嗎？妳還記得嗎？妳為什麼哭？別哭，別。妳在嬰兒時期很常哭，但此後就一直堅忍不拔。

在我體內有個聲音：**沒有什麼把妳跟她綁在一起，但妳還是創造出了連結，妳還是創造出一堆連結，肏你的，妳還是創造出一堆連結**。

我對著馬拉和她的弟弟說：別跑了，你們會跌倒，別跑了，你們會摔傷自己，別跑了，你們的母親會看到，她會看到會很生氣會吼我們不能這樣，我們不能，我不能。

我說：別把水龍頭開著不關，你會把整間房子淹掉，別這樣，你發誓過不會再幹出這種事了。別讓房子淹水，帳單會很貴，別讓房子淹水，毯子會壞，別讓房子淹水，我親愛的，不然我們可能會失去你們倆。我們一直都是糟糕的母親，沒教你們游泳。

十惡不赦

《法網遊龍：特案組》的兩百七十二種觀點

「報應」：斯特布勒和班森調查一樁紐約市計程車司機的閹割及謀殺案。他們發現受害者因爲受到警方通緝，曾在多年前使用另一個男人的身分。到了最後，斯特布勒發現這個可疑男子偷來的身分也是從別人那裡偷來的，而他和班森只好從頭開始調查。那天晚上，斯特布勒睡不著時聽見奇怪聲響，是一種悶悶的鼓聲，兩拍子的鼓聲。似乎是從地下室傳來的。當他到地下室檢查時，聽起來又像是外面的聲音。

「單身生活」：有個老女人再也無法忍受單獨著裝這件事。孤身一人穿鞋這件事每每讓她心碎。本來她可以考慮不鎖門，好讓鄰居可以隨時晃進來，但畢竟當時她什麼都沒想。

「或許只是表面上看起來一樣」：兩個未成年的模特兒從酒吧走回家時遭到攻擊。她們遭受姦殺。彷彿被這麼傷害還不夠羞辱人一樣，她們被跟另外兩名遭殺害的未成年模特兒搞混，而就這麼巧，那兩人正好是她們各自的雙胞胎姊妹，而且雙雙被埋葬在錯誤的墓碑下。

「歇斯底里」：班森和斯特布勒調查一樁年輕女性的謀殺案，她被初步認定爲妓女，而且是連續兇殺案的最新被害者。「我恨透這座天殺的城市。」班森對斯特布勒說，同時用快餐店的餐巾紙擦了擦雙眼。斯特布勒翻了個白眼，發動車子的引擎。

「漫遊癖」：原本的地方檢察官按照母親示範過的方法，在上庭前燙了頭髮。敗訴之後，她把三套換洗衣物打包進行李箱，上了自己的車。她用手機打電話給班森。「抱歉，夥伴。我上路了。不知何時回來。」班森懇求她留下。這名原本的檢察官把手機丟到馬路上，從人行道邊把車開走。某輛經過的計程車把手機輾成一堆碎片。

「二年級魔咒」：當這支籃球隊第二次掩護某名謀殺犯時，教練終於覺得受夠了。

「未開化」：他們在中央公園發現了這個男孩，他看起來就是從未被人愛護過的模樣。「他的屍體上面爬滿螞蟻，」斯特布勒說。「螞蟻。」兩天後，他們逮捕了他的老師，結果發現老師其實有好好愛護他。

「被跟蹤」：班森和斯特布勒不能在他們轄區辦公室的家具留下任何刻痕，所以發展出各自的計分模式。班森的床頭板上沿著弧形椽木邊緣刻了八個得分，像條脊椎。斯特布勒的廚房椅子上則刻了九分。

「存貨與綑綁式性愛」：班森從後車箱拿出一袋腐爛蔬果，斯特布勒沒看到。她把蔬果丟進垃圾桶，整袋又濕又重直接摔在空蕩蕩的桶底。那些蔬果就像泡在哈德遜河裡的屍體一樣，裂開了。

「了結」：「這個原本在我體內，」女子一邊說一邊拿出那根彎曲變形的吸管，看起來就像被人錯誤使用的手風琴。「不過此刻在我體外了。我希望維持現狀就好。」

「壞血」：讓斯特布勒和班森永難忘懷的案子。這是個破案比案子本身還令人難受的犯罪事件。

「俄文情詩」：當他們把母親送上證人席時，新的地方檢察官要求她陳述自己的姓名。她閉上眼睛，搖搖頭，坐在椅子前後晃動。她開始用氣音輕柔唱一首歌，不是用英文，其中一個個字母就像煙一樣從她口中翻滾而出。檢察官求助地望向法官，但他直直盯著證人，眼神很悠遠，彷彿迷失在自己過往回憶的密林中。

「寬衣解帶」：一名失去方向、全身赤裸又懷孕的女子被人發現在紐約中城到處遊蕩。她因爲妨害風化遭到逮捕。

「極限」：斯特布勒發現，就連紐約市也有走完的一天。

「有權」：「你不能這樣對我！」那個男人在被護送到證人席上時大吼。「你難道不知道我是誰嗎？」檢察官閉上雙眼。「先生，我只需要你確認一下，你的確跟警方說你看到一台藍色本田車逃離現場，對吧？」那個男人用手掌反抗地大力拍打證人席。「我不接受你們管轄！」死去女孩的母親開始尖叫，聲音太大，她的丈夫只好把她扶到法庭外。

「第三個男人」：斯特布勒始終沒跟班森談過自己的小弟，但也從沒跟她談起自己的大哥，後者其實很好理解，因爲他自己對大哥也不太理解。

「錯誤的引導者」：瓊斯神父沒染指過任何一個孩子，但每晚閉上雙眼時，卻還是會想起他在高中時期的女友：她柔軟的大腿、她充滿割痕的雙手，以及她像隻老鷹從屋頂落下的模樣。

「聊天室」：有名父親深信青春期的女兒受到網路上的色魔覬覦，所以拿了一把鐵撬砸碎家中電腦，把碎片扔入壁爐，用火柴點火。他的女兒說她頭昏、胸口有火在燒。她淚眼汪汪地叫他「媽」。她在週六死去。

「第三類接觸」：斯特布勒發現，他的妻子確信自己曾在二十多歲時看到幽浮。他整晚睡不著，思考著這會不會是她記憶喪失、創傷症候群，和夜驚的原因。而他的妻子恰好就在此時啜泣、尖叫起來。

「懊悔」：斯特布勒在晚上列出當天感到遺憾的事項。「還沒告訴班森。」他潦草寫著。「吃了根本吃不下的墨西哥捲餅。把那張禮物卡隨便地用掉了。打那個男人的力道太大了，本來沒這麼打算的。」他的妻子來到他身後，漫不經心地揉了一下他的肩膀，然後爬上床。「今天還沒告訴我妻子。或許明天也不會告訴她。」

「夜曲」：有個被謀殺的人的鬼魂開始糾纏班森，原來是被埋錯地方的其中一名未成年模特兒。她的眼球變成鈴鐺，小小的銅製鈴噹從眼窩中垂掛下來，鈴鎚與頰骨間有段距離。那個鬼不知道自己的名字。她站在班森床邊，右邊鈴噹微弱敲響，接著是左邊，然後又是右邊。這種情況連續發生了四個晚上，而且都在凌晨兩點零七分。班森開始帶著十字架和大蒜串睡覺。她不了解吸血鬼和被殺害的青少女有什麼不同。目前還不了解。

「奴隸」：轄區辦公室的實習生全是小麻煩。業務不忙時，他們會講電話打發時間。他們會對著沒接通的電話嘰嘰喳喳地說，「特別受害者單位，曼哈頓最多強暴案的警察部門！」他們猜測斯特布勒和班森各種作爲的動機。他們打賭。他們會把紫丁香（班森的最愛）放進她的置物櫃，把雛菊（斯特布勒的最愛）放進他的置物櫃。這些實習生在班森和斯特布勒的咖啡裡下藥，等他們在後方小間睡著後，再把兩張小床併攏，讓兩名警探擺出不得體的姿勢。班森和斯特布勒幾個小時後醒來，發現雙手放在彼此臉頰上，而且沾滿淚水。

第二季

「錯就是對」：班森半夜醒來。她不在自己的床上。她穿著睡衣，四周一片黑暗。她的手放在門把上。門開著。一隻看起來很迷惘的熊貓淚眼汪汪地看著她。班森關上門。她走過一座熱狗攤，攤子的招牌上畫了兩頭正在仔細咀嚼的美洲駝。到了動物園的停車場，她發現她的車被棄置在一根水泥柱旁。她換上收在後車廂的備用衣物，然後打電話回報。「生態恐怖份子，」她告訴斯特布勒。他點頭，在筆記本上記下一些什麼，然後又抬頭看她。「妳身上是有大蒜味嗎？」他問。

「名譽」：斯特布勒夢到某個男人在文藝復興市集羞辱自己的妻子，斯特布勒揍了他那張得意洋洋的臉。醒來後，他決定把這個故事告訴妻子。他翻身，她卻已經不在床上。斯特布勒從沒去過文藝復興市集。

「了結：第二部」：「倒不是我恨男人，」女子說。「他們嚇壞我了，但我不是不能接受這種恐懼。」

「傳奇」：吃早餐時，斯特布勒的女兒向他問起班森的家人。斯特布勒說班森沒有家人。「你老說家庭是一個人眞正的財富，」斯特布勒的女兒說。斯特布勒想了一下。「是沒錯，」他說。「但班森又不是男人。」

「殺嬰者」：班森會定期把新的保險套放進床頭櫃，把過期的丟掉。她每天早上在同樣時間盡責地吞下避孕丸。她跟人見面從不失約。

「違逆」：眼睛變成鈴噹的女孩要班森去布魯克林。她們現在可以透過鈴鐺溝通了。（班森自學了摩斯密碼。）班森向來不去布魯克林，但還是同意了。她搭上夜車。因爲時間眞的很晚，車上只有一個男人睡在粗呢袋上。就在他們穿越隧道時，那名男子睡眼朦朧地望著班森，接著打開袋子後對著裡面嘔吐，幾乎可說有禮。嘔吐物是白色的，就像麥乳。他又把袋子拉好。班森提早兩站下車，最後花上好長時間才步行穿越展望公園。

「散落」：斯特布勒每天早上都會在轄區辦公室運動。他做三頭肌屈伸。他捲腹。他在跑步機上慢跑。他以爲聽到女兒在哭喊他的名字，嚇了一跳，在跑步機上絆倒，整個身體撞上煤渣磚牆。跑步機的履帶以無止盡的循環捲向他。

「癡迷」：「天色很暗，」斯特布勒的妻子說。「我當時正獨自走路回家。正在下雨。好吧，不算眞的下雨。就是有點毛毛雨吧，我猜。有點起霧。街燈的燈光因爲霧氣漫成一片，金黃色，厚重，跟油一樣。我深深的呼吸，感覺很健康，那天晚上在街上走走感覺很健康，感覺很對。」斯特布勒又聽到那種鼓聲了。床頭櫃上的水杯因此震盪起來。斯特布勒的妻子似乎沒注意到。

「小妖精們」：「滾出去！」大吼的班森大吼把枕頭對著鈴噹眼女孩甩過去。她這次帶了朋友來，那是個綁著玉米辮、嘴唇被縫起來的小女生。班森下床，試圖把她們推走，但她的手和上半身穿過她們兩人，彷彿那裡什麼都沒有。她們留在嘴裡的味道像黴。她想起自己八歲時曾跪在房間的加濕器前，用嘴去接蒸氣，彷彿那是她唯一能攝取水份的方式。

「合意」：「斯特布勒？」班森小心地開口。雙腳膝蓋都破皮的斯特布勒抬頭望向她。班森攤開一小塊酒精棉片，遞給他。「我可以坐在這邊嗎？可以幫忙嗎？」他沒說話，點點頭，任由她擦拭自己的膝蓋。他因爲疼痛從齒間發出嘶嘶聲。「你剛剛怎麼了？」她問。「跑步機嗎？是因爲跑步機受傷嗎？」斯特布勒搖搖頭。他不能說。他不能。

「虐待」：更多的遺憾。頁面上充滿刪去的線條。「讓班森看我破皮的膝蓋。允許她幫助我。跟妻子說一切都沒事。讓妻子告訴我一切都沒事，然後不告訴她，其實我知道她在說謊。」

「祕密」：鈴鐺眼女孩們要班森去揚克斯。班森拒絕。她開始在公寓裡燒鼠尾草。

「受害者們」：她的公寓裡擠了太多鬼魂，逼得她打從有記憶以來首次在別人家過夜。這次的約會對象是名投資銀行家，他是個無趣、愚蠢的男人，有隻又胖又愛生氣的虎斑貓；這隻母貓還試圖用身體悶死她。她隔天回到自己公寓，全身痠痛、惱怒，渾身貓尿味，而那些鈴鐺眼女孩卻還在等她，就像達利畫的鐘一樣癱軟在屋內所有物件表面。她緩慢刷著牙齒，而她們就擠在她身邊。她吐了一口水，漱口，轉身。「好吧，」她說，「妳們希望我怎麼做？」

「偏執狂」：「我沒在壓抑什麼！」斯特布勒的太太對她大吼。「跟我說你遇見外星人的那個晚上，」斯特布勒說。他在努力學。他在努力搞懂。「那天有點起霧，」她說。「下著小雨。」他又聽到那種敲擊聲，那種節拍，聽起來源自屋內某處。這聲音讓他頭痛。「對，我知道，我知道，」斯特布勒說。「燈光在燈柱旁漫成一片。就像油。有很多鐵門。我經過那些鐵門，用手指撫過上頭的圈圈及螺旋圖樣，於是我的手指聞起來有金屬的氣味。」

「好，」斯特布勒說。「但，然後呢？」但他妻子已經睡著了。

「倒數」：有位狂人發誓藏了顆炸彈在中央公園的某張長凳底下。「你知道中央公園有多少張長凳嗎？」大吼的斯特布勒狠狠抓住其中一名實習生的領子。他們派了許多警官去中央公園，他們把公園裡的人當成鴿子或遊民一樣從每張長凳旁趕開。什麼都沒發生。

「逃亡」：鈴鐺眼女孩要求班森去了每一區。班森都是搭地鐵。到了最後，她至少每站都見過一次了。她開始記住每站的壁畫、水漬和氣味。哥倫比亞圓環站聞起來像只尿壺。科特柳站聞起來有紫丁香的氣味，令人不安。這是班森好久以來首次想起斯特布勒。回到公寓之後，有個鈴鐺眼女孩想跟班森說個故事。**我當時還是處女。他佔有我時，我破了**。

「愚行」：「有這麼個案子，」隊長說。「有個小男孩指控他母親，說她用馬桶吸盤把他打到失去意識。但這案子不好搞定。男孩的爸爸是政治圈的重量級人物，口袋很深，還會和市長打高爾夫。他的妻子是——班森，妳有在聽嗎？」

「追捕」：斯特布勒確定自己一點也不快樂了。他吞下所有失望的情緒。他的嘴巴裡有橘子皮的味道。

「寄生蟲」：「噢，脅，」斯特布勒的太太說。「脅。親愛的，孩子得了頭蝨。我需要你幫忙。」他們讓孩子站進浴缸。大女兒翻了個白眼。她的母親替他們刷頭皮，三個小傢伙哀叫著抱怨洗髮精讓眼睛痛。這是斯特布勒幾個月來首次感到平靜。

「不爽」：「受害者跟模特兒產業有關係，」隊長說。「但我們在追蹤住處時遇到困難。可能因爲她來自國外。她只有十四歲。」他把她的驗屍報告掛在公告欄上，上頭呈現的臉扁平、蒼白。圖釘插入軟木板的聲音讓班森嚇得從椅子上跳起來。

「炙熱」：斯特布勒又聽見了。那個聲音，那個鼓聲。聽起來是從茶水間傳來的。但他走過去之後，聽起來又是從偵訊室傳來。到了偵訊室之後，他又聽見了。他用雙手敲打雙面鏡，模仿那種聲音，希望能把音源引誘過來，但四周一片安靜。

第三季

「壓抑」：佈道到一半時，瓊斯神父開始尖叫。他緊抓住聖壇桌，口中反覆呼喊一個人名，教區信眾都驚恐望著他。教區認定這是某種犯罪自白，所以打電話找來班森和斯特布勒。在他的辦公室內，班森不小心把一支筆撞到地上，神父立刻嚎叫著趴下去撿。

「怒火」：班森躺在床上，舉起手，模樣像個嬰兒。一名鈴鐺眼女孩站在床邊，模樣像個母親。班森抓住鈴鐺，用盡全力去扯。鈴鐺眼女孩粗暴地往後彈開，班森公寓內的每顆燈泡都爆了，地毯上滿是碎玻璃。

「遭竊」：一開始是條糖果棒。隔天是支打火機。斯特布勒想停手，但他很早就學乖了：做人無須白費功夫。

「屋頂」：「把你記得的事告訴我就好，神父。」**喀拉**。「好，她生前的名字是——我不想說。她痛恨水邊，痛恨草地，所以我們在她公寓大樓的屋頂野餐。她和母親就住在那棟大樓裡。我那時眞的愛她。我迷失在她的身體裡。我們在石子地上鋪了條毯子。我餵她吃橘瓣。她說她是先知，她預見我將奪走一條生命。我說不，不會。她爬上圍繞屋頂的水泥牆，站在那裡又宣讀了一次預見的景象。她說她很抱歉。她就連掉下去的方式都超出我的預期。她只是跪向空氣。」

「糾結」：斯特布勒在轄區辦公室的後方小間發現班森，她正睡在一張早已被壓凹的小床上。她在門打開時驚醒，表情像是剛剛「衝上火線」；斯特布勒的母親離家前常這麼說。現在回想起來，在她關上門前，「衝上火線」正是斯特布勒記得她講的最後一句話。

「救贖」：班森用 Google 追蹤她在約會網站「萬能邱比特」的最新約會對象，結果偶然逮到一名強暴犯。她無法決定要將這個案例標示在哪一個欄位：「成功」（「逮到強暴犯」）嗎？還是「失敗」（「約會最後吹了」）？最後她兩邊都標記了。

「犧牲」：班森把她的英俊約會對象留在桌邊，任由他獨自在餐廳內等待餐後飲料。她轉入一條空蕩蕩的小路，脫下鞋子後走在路中央。天氣以四月來說實在太熱。她可以感覺雙腳因爲柏油開始變黑。她應該要擔心碎玻璃，卻一點也不擔心。在一塊什麼都沒有的空地前，她停下腳步，往下觸摸人行道。人行道在呼吸。帶有兩種音質的心跳讓她的鎖骨震顫。她能感覺到。她突然無比確信大地正在呼吸。她知道紐約就騎在一頭巨大的野獸身上。她非常清晰地確定了這件事，比她過往所了解的一切更確定。

「繼承」：「衝上火線」這個說法一直盤旋在斯特布勒腦中，就像水不停滴下，再漫溢入他的內耳。他繃緊下巴關節附近的肌肉，弄出喀的一聲。那聲「喀」取代了「衝」的音節。他又喀了一聲。**喀**上火線。衝上**喀**線。跑。

「在意」：斯特布勒擔心班森，但不能告訴她。

「嘲笑」：班森出門進行兩個月一次的雜貨採買。她把車開進皇后區的一間大型雜貨店，買了價值三百元的農產品。她的冰箱會因此豐美的像伊甸園。她不會吃那些農產品，因爲她還在吃從餐館買回來、裝在保麗龍盒子裡的法國吐司。那些蔬果想必都會放到爛掉。然後她的冰箱聞起來會跟土沒兩樣。然後她會把蔬果都裝進垃圾袋，下次出門時丟進車站附近的公共垃圾桶。

「單一伴侶」：斯特布勒某天晚上醒來，發現妻子正瞪著天花板，眼淚早已浸濕枕頭。

「只是口水，」她說。「我的手指聞起來像金屬。我好怕。」斯特布勒第一次覺得懂了。

「保護」：班森看也沒看就過了馬路。計程車司機用力踩緊煞車，保險桿距離班森的小腿骨只有毫髮之差。她透過擋風玻璃往裡頭看，有名青少年坐在副駕駛座上，雙眼緊閉。等他張開雙眼時，陽光反射在他的鈴鐺弧線上。她呆望著，計程車司機對她大吼。

「傳人」：「看看我！爹地！」斯特布勒的女兒一邊笑一邊在原地快速轉圈。他就像看電影一樣清楚看到，再過兩年，她會在後座把某個男友的手揮開，而且一次比一次用力。她尖叫。斯特布勒突然驚跳起來。而她已跌到地上，正緊抓著自己的腳踝，哭。

「贗品」：「妳不明白，」神父瓊斯對班森說。他的雙眼底下有一條條腫起來的深色的弧線，就像瘀傷蘋果的顏色。他穿著上面縫了「蘇珊」兩字的厚絨浴袍，草寫字體被機器車縫在胸前口袋上。「我幫不了妳。我遇上信仰危機。」他想關上門，但班森用手擋住。「我遇上失能危機，」她說。「告訴我。你對鬼魂了解多少？」

「處決」：驗屍官把蓋布從死去女孩的臉上拉開。「先被姦殺，然後被勒死，」她說話的聲音很空洞。「你們要找的謀殺犯是把兩隻大拇指壓在女孩氣管上，直到她死去。但沒留下指紋。」斯特布勒覺得女孩有點像妻子在高中照片中的模樣。班森確定自己能看到女孩眼睛的膠質正在閉緊的眼皮下流失，也確定自己聽到鈴鐺響起。兩人上了車，兩人都很沉默。

「受歡迎」：他們審問了所有能想到的人：包括她的朋友和敵人。她霸凌過的女孩。愛過她及恨過她的男孩。覺得她很美好的家長；覺得她是個大麻煩的家長。班森到很晚才跌跌撞撞走進轄區辦公室，睡眼矇矓。「我的推論是這樣，」她緩慢喝著咖啡，雙手發抖，「根據我的推論，兇手是她的教練，根據我的推論，我們會在他的辦公室裡找到不見的內褲。」搜索令很快簽發下來，他們在他辦公桌的最上層抽屜找到內褲，上頭還沾著溼答答的血。

「監視」：班森不知如何向斯特布勒解釋地底下的心跳聲。現在她確定自己無時無刻都能聽到。那聲音深邃又低沉。鈴鐺眼女孩已經會在進來前敲門了。有時候啦。班森會搭計程車到遙遠的街區，手腳觸地趴在街道和人行道上，其中有一次，她整整佔據了一名女子狹小如郵票的蔬果園。她到處都能聽見。那種鼓聲迴響著。在地底深處迴響著。

「內疚」：班森現在已經很能解讀鈴鐺的訊息了。鈴鐺一響，她就能立刻理解。她只好把枕頭壓在自己臉上，直到幾乎不能呼吸為止。**為我們發聲。為我們發聲。為我們發聲。告訴他。告訴他。告訴他。找到我們。找到我們。拜託。拜託。拜託。**

「正義」：有群孩子跑來拜訪班森。她們的鈴鐺特別小，鈴聲比大部分鈴聲更高亢。班森喝醉了。她抓緊床鋪，彷彿正坐在遊樂園的設施上，整張床感覺又是搖晃又是翻滾。**我們可是再也沒機會搭上「瘋狂搖搖樂」了呢。起床！起床！**她們命令她。她把頭放上手機，快速撥號。「我的推論是這樣，」她告訴斯特布勒，「我的推論是我有個推論。」斯特布勒主動表示要去看她。「我的推論是這樣，」她說，「我的推論是世界上沒有神。」孩子們的鈴鐺響得好急促，在一片狂響中，班森甚至聽不太到斯特布勒在說什麼。斯特布勒到她家，自己用備用鑰匙進了屋，然後發現班森趴在馬桶上，身體上下起伏，哭著。

「被解放」：「整座城市都這樣，」班森一邊開車一邊自言自語。她想像斯特布勒就坐在她的隔壁座位。「我到處都去過了。整座天殺的城市都這樣。都是心跳聲。都是那些女孩。」她清清喉嚨，決定再試一次。「我知道聽起來很瘋狂。我只是有個預感。」她停頓，然後說，「斯特布勒，你相信有鬼嗎？」然後說，「斯特布勒，你信任我嗎？」

「否認」：斯特布勒找到他妻子被強暴時的警方報告。因爲實在太老舊了，他得拜託一個檔案部門的人特別幫忙。紙張刮擦薄薄牛皮紙信封發出聲響，斯特布勒感覺心愈來愈往下沉。

「能力」：斯特布勒和班森接到一個案件，是中央公園內的謀殺案。他們抵達現場時，支離破碎的屍體已被送去法醫辦公室。一名迷惘的新進警員正忙著在樹與樹之間拉黃色警戒膠帶。「你們剛剛不是來過了嗎？」他問。

「沉默」：班森和斯特布勒在車站旁街底的酒吧小酌一杯啤酒。他們用雙手緊抓住結霧的馬克杯，在杯面留下發亮、流著水汗，形狀如同天使般的印痕。他們什麼都沒說。

第四季

「變色龍」：亞布勒和韓森接到一個案件，是中央公園內的謀殺案。他們檢查了支離破碎的遺體。「邪教幹的，」亞布勒說。「就是那些神祕主義者，」韓森說。「是個神祕主義的邪教，」他們一起開口。「把屍體帶走吧。」

「欺瞞」：韓森每晚都是一覺到天亮。醒來時總是神清氣爽。她早餐吃芝麻硬麵包圈配香蔥奶油乳酪，還有一馬克杯的綠茶。亞布勒會把孩子送上床睡覺，再從背後抱著妻子入睡，而妻子在睡夢中會笑。他們起床時，她會把夢中的每件趣事告訴他，他也會跟著笑。孩子們會煎鬆餅。硬木地板上滿是一圈圈豐盈的陽光。

「脆弱」：整個轄區連續三天沒有受害者。沒有強暴。沒有謀殺犯。沒有姦殺犯。沒有綁架。沒有人拍攝、購買或販賣兒童色情片。沒有猥褻。沒有性侵犯。沒有性騷擾。沒有強迫賣淫。沒有非法人口販賣。沒有亂倫。沒有妨害風化。沒有跟蹤。甚至沒有不請自來的騷擾電話。然後，在某個星期三的薄暮時分，有名男子對著一名正要去匿名戒酒會的女子輕佻吹了聲口哨。整座城市總算把憋了好久的那口氣吐出來，一切再次恢復正常。

「肉慾」：亞布勒和韓森搞上了，但沒人知道。韓森是亞布勒睡過最棒的對象。韓森倒是見識過更好的。

「消失的各種行爲」：「你們又跑來做什麼？」受害者的奶奶問他們。班森望向斯特布勒，斯特布勒也望向班森，然後兩人轉身背對她。「我已經把知道的一切都告訴你們了，」老太太說，那隻充滿皺紋及結瘤的手打發似地對他們揮了輝。她摔上門時好用力，花盆因此彈起、越過欄杆後掉到草坪上。「你之前來見她了？」班森問斯特布勒。他搖搖頭。「妳呢？」他問她。屋內，米爾斯兄弟的唱片開始播放，還夾雜著拍打和刮擦的音響。**閃亮的小螢火蟲，閃呀，閃呀**。「沒有，」班森說，「一次也沒來過。」

「天使們」：亞布勒兒子帶回家的成績單完美無缺，根本不需要加強。韓森的許多愛人將她帶上狂喜超脫的各種不同境界，藉由陰蒂，也藉由問她想要什麼，**就是這樣**，她想要，**就是這樣**，她想，**就是這樣就是這樣肏就是這樣**。

「娃娃們」：鈴鐺響了，響呀，響了整夜，連續不停的鈴聲把班森身體上的皮膚扒了下來，至少感覺起來是這樣。**快一點、快一點，再快一點**。「我得睡覺，」班森說。「我得睡覺才有辦法快一點。」**這話毫無道理可言。我們從來沒機會睡覺。我們從來不睡。我們無時無刻毫不疲倦地追求正義**。「妳們不記得那種需要睡覺的感覺了嗎？」班森疲倦地躺在沒洗的床單堆上問她們。「妳們也是人類，曾經是呀。」**不不不不不不不不**。

「浪費」：班森的床頭板上有好多刻痕——好多成功的記號，好多失敗的記號，或許她該分開紀錄比較好？整片木頭看起來像是被白蟻啃得破破爛爛。當那個帶有兩種音質的跳動聲響起，木片與碎屑在她的地毯及床頭櫃上震顫。

「青少年」：「五歲小孩謀殺六歲小孩，」班森語氣平板，雙眼底下的肌膚因爲缺乏睡眠色如死灰。「人可以變成怪物，也可以像羔羊一樣脆弱。他們——不，應該說我們——同時是作惡者和受害者。要從這一端傾斜到另一端，其實不用花上多大力氣。我們就是活在這樣的世界裡，斯特布勒。」她呼嚕嚕地啜著健怡可樂。她努力不去看斯特布勒濕潤的雙眼。

「毅力」：班森在放假時看了很多電視。她有了個想法。她在門口撒了一排鹽，還撒在窗台。那天晚上，幾個月來第一次，那些鈴鐺眼女孩沒有來。

「受損」：斯特布勒按摩了一下妻子的肩膀。「我們可以談談嗎？」她搖頭。「妳不想談？」她點頭。「妳想談？」她搖頭。「妳不想談？」她點頭。斯特布勒親親她的頭髮。「晚點吧。我們晚點再談。」

「風險」：亞布勒和韓森連續破了九個案子，隊長帶他們去吃牛排配雞尾酒慶祝。亞布勒大口咬著牛排，那肉塊大到他根本吞不下去，韓森則是快速喝掉一杯杯油漬馬丁尼。她喝掉十杯。十一杯。餐廳另一邊有個男人，他一開始小口小口吃著凱薩沙拉，然後突然噎住了，臉色發青。一名陌生人爲他做了哈姆立克急救法，嚼了一半的肉塊就這麼飛出，落在某名原本終生不喝酒的人桌上，而他開始感覺不太對勁。「我覺得我已經喝掉十二杯了，」韓森咯咯笑著說，還打嗝。她確實喝了十二杯。韓森開車載亞布勒回家，兩人笑個不停。距離餐廳十三個街區後，他們開始撫摸彼此，一邊親吻一邊跌跌撞撞下車。韓森把亞布勒的手放上自己乳房，乳頭也隨之硬挺起來。

「腐爛」：一直有人把一袋袋完熟的農產品丟進垃圾桶。韓森常常忍不住把這些農產品翻出來，帶回家，然後用力刷著那些甜菜之類的。多麼瘋狂呀。把這些好東西浪費掉實在太奇怪了。

「慈悲」：槍手放了所有人質，包括他自己。

「潘朵拉」：班森發現沒了鈴鐺反而令人寂寞。她的公寓好安靜。她站在門口，低頭盯著那條白的鹽線。她用大拇趾往那條線探了一下。她記得小時和母親在沙灘上，腳板因爲被晒熱的光滑沙子而發燙。她把腳趾往前推，弄斷鹽線，「唉唷糟糕，」但又不是眞心感到糟糕。透過那個狹窄的缺口，孩子們如同滾滾洪水快速湧向她。她們身上的鈴鐺狂亂響著，聽起來開心、狂喜又生氣，就像一大群亢奮的蜜蜂。她們的迫切搔著她的肌膚。她從未感到如此被愛。

「受折磨」：**妳是我們唯一信任的人**，鈴鐺眼女孩對班森這麼說。**我們不信任另一個人**。班森認爲她們指的是斯特布勒。

「特權」：亞布勒和韓森發現一枚埋在土裡的彈殼。他們在門框發現一抹血，根據方向判斷，那人似乎是朝著街上去。他們望向彼此，知道兩人都在計算犯人作案時陽光射入這條大街的角度。等進屋後，他們已經知道要逮捕妻子了。他們甚至不用問她任何問題。

「迫切」：「如果妳們已經死了，就什麼都能看到，」班森對鈴鐺眼女孩們說。「告訴我另外兩個人是誰？那兩個——我們的分身。爲什麼他們什麼都比我和斯特布勒強？告訴我，拜託。」鈴鐺響呀響呀響。

「表象」：班森看到韓森從轄區辦公室走出來。她的胃開始扭絞。同樣一張臉，只是長得比較美。同樣的頭髮，只是比較豐盈。她一定要找出她吃哪些農產品。在殺掉她之前。

「優勢地位」：「妳這個瘋子，」韓森一邊說一邊掙扎，想擺脫身上的手銬、繩索、椅子和鎖鏈。班森又留了一通訊息給斯特布勒。「我的夥伴會來救我的，妳等著瞧，」韓森說。「他會來找我。」

「謬誤」：「斯特布勒會來支援我。他知道你們之前幹的好事。你們偷走了我們的案子。還假裝是我們。」

「無用」：斯特布勒在鈴聲停止時掏出手機。**十四通語音訊息**。他做不到，他沒辦法。手機在他手上像昆蟲一樣嗡嗡作響。**十五通**。他關機。

「哀痛」：亞布勒來救韓森。他當然會來。他愛她。班森望著他輕柔解開繩索，撤下鎖鏈，打開手銬，然後讓她自己從椅子上站起來。班森握著自己的槍。她對兩人各自開了三槍，沒打算再射擊更多。他們繼續行動，彷彿什麼都沒發生。他們輕快走到街上，身影消失。

「完美」：「警探，妳怎麼能連槍裡少了幾枚子彈都算不清楚？妳聽到什麼了？班森！（……）不行，我聽不見。（……）沒什麼聲音呀，妳在說什麼？」

「無靈魂」：「瓊斯神父，」班森的額頭緊貼在神父家前廳的地毯上，「我真的出了很大的問題。」他把水瓶放下，坐在她身邊。「是呀，」他說。「我知道那種感覺。」

第五季

「悲劇」：距離轄區辦公室幾哩處，有名青少年和他的十七歲姐姐從學校走回家，結果就這麼死在半路上。屍體解剖時，法醫從他們發紫的內臟中拉出好幾枚子彈，但屍體都沒有子彈進入的傷口。法醫搞不懂。子彈在金屬盤上**鏘啷鏘啷鏘啷鏘啷鏘啷鏘啷**。

「狂」：地方檢察官笑個不停。她笑到咳嗽，笑到感覺有點漏尿。她跌坐地面，身體往前滾了一下，但還在笑。有人敲廁所的門，班森推開門，一臉猶疑不定。「妳還好嗎？陪審團回來了。妳還——妳還好嗎？」

「母親」：「你母親今天打電話來，」斯特布勒的妻子對他說。「拜託你回電，我才不用為你找藉口。」斯特布勒坐在書桌前，抬頭，那只牛皮紙信封就擱在書桌上，信封虛薄地讓他想尖叫。他望向孩子的母親，望向她喉嚨底下的凹陷，望向她睫毛豐厚的邊緣，還有她下巴那顆大約再幾分鐘就要被她擠爆的肥腫痘子。「我得跟妳談談，」他說。

「失去」：「你必須明白，」瓊斯神父說。「我愛她。我愛她勝過世界萬物。但她很憂傷，非常憂傷。她無法再待在這個世界裡了。她經歷過太多了。」

「機緣」：瓊斯神父向班森示範禱告的方式。她合起雙手的樣子像個孩子，因為她上次嘗試這麼做時還是個孩子。他要她敞開心胸。她把膝蓋縮到胸口。「如果我再進一步敞開我的心胸，她們只會擠滿每個角落。」他問她這話什麼意思，但她只是搖搖頭。

「受迫」：「我亂講的，」那名女子語氣呆板。班森本來看著黃色拍紙簿，現在抬起頭看她，「你確定嗎？」她問。「確定，」女子說。「從頭到尾。我很確定，我保證我從頭到尾都是亂講的。」

「選擇」：法庭外的抗議群眾又是推擠又是吼叫，他們手中的招牌木棍彼此大聲敲擊。聽起來就像打擊樂器。而且是最難聽的那種。班森和斯特布勒用他們的身體保護那名女子，她一邊啜泣一邊拖著腳步往前走。班森往左看，往右看。一陣槍擊聲。女子癱倒在地。血像是從水龍頭裡嘩啦啦流出來，她死時眼睛半張，彷彿被打斷的日蝕。班森和斯特布勒同時感覺到那種跳動，就從人行道底下傳來，就從尖叫、驚慌的群眾以及招牌以及死掉女人底下傳來，她就死在那裡，那種一、二、一、二的心跳，然後他們望向彼此。「妳也聽得到？」斯特布勒粗啞地質問，但班森還來不及回答，槍手又解決了一名示威者。她舉的招牌面朝下落在血泊中。

「憎惡」：地方檢察官做了好幾個從山丘上滾下來的夢，她蹣跚、墜落、一路咕嚕咕嚕往下、往下滾到深處。她的夢中有雷聲，但閃電是大黃的顏色，而且每次都是雙響。每次雷聲響起，草葉就改變形狀。然後，地方檢察官在自己的身體底下發現了班森，她正仰躺著自慰，一邊還在笑。檢察官夢到她沒穿衣服，夢到自己在她身上滾來滾去，此時雷聲也跟著響起，但又不是眞的響起；反而比較像雷聲在走路：**咚咚**。**咚咚**。**咚咚**。檢察官高潮了，然後醒來。也可能是先醒來才高潮。在夢的餘韻中，她獨自躺在床上，窗戶敞開，窗簾在微風中翻飛。

「控制」：「你爲什麼要去追查？」斯特布勒的妻子問。「爲什麼？我只想把這段過往掩埋起來。我想把這件事藏起來。爲什麼你要這麼做？爲什麼？」她哭。她不停捶打一個過度扎實的巨大抱枕。他開始在房間兩端來回走著，她用手臂緊緊環抱住自己的身體，讓斯特布勒想起之前一位來到轄區辦公室時全身是血的男人。他的手臂也是那樣環抱著，而當他放下手臂，受傷的腹部敞開，胃和腸子就探出頭來，彷彿準備好要出生。

「心煩意亂」：「嘿，」班森向檢察官打招呼，露出微笑。檢察官雙手握得死緊。「嗨，」她迅速回話，立刻調頭，半走半跑地朝反方向離開。

「逃亡」：女孩走進轄區辦公室時，身上只套了個粗麻布袋。斯特布勒給了她一杯水。她一口狂飲而盡，然後直接吐在他的辦公桌上。嘔吐物的內容據說是水、四片指甲、膠夾板碎片，還有一張護貝過的紙，其中一面寫了似乎是圖書館書籍的代碼。她所說的故事很片段，但聽起來很熟悉；班森認出其中有一句引用自《白鯨記》，另一句引自《鹽的代價》。他們把女孩送到寄養家庭。她則繼續透過別人的話來表達自己的哀痛及憑弔之意。

「兄弟情誼」：斯特布勒一開始跟妻子結婚時只想生女兒。他自己有過兄弟。他很清楚。而現在，他爲自己的兒子們感到害怕，怕到幾乎要癱瘓自己的地步。他多希望他們沒出生。他多希望他們仍漂浮在仍未出生的安全空間內，在他的想像中，那個空間應該是灰藍色，就像大西洋，上頭綴滿星星一樣的光點，而且濃稠的像玉米糖漿。

「恨」：自從牛皮紙信封事件後，斯特布勒的妻子就再也沒跟他講過話。她用一把大刀剁蔬果，而他寧可被她用那把刀捅肚子，也不想面對這一片火星四射的沉默。「我愛妳，」

他對她說。「原諒我。」但她繼續剁。她把斑點圖案的塑膠砧板直接切出裂縫。她切下胡蘿蔔的頭。她拆解小黃瓜。

「儀式」：班森去了格林威治村的一間走新世紀玄妙風的店面。「我需要一道符咒，」她對店主說，「我得搞懂我在尋找什麼。」他用筆在下巴輕敲幾下，然後賣給她四顆來源不明的乾豆子、事後證明為一小片兔子骨頭的白色圓盤、看起來空空的小玻璃瓶——「一名年輕女孩破處的回憶，」他說——花崗岩水盆，還有一小塊來自哈德森河岸的乾燥黏土。

「家人」：斯特布勒邀請班森到他家過感恩節。班森主動表示可以幫忙清出火雞內臟，這是她從小就愛做的事。斯特布勒的妻子給了她一只亮橘色的碗，然後就去照顧她那些爭吵不休的孩子。班森注意到斯特布勒的妻子不跟他說話。她嘆氣，搖搖頭。班森把手伸進火雞肚子深處。她用手指推開軟骨、肉和骨頭，然後抓住某個東西，用力一拉，從火雞體內拉出一連串內臟，上頭還懸掛著許多小小的沾血鈴鐺。這頓晚餐大成功。斯特布勒還在硬碟上貼了張當天的相片。大家都在微笑。大家都很開心。

「家」：班森和斯特布勒去了紐約公共圖書館。他們把那個一蹋糊塗的女孩的照片拿給館員看。其中一名女性說不認識她，但眼神閃爍不定。班森知道她在說謊。她跟蹤這位館員到了茶水間，把她架在販賣機上。販賣機內的一包包薯片和蝴蝶餅因爲震動發出窸窣聲響。「我知道妳認識她，」班森說。那名女子咬住下唇，接著把班森和斯特布勒帶到地下室。她推開一扇通往舊鍋爐室的金屬門，門上吊著一枚壞掉的掛鎖。有張小床緊貼著內側的牆，一疊疊的書籍在整片地板上構成迷你都會。班森翻開某本書的封面，接著是另一本。上頭全都蓋了同樣的章：作廢。圖書館員從斯特布勒的槍帶裡掏出槍。斯特布勒大叫。班森轉身，正好迎向噴上她皮膚的一陣血霧。

「惡毒」：「你怎麼可以讓她拿到你的槍？」班森對著斯特布勒吼。「明明有個綁架人的圖書館員在這裡，你怎麼還可以在那裡到處翻書？」他也吼回去。「有時候——」她憤怒地開口，但又漸漸沒了聲音。

「漫不經心」：隊長把公佈欄上的最後一張相片取下。他已經好多年沒有那麼想來一杯了。「如果想讓『一個女人』活下來，」他的語調隨著每個音節上揚，「只要不讓我們的警探『睡著』就行囉，」說到這裡，他把女人的相片摔在書桌上，用的力氣比嫌犯眞正害死那她的力道還大，「『不停查案』就行囉。」班森低頭看她的黃色拍紙簿，上頭是連續殺人犯留下的線索，是她在紙面不停重組又重組字母的各種組合。她始終沒成功。

「病」：事情是這樣的。那女孩因爲預言能力而病了。她先是碰觸了年輕的班恩·瓊斯的手臂，這名班恩·瓊斯就是後來的瓊斯神父，然後才在布魯克林的大樓屋頂一跪而死。幾十年來，他都把這段記憶鎖在體內。他在彌撒抓狂時，是斯特布勒制住了他，而他現在也失控了。他會在腦中看見孩子，會預見他們擁有令人恐慌的未來。他會看見妻子，會預見她活得很久，而且將永遠記得過去發生的事。不過他看不見班森。有些什麼擋住了他腦中視線。她是一道難以捉摸的煙。

「內幕」：斯特布勒和他的大女兒去購買日用品。他看見一名男子在選蘋果，他一顆顆仔細檢視，然後又放回蘋果堆中。他認出那名男子。男子抬頭也認出了斯特布勒。他叫了他的名字，但不是他眞的名字。「比爾！」他說，「比爾！」他看著斯特布勒的女兒。斯特布勒抓住她的手臂，把她拉到隔壁走道。「比爾！」那個男人的聲音聽起來很興奮，追過來時還撞翻了一批在展示平台上的玉米餅。「比爾！比爾！比爾！」

「罪犯」：一名戴著滑雪頭套的男子用塑膠槍搶了一間銀行，總共搶到五十七美金。某名出納員成了那天的英雄，他用藏在櫃檯底下的彎刀削下歹徒的臉。

「無痛」：「妳不用擔心，」婦產科醫生對斯特布勒的妻子說。「這一點也不會痛。」

「領域」：班森決定試試看那道符咒。她把所有材料依照男子指示混合在一起。她把豆子和骨頭磨碎，把瓶塞打開，「快速傾倒瓶子，」他這麼告訴她，「然後用妳的磨杵壓住，不然那段回憶會飄散消失。」她把瓶子倒向研缽，但腦子突然抽搐起來，然後想起一件從未發生過的事，一聲尖叫，一份炙人的痛楚，一間排滿窗戶但窗簾拉起的陰暗房間，一張冰冷、黑暗的桌子。她跌跌撞撞往後退，撞倒了研缽和磨杵。她跌坐在地，全身顫抖個不停。等一切終於過去之後，她看見一個鈴鐺眼女孩盯著她，對她響著鈴鐺。**之前從沒發生過這種事**，她說。整個晚上，班森都在不停地作夢、作夢、作夢。

「毒藥」：某天下午，班森坐在桌前，感覺打卡鐘的秒針撩撥得她全身發癢。她在椅子上變換姿勢。她翹起二郎腿後又放下。回家路上，她進了一間街角藥局。回到家裡浴室，她排便。她小心走到床邊，平躺下來。她感覺那顆如同子彈的藥丸在體內融化，她感覺好多了。一名鈴鐺眼女孩來到床邊，那對鈴鐺瘋狂響著，彷彿一座被勁風吹響的教堂。**動起**

來呀。「我沒辦法。」**為什麼不行？**「我起來。我動不了。我甚至無法咳嗽。」**妳怎麼啦？**「妳不會懂的。」**起來**。「我沒辦法。」她的核心感到舒緩、平靜，她不能移動，否則一切都會湧出。鈴鐺眼女孩在不穿越床的前提下儘量靠近床。她開始發光。班森的臥室光線滿溢。

街道對面，一名男子把頭抬離望遠鏡，倒抽一口氣。

「頭」：「好，所以，我的推論是這樣，」班森拿著咖啡回到車上時，斯特布勒對她這麼說。「我想說人體器官。這些器官全都又濕又重，像拼圖一樣密合在一起。幾乎像是有人在你出生前把肚子打開，把像燕麥一樣糊糊的一堆器官塞進去。當然現實情況不可能是這樣。」班森看著斯特布勒，手用力捏著杯子，導致一些滾燙的咖啡噴流到手上。她往身後看，然後回頭看他。「幾乎就像是，」他謹慎地說，「它們是從內部長出來的，注定要長成彼此搭配的形狀。」班森眨眨眼。「幾乎就像是，」她說，「我們生長。在母胎內生長。現在也還在生長。」斯特布勒看起來很亢奮。「就是這樣！」他說。「然後，我們就死了。」

第六季

「與生俱來的權利」：斯特布勒的兩個女兒為了一碗湯打起來。斯特布勒到家時，大女兒的額頭上敷了個小冰枕，而最小的女兒正在廚房的瓷磚地板上對著空氣猛踢。斯特布勒走進臥室，他的妻子正仰躺在床上，瞪著天花板看。「她們是你的女兒，」她對斯特布勒說。「不是我的。」

「債」：班森和斯特布勒不玩大富翁。

「猥褻」：班森買了比平常多一倍的農產品，甚至也沒等它們腐敗，就直接在二十個街區內的每個垃圾桶丟一顆完熟蔬果。把這些蔬果散播出去的感覺很好，這種浪費的感覺。

「清潔工」：屍體被移走之後，班森和斯特布勒站在乾掉的血泊邊。一名警官走進臥房。「房東在外面，」她說。「他想知道何時才能清理乾淨，他得出租。」班森用腳戳了戳那塊污漬。「你知道用什麼才能除掉這個嗎？」斯特布勒望著她，眉毛糾結在一起。「氧化潔。這牌子的清潔劑一下就能除掉，」她繼續說。「你下星期就能租出這間房。」斯特布勒四下張望。「房東還沒來耶，」他緩慢開口。「氧化潔一下子就能把這除掉，」她又說了一次。

「狂嚎」：一直到第六個黑人小女孩失蹤之後，警察局長才出來發表聲明。大家本來在看某齣當紅肥皂劇的最終季，卻被這場聲明直播打斷。憤怒的來信迅速湧入。「你是打算告訴我蘇珊的寶寶到底是不是大衛的種嗎？警察局長大人？？？？？？」其中一人這麼寫道。另外還有人寄來了炭疽病毒。

「良心」：鼓聲就是不停。斯特布勒認爲正是因爲他有良心，這聲響聽起來才會這麼、這麼可怕。

「魅力」：班森太喜歡她星期二晚上的約會對象了，所以無法跟他回家。

「疑慮」：瓊斯神父準備進行感恩祈禱。排在最前面的人看起來像是斯特布勒和班森，但又不太一樣。哪裡不太對勁。當他把薄餅放在第一個人的舌頭上時，那名男子閉上嘴巴，微笑。瓊斯神父有一種受原諒的感覺融化、流入自己的喉頭後方。那名女子也接受了薄餅，微笑。瓊斯神父這次幾乎要嗆到自己。他表示自己得離開一下。浴室中，他雙手緊抓洗手台，身體以站在的雙腳爲支點前後搖擺，啜泣。

「虛弱」：斯特布勒一天健身三次。他堅持每次慢跑到犯罪現場，不搭巡邏車。因此每次從車站走出來時，他的排扣襯衫和領帶都直接塞在亮紅色慢跑短褲內。班森則會先跑去墨西哥裔經營的小雜貨店爲自己買杯咖啡，讀報，才會再開車去犯罪現場。斯特布勒永遠會遲到幾分鐘，抵達時手指還壓在量脈搏的部位，鞋子以平穩節奏拍打人行道。他會在他們詢問目擊者時慢跑到位。

「揮之不去」：在地鐵上，班森覺得看到韓森和亞布勒坐在反方向的列車上，他們在奶油黃的閃光中一陣風般經過彼此，車窗彷彿膠捲般一格格閃過，而韓森和亞布勒就出現在每一格中，動作定格、定格又定格，彷彿正在觀賞一只旋轉的費納奇鏡。班森想打電話給斯特布勒，但地表下沒收訊。她對面有個小女孩用媽媽的手機玩遊戲，腳上一隻夾腳拖已經踢掉了。班森突然無比篤定地意識到，這個女孩很快就要死了。她下車，對著垃圾桶嘔吐。

「傳染性」：班森因為豬流感待在家中。她的體溫飆到攝氏四十度，出現幻覺，覺得自己是兩個人。她把手伸向另一邊的枕頭，多年來始終沒人躺的枕頭，感覺摸到了自己的臉。鈴鐺眼女孩試圖幫她煮湯，但她們的手穿過了櫥櫃把手。

「身分」：斯特布勒提議帶孩子出去過萬聖節。他扮成蝙蝠俠，還為此買了副硬塑膠面具。孩子們對此大翻白眼。就在出門前，妻子面對他，抬手把那副面具從他臉上扯下來。他從她手中搶回，重新戴上。她又扯下，橡皮筋還因為她動作太用力彈到他的臉。「哎呀，」他說，「妳幹嘛這樣？」她拿面具摔向他胸口。「感覺不是很好，對吧？」她咬牙切齒地說。

「採石場」：那名男子拿出來福槍，架在沒問題的那側肩膀，受到誘人的召喚力量而緊扣板機。那枚子彈擊中那名失蹤女性的脖子，她倒下，跌進一堆葉子，在葉子像塵土一般揚起前，男子就已解放了她的生命。

「遊戲」：那名男子又放走一名啜泣的女性。就在她哭著往森林裡跑時，他發現自己累了，只想去為自己弄些晚餐。他往森林邊緣走了幾步，她就加入那些姊妹的行列了。

「上鉤」：「是我選擇了這樣的人生，」妓女對眼神憂慮的社工說。「眞的。請把精力用在其他人身上吧，去幫助那些不是自己選擇來這裡的女孩。」她說得眞對。反正她也被謀殺了。

「鬼魂」：一名妓女被謀殺了。她累得無法變成鬼魂。

「怒火」：一名妓女被謀殺了。她憤怒得無法變成鬼魂。

「純潔」：一名妓女被謀殺了。她憂傷得無法變成鬼魂。

「沉醉」：鈴鐺眼女孩來到班森臥房，就是老早之前首先發現班森睡覺時口氣發酸、眼皮震顫的那個女孩。她走向床邊，把手指壓入班森口中。班森沒醒來。女孩繼續把手指伸進去、伸進去，於是當班森張開眼睛時，張開的已經不是實際那雙眼。班森正蜷曲在自己心智的角落內。她能從遠方透過自己的雙眼往外看，彷彿在狹長客廳內透過兩扇相對的窗戶往外看。這位不是班森的班森在公寓內遊走。不是班森的班森脫掉睡衣，撫摸自己早已成熟的女性身體，檢視其中每一吋肌膚。不是班森的班森穿上衣服，叫了輛計程車，敲了斯特布勒家的門，當時是凌晨兩點零七分，但斯特布勒卻沒有愛睏的模樣，只是迷惑。「班森，」他說。「妳來這裡做什麼？」不是班森的班森抓住他的T恤，將他拉向自己，用斯特布勒從未在親吻時體驗過的力量及飢渴吻他。她放開他的上衣。班森在自己腦殼中對著幽暗牆面大叫。不是班森的班森想要更多。斯特布勒用手擦了擦自己的嘴，然後望向他的手指，彷彿相信可以在那裡看到些什麼。然後他關上門。不是班森的班森回到她的公寓。班森原本望著膝蓋，此時抬頭看到鈴鐺眼女孩站在面前。「那誰在開車？」她聲音沙啞地問。鈴鐺響了。沒人呀。而確實，班森的身體還沉重躺在床上，彷彿一具毫無生氣的泥人[1]。鈴鐺響了。我眞抱歉。鈴鐺眼女孩把手指深深沉入班森的腦子中，然後退去，就像一隻橡膠鴨子輕柔漂浮入海。

「夜晚」：班森醒來。她感覺頭一陣陣地痛。她翻身躺到枕頭比較涼的那側，夢境逐漸退去，就像一隻橡膠鴨子輕柔漂浮入海。

1 泥人（golem）或譯爲魔像，據傳說是施以巫術後能夠行動的泥偶，曾出現於《聖經》中，後來也曾出現於猶太人的宗教故事中。

「血」：屠夫拿了條水管沖地板，血就這麼旋轉著流下排水管。那不是動物的血，但他無從得知助手之前到底切了什麼。證據被毀掉了。女孩們只能永遠處於失蹤狀態。

「部位」：「只有我這麼覺得嗎？還是這塊牛排眞的有點腥？」班森的約會對象對班森說。她聳聳肩，低頭看著她點的干貝。她用刀刺了一下，干貝從中間稍微裂開，就像一張嘴巴張開，或者其它什麼更糟的地方。「只是……味道眞的很怪，」他說。他又咬一口。「但不錯，我想應該是吧。不錯。」班森不記得他做什麼工作了。這是他們第二次約會了嗎？還是第三次？他張著嘴咀嚼。她主動表示要去他的公寓。

「巨人」：斯特布勒又喝了一大口威士忌。他的身體陷在扶手椅內。他的妻子在樓上睡覺、作夢、醒來、繼續睡、恨他、睡覺。他想到班森，想到她站在那裡的模樣，想到她身上衣物的怪異組合、她彷彿快要渴死般地吸吮他、她夢遊般地把手滑過金屬欄杆和鐵門尖端，彷彿她還在睡，彷彿她嗑藥了，又彷彿她就是個陷入愛河的女人，陷入愛河，愛河。

第七季

「惡魔們」：眾多陰影穿過最高法院、穿過警察局，再穿越擁擠及空寂的街道。它們爬上牆面、穿越大門、從門縫底下、從拱廊底下，還穿越玻璃窗面。它們想拿什麼就拿，想留什麼就留。生命被創造，生命最摧毀。大部分都是被摧毀。

「意圖」：「如果這孩子是上帝『計畫』的一部分，那麼，我被強暴也是『計畫』的一部分。如果這孩子不是『計畫』的一部分，那麼，我被強暴就是『計畫』之外的事，也就是說，根本沒有所謂的『計畫』可言，一切不過是個『天殺的有禮貌的建議』。」班森伸手要去握倖存者的手，但那個女人低頭望向水面，從欄杆上一跪而下，身影消失不見。

「九一一」：「聽著，我就是到處走，走到腳趾頭都要吐了，我想死，我想隨便殺掉個人，有時候，我覺得自己就快要溶化成一灘器官和爛泥。器官爛泥。」停頓。「嗯，那眞是——那眞是——抱歉。聽著，我只是打電話來舉報我們附近的一宗竊盜案。」

「被扯開的」：他們在女演員消失後幾小時就找到她了，她被綁在紐約港某艘船的桅杆上。一把仿製毛瑟槍被一團團繩索纏住，卡在她巨大的雙乳之間。她身上文藝復興時期風格的束腹被解開一半，上衣也給扯破了。他要她反抗，她告訴斯特布勒。他要她搧他巴掌，罵他無賴，還要她跟他結婚。他自稱雷吉諾德[2]。

「壓力」：班森感冒了。她嘔出：菠菜、油彩屑、迷你鉛筆，還有一只跟她小指頭一樣大的鈴鐺。

「生」：班森和斯特布勒最喜歡的壽司餐廳不再用盤子裝菜，而是用模特兒。班森從一名褐髮模特兒的胯骨上捏了一枚鮪魚壽司時，她似乎正努力憋住呼吸。店老闆經過他們桌邊，看見班森皺眉，於是說，「這樣做省成本啦。」斯特布勒伸手要拿一枚鰻魚壽司，那名模特兒卻突然吸了一口氣。於是那塊肉閃開了他的筷子——一次、兩次。

「姓名」：整座城市的行人都不再走動，所有人的身體消失了部分重量，彷彿被抽掉一段回憶。有名咖啡館服務生拿著杯子，另一隻手用馬克筆對著杯子，在十秒內又問了眼前男子同樣的問題。他回望她，眨眨眼，「我不知道，」他說。在墓地和墓穴中，在停屍間和葬儀社，在燈心草叢和泥沼中，這些姓名在河水的肌膚表面浸潤、翻滾，追趕著死人的身體，就像焰追趕著火，就像電流。有那麼四分鐘，整座城市都充滿名字，於是儘管那名男子無法告訴咖啡館服務生「山姆要點拿鐵」，但有了這些名字後，他可以告訴她，莎曼珊不打算回家了。她在某個地方，但其實她哪裡都不在，她什麼都不知道，但又什麼都知道。

「挨餓」：斯特布勒嘗試說服他的大女兒吃點東西，吃什麼都好。她小口小口啃了餐巾紙，七口。

「乖乖睡」：孩子睡著之後，斯特布勒坐在妻子身邊，就在兩人那張床上。她把自己包裹在毯子裡，連臉都遮住了。斯特布勒輕輕戳著那條蓋毯的開口，很快地，她的鼻頭露出來，眼周旁紅通通的。她正在哭。「我愛你，」她說。「眞的愛。我眞的很氣你。但也眞的愛你。」斯特布勒把她擁入懷中，抱住那個被她包裹起來的自我，他在臂彎內搖晃她，悄聲對著她的耳朵說抱歉、抱歉。等他把燈打開後，她要求他再把她的臉遮起來。他把毯子摺起一小塊遮回去，姿態輕巧。

2 雷吉諾德（Reginald）是一個在美國非常陽剛的人名。

「風暴」：氣流騷亂。雲朵像是等待已久，正快速湧向這座城市。

「外人」：一名新的警察局長走馬上任。他做下許多重大承諾。他牙齒的顏色和形狀都像芝蘭口香糖，太平整了。斯特布勒想計算局長對攝影機微笑時露出的牙齒數目，卻每次都數不清楚。

「受感染」：鈴鐺眼女孩來到班森門前，每個人都很安靜。班森終於打開門，打算去健身房時，她們就在那裡，而且塞滿整條走廊。她們的鈴鐺搖動，卻沒發出聲響。班森接近她們，意識到有人拆掉了那些鈴鎚。鈴噹不停前後擺動、前後擺動，而她們卻史無前例的安靜。

「猛爆」：斯特布勒帶妻子去跳舞。她的同意讓他驚訝。每當走進一間間騷莎舞俱樂部的門後，她的身體就立刻變得輕盈、熱情、汗流浹背，還不停旋轉。他只在兩人年輕時見過她這副模樣，當時他們還沒結婚。汗水的光澤及氣味讓他興奮，敲開他的渴望，那是他早已忘記的感覺。他們跳舞時身體貼得很近。她把手往下滑，滑到他長褲前方，然後咬住下唇，親吻他。他體內深處有些什麼在鼓動。咚咚、咚咚、咚咚。那是一種心跳，幾乎算是心跳。他們搭計程車回家，回到兩人臥房，然後一起扯下她身上的洋裝，兩人已經好多年沒這樣、那樣、又這樣做了，她的指甲陷入他的背部，悄聲喊著他的名字。他們早從多年前就沒再這麼做過了，那是好久好久以前，比從前更早的從前，但兩人終究還是回來了。他呼喊著她的名字。

「禁忌」：班森高潮之後，手臂突然嚴重抽筋，彷彿肌肉彎疊在一起。她按摩前臂，咬住下唇。她聽到對街公寓湧動著一陣陣騷莎舞的音樂。一層薄薄的汗彷彿保鮮膜般封存住她的愧疚。

「受操弄」：轄區辦公室的實習生發現班森和斯特布勒之間的氣氛變了，但不清楚是怎麼不一樣。他們用一本回收再利用的生物化學課筆記本中紀錄兩人行動。他們用自己的手機拍兩人的照片。他們在咖啡機裡灑了有春藥效果的西班牙蒼蠅水。他們用自己身上抽的血、教堂祭壇上的灰、一根麻雀骨頭、白堊，和一捆鼠尾草召喚惡魔。他們懇求惡魔幫忙。這名惡魔感覺很惱，於是把其中一個傢伙帶回地獄，就爲了懲罰他害自己長途跋涉。

「無可挽回」：「露西，你知道伊凡在哪嗎？」斯特布勒問她。「他從沒有遲到這麼久過。」

「課堂」：「露西，你知道伊凡在哪嗎？他從沒錯過任何一堂生化課。」

「怨毒」：班森喝光杯裡的咖啡。口腔感覺有點刺痛。她有點頭昏眼花。所以跑去後方的小房間躺下。

「錯」：班森在夢中聽見心跳聲。當時的她站在空蕩蕩的紐約大街上。一陣微風也沒有。不過人行道卻在動，彷彿有什麼在呼吸。班森沿街跟著心跳的聲音走。她看見一道陰暗入口，上頭招牌寫著莎赫札德[3]燒烤酒吧。裡頭的櫃台很優美，是暗紅色。瓶子和玻璃杯像河面一樣閃閃發光，每次只要心跳響起就跟著顫抖。角落有扇隱蔽的門，上方有道光線流洩而出。裡頭有笑聲。班森覺得那笑聲很熟悉。她還是小女孩時，母親常舉辦雞尾酒派對，而她當時得待在房裡聽的就是這種笑聲。此時的床頭桌上一定會擱著一盤迷你開胃菜組合和半杯蘋果汁。她會小口咬著塞滿某種融化食材的蘑菇，喝果汁，同時聽見門另一邊的笑聲及玻璃杯的敲擊。說話聲時而大聲，時而輕緩，然後又大聲起來。她試著讀書，但最後只是在一片黑暗中待在床上，聽著那些既遠又近的人聲，然後在一片嘈雜中認出母親的刺耳嗓音，就像從內褲褲頭拉出一條脫出的鬆緊帶，然後用力扯得死緊扯到那條內褲毀掉為止。她現在對門另一邊的說話聲產生了同樣感覺。她把手伸向門把，手和門把的距離隨著每一奈米秒的過去減半再減半，她甚至在碰到門把前就已感覺到金屬的冰涼。班森醒來時正在尖叫。

「肥胖」：「再吃一口就好，」斯特布勒求他的大女兒了。「就一口，寶貝，再吃一口胡蘿蔔就好。我們就從一口胡蘿蔔開始。」他能看出女兒不停消瘦下去，就像風把沙丘上的沙不停捲走，再逐漸削減至空無。「一口，就一口。」

「網路」：班森會用 Google 搜尋。「死掉女孩的鈴噹眼沒了鈴鎚」、「女孩鈴鐺眼」、「女孩鬼魂鈴鐺眼」、「鬼壞掉」、「看到鬼該怎麼辦？」、「鬼是怎麼來的？」、「把鬼解決掉」。結果這幾個月，她的瀏覽器透過廣告想賣她的東西有：銅鈴噹組合、抓鬼設備、電玩遊戲、鈴噹合奏CD、娃娃，和鏟子。

3　莎赫札德（Shahryar）是波斯文中「偉大國王」或「王中之王」的意思。

「影響」：新的警察局長本來盯著吸墨紙，此時抬起頭來。他對面的亞布勒和韓森沒有作筆記。他們的記憶力絕佳。「那就去辦好吧，」新的警察局長說。「去把這事辦好。」

第八季

「消息靈通」：班森很確定，她的智慧型手機絕對比自己有智慧，這讓她非常沮喪。所以每當手機試圖提供資訊，她就會把手機拿近臉前，說，「不要」，然後違逆它的意思。

「時鐘」：地方檢察官看著分針和秒針逐漸夾起兩者間的時間。法官問她有沒有問題要問證人，她搖搖頭。韓森正在家裡等她，她拿著一本《包法利夫人》蜷縮在沙發上，口中咬著一綹頭髮，一邊讀一邊在所有該笑的地方都笑開。她們一起做了晚餐。她們一起看雨。

「回憶」：在二十四小時的新聞頻道上，有則新聞被反覆報導了無數次。蔬果受到汙染，他們說。青江菜、花椰菜、芹菜、球芽甘藍，全都髒了、壞了，不能吃了。班森直接從平底鍋內把炒好的菜叉出來吃。「把農產品拿回當地商店，可全額退款，」記者說話時一臉凝重。班森低頭看著平底鍋。她把每一片綠色蔬菜都吃得乾乾淨淨。她走去冰箱，打算弄更多菜來吃。

「叔叔」：「爸，」斯特布勒的小女兒說，「誰是艾叔叔？」他本來正在看報紙，此時抬起頭來。「艾叔叔？」「對，」她說。「今天放學時，有個男人來找我。他說他叫做艾叔叔，是我的叔叔。」斯特布勒很久沒跟這位名叫奧利佛的弟弟聯絡，十年了。他挺確定奧利佛還住在瑞士。他甚至不確定奧利佛是否知道自己當叔叔了。

「衝突」：在法院時，斯特布勒把目光從廁所的洗手台移上來，看到亞布勒站在他身後。亞布勒冷笑。斯特布勒猛的轉身，舉起還沾著一半泡沫的拳頭。廁所沒人。

「滲透」：「聽著，班森，」韓森從電話的另一頭對她說，聲音聽起來細小、遙遠，彷彿班森已經死了，而她正站在班森的屍體邊上。「重點是，妳現在很痛苦。妳不想再痛苦下去了，對吧？」班森把話筒靠在肩膀上，話筒的塑膠外殼沿著她沒洗的油膩臉頰滑動。她沒回答。「只是啦，」韓森繼續說，「我們可以讓這一切停止，妳知道嗎？就是那些女孩。那些聲音。那些匱乏。」班森抬眼。斯特布勒正在一整疊資料夾中翻找，偶爾心不在焉地抓抓下巴，還低聲哼著歌。「妳只要把他交給我們就好。交給我們之後，我們就能停戰。」

「弱點」：班森追蹤電話，結果找到雀爾喜的一間倉庫。她和斯特布勒去過那裡，還曾用螺栓切器闖進去。走廊很暗。只有一個燈泡從天花板垂下來，裡頭的鎢絲勉強發著光。

班森和斯特布勒拿出配槍，另一隻手摸著牆往前走，終於又摸到一扇門。那是個大房間，就跟飛機棚一樣大，空蕩蕩的。他們的腳步聲迴盪其中。班森在房間的另一側又看到一扇門。看起來有點不同。門縫底下散發出的是紅光。她能感覺心臟大力敲打著胸腔。**咚咚。咚咚。咚咚。**她發現那個聲音的存在比自己還巨大，而且是從體外傳來、包圍著她。她看著斯特布勒，一陣恐慌。他看起來很迷惑。「妳還好嗎？」他問她。她搖搖頭。「我們得走了。現在就得走。」他用手指向另一側的門。「我們去看看那扇門吧。」「不行。」「可是，班森——」「不行！」她抓住他的手臂，猛力拉他。他們就這麼一路衝刺回陽光底下。

「牢籠」：強暴犯被強暴了。被強暴的都是強暴犯。「有些時候，」獄醫又在縫一條被撕裂的直腸時，對著某名囚犯說，「我懷疑這些人是住在這裡才變成惡魔，而不是惡魔被關進監獄。」

「精心設計」：法院。走廊。六扇門。每組人馬進出：警探、警官、律師、法官，還有那些該死的傢伙。人們從一扇門進去，再從另一扇門出來。班森和斯特布勒每次進出時都想起韓森和亞布勒。

「精神分裂！」：「讓我跟妳說個故事，」韓森和地方檢察官一起蜷縮在床上時，韓森悄聲開口，口氣就跟性的味道一樣沉重。「一切結束後，妳想知道班森什麼、或想知道斯特布勒什麼，總之我會把所有一切告訴妳。就連那些聲響的事也不例外。」地方檢察官喃喃表示同意，腦子昏沉。「第一個故事，」韓森悄聲說，「的主角是皇后和她的城堡。其中包括皇后、她的城堡，還有住在底下的飢餓野獸。」

「燒毀」：瓊斯神父雖然沒看到，但能感應到惡魔。他躺在床上聞到硫的味道，感覺魔鬼就坐在他的胸口。「你想要什麼？」他問。「你爲什麼在這裡？」

「外人」：某個案子請來了鑑識心理專家。嫌犯是連續強暴犯，他會像中學時解剖青蛙時那樣肢解受害者。「對他來說，這樣做的合理性超出你的想像，」他口氣平淡，同時透過雙面鏡看著那名正在笑的男人。斯特布勒皺眉。他不信任這名心理專家的判斷。

「系統漏洞」：班森買了一百枚鈴噹，拆掉所有鈴鎚。她試圖把這些鈴鎚交給那些鈴鐺眼女孩，但就是裝不上去。她也嘗試把鈴鎚畫在一張紙上，但一把紙貼上她們的臉，墨水就消散了。那些女孩擠滿她的廚房，人數好多，由於散發的光線太亮，用望遠鏡窺看她的鄰居確信她的公寓失火，還因此打電話給消防隊。班森坐在柳條椅上，雙手擺在膝蓋上。「好吧，」她說。「進來吧。」她們進來了。她們走進她的身體，一次一人。一旦她們進來，她就能感覺到她們、聽到她們。她們輪流使用她的聲帶。「哈囉，」班森說。「哈囉！」班森說。「這感覺眞好，」班森說。「我們該先做些什麼呢？」班森說。「好了，等一下，」班森說。「我還是我。」「沒錯，」班森說，「但妳也是一隊聯軍。」遠方，消防車的警鈴劃破夜空。

「依賴」：「你知道伊凡被綁架了嗎？」班森問隊長。隊長正用戒酒成功的「清醒硬幣」敲打上了亮光漆的木桌。「誰是伊凡？」「我們的實習生！實習生！之前坐在那張辦公桌的實習生！」她指著露西，而她正坐在滾輪辦公椅上哭。每一聲抽泣都把她往回推動一釐米，最後她都快被推到走廊了。

「稻草堆」：班森向露西保證會去找伊凡。她去了所有他平常走動的地方，而女孩們全都擠在她的腦子裡。「他不在那裡啦，」她們說。「他在別的地方。他被吞噬了。」班森把搜查結果告訴斯特布勒，他深深嘆了口氣。「他會在某個地方被吐出來，」他心領神會地說了。「只是不是這裡。」

「費城」：實習生伊凡惹惱了地獄所有人，所以惡魔把他送了回來。不過他沒瞄準目標，射得太遠，不小心把伊凡送到賓州。伊凡決定待下來。他反正沒喜歡過紐約。物價太貴。太憂傷。

「罪惡」：瓊斯神父寬恕了那些開花的樹和花朵。因爲它們的花粉飄散開來，堵住了許多人的肺臟，瓊斯神父微笑。那是帶來救贖的咳嗽。

「責任」：實習生露西低頭看著手上那張紙，班森在上頭抄了瓊斯神父的住址。她再次抬頭時，前門開了，瓊斯神父倚著門框，看起來累壞了。「進來吧，孩子，」他說。「我們似乎有很多事得聊聊。」

「佛羅里達」：三個禮拜的時間內，分別有五人在佛羅里達的大沼澤地捕抓、剖開五隻鱷魚。每隻鱷魚的肚子裡都有一條一模一樣的左手臂——上頭戴著閃亮的紫色果凍膠手環、擦了碎片綠指甲油、小指連接到手掌處還有條白色傷疤。他們把指紋輸入系統搜尋後，循線找到一名在紐約失蹤的女孩。法醫看著五條手臂一字排開，頭皮發麻，所以丟了其中四條。「屍體剩下部分仍未尋獲，」她在筆記中這麼寫道。「推定受害者已過世。」

「疏離」：班森終於坐下來，她開始數。她翻閱檔案、文件和電腦。她計算，以五爲一組當單位，最後算了一頁、一頁又一頁。她回家，門才在背後闔上就立刻亮出彈簧刀的刀片。她開始挖廚房檯面、開始挖櫥櫃邊緣，靠著一個個刻痕計算、計算、計算、忘記算到多少，然後又繼續算。

「假裝」：斯特布勒推開班森家的門。她正躺在廚房地板上，雙臂張開，臉面向天花板。她身邊的椅子、桌子和擱腳凳都已經稀巴爛。「她們人太多了，」班森聲音好小。斯特布勒在她身邊跪下，輕柔撫摸她的頭髮。「會沒事的，」他說。「會沒事的。」

「搞砸」：地方檢察官請病假，又來了。「第六十五個故事，」韓森對她耳語，「講的是一個旁觀妳、我和所有人的世界。一個把我們的痛苦當遊戲一樣觀賞的世界。而且覺得好看到停不下來，就是沒法抽身。假如他們能停下來，我們也就能停下來了，但他們不想，我們就沒辦法。」

第九季

「輪番」：某個星期二，斯特布勒的妻子從店裡回來，發現有個男人坐在門前階梯上。他一臉歉意，翻開兩隻手掌。「我把鑰匙弄丟了，」他說。她把一整袋買回來的商品放下，開始翻找鑰匙。她從眼角觀察，發現他長得很像斯特布勒，微笑時左邊嘴角也會出現一個小凹痕，但腦中又有個聲音在尖叫：他不是我丈夫。門突然打開。她最小的孩子剛從屋內的臥房走出來，正揉著惺忪睡眼，然後指著那個男人。「那就是艾叔叔！」她大吼。斯特布勒的妻子從一旁桌上抓起花瓶旋身，但他已跑出門外，跑到街上，全力衝刺地跑著，然後消失不見。

「附身」：在電影院的後排座位，韓森的手臂悄悄繞上地方檢察官的肩膀。檢察官在光影明滅的半黑空間中望向韓森的臉。跟其它地方相比，她在這裡看起來更像班森了。她吻了她的嘴唇。

「衝動」：警察酒吧正在播放威爾森・菲利浦女子三重奏。斯特布勒似乎因此感到惱怒，班森卻因為回憶起少女時期而笑開。她一邊用嘴型跟著唱，一邊盯著自己的那杯啤酒。每次只要歌詞出現「不顧後果」和「親吻」時，她就跟著搖頭晃腦。

「專家」：那男孩製作出一張張失蹤人口的名單，時間甚至一路回溯到他出生之前，並根據所有人消失的時間排列。他在大部分人名上劃了黑線，但不是全部。他母親不了解那些名字，也不了解劃線的意義，所以把名單拿到家裡後院，放在燒烤架上燒掉。

「傷害」：斯特布勒的妻子提起艾叔叔的事，他立刻要她把孩子帶回在紐澤西的娘家。而他坐在門口階梯上等亞布勒回來。他幻想拿磚塊敲他的頭。然後他的手機響了。「你以為我會拜訪同個地方兩次嗎？」亞布勒口氣愉快。斯特布勒嘗試思考，努力思考。亞布勒和韓森會在哪裡呢？但他毫無頭緒。

「斯文加利[4]」：檢察官吻了韓森，她們幹了二十四小時，就是睡覺、做愛、睡覺。她在她耳邊哼唱承諾。瓊斯神父向露西示範該如何防範惡魔。斯特布勒為了找到亞布勒走遍

4 斯文加利（Svangali）是英國小說家喬治・杜・莫里耶（George Du Maurier）於 1894 年發表的小說《軟帽子》（*Triby*）中的角色。後來被用以比喻透過極端手端操弄、控制女子的男人。

紐約，整個人繃得像琴弦一樣緊，時不時還因爲怒氣震顫。班森帶著她自己及體內的女孩們出城跳舞，還喝了許多冰涼的啤酒，好讓她們知道「好時光」是怎麼一回事。

「盲目」：班森夢到韓森和亞布勒抓住她的眼球，緩慢拔出，而後頭那捆視神經就像橡皮泥一樣延伸、垂落。

「對槓」：斯特布勒會直接槓上他們，但他連要在哪下戰帖都搞不清楚。

「父親的義務」：難堪的眞相是，班森根本沒有父親。

「告密者」：沒有實習生下那些惡毒的賭注之後，眾神開始玩其它把戲。

「在街上混過」：班森只知道自己確定街道在呼吸。女孩們說了她需要知道的事：她是該害怕。

「簽名」：因爲體內塞滿女孩，班森發現，簽名幾乎成爲不可能的任務。

「非正統」：「我才不管證據怎樣，」法官咯咯笑了。「你顯然是無辜的！顯然！給我滾出去，就是你。替我向你爸打聲招呼唷。」

「不可思議」：斯特布勒到岳母家拜訪妻兒。他們看了電影《公主新娘》，然後在電影結束前睡著了。斯特布勒和妻子擠在沙發上，身體被枕頭墊得老高，身旁一片黑暗中只有螢幕在發光，就這麼看著自己創造出的這幾個生物。

「臥底」：「你們了解多少？」新的警察局長問韓森和亞布勒。他不虔誠，但被兩人臉上的表情一嚇，竟然用手指劃了個十字，而他可是長大之後就沒這麼做過了。

「衣櫃」：檢察官走入屋外陽光，眨眨眼，用手遮住臉。她幾乎撞上正在人行道上漫步的班森。班森對她微笑。「好一陣子沒見到妳了。妳病了嗎？」檢察官眨眨眼，反射性地擦擦嘴，想擦掉那抹不屬於她的口紅印。「沒錯，」她說。「不對，嗯，沒錯，有點病了。」

「權威」：斯特布勒獨自待在老家喝古典雞尾酒。沒想到這麼容易，他爲此心煩。他想到他的孩子、他的妻子。他的弟弟，就是突然之間，他想起他的寶貝小弟。他努力回想小弟的模樣，而他的畫面就像素描一樣閃過他的神經突觸。斯特布勒突然確定了某件事，跑到外頭街上，瞪著天空。「停止吧，」他乞求，「別再讀下去了。我不喜歡這樣。有什麼不太對勁。我不喜歡這樣。」

「交換」：墓園。班森開始挖。她的脊椎疼痛，肌肉僵硬、抽痛又刺熱。她挖出第一個女孩，然後第二個，然後第三個，然後第四個。她把一個棺材往左滑過去，一個棺材往右滑，一個棺材往上滑，一個往下滑。她把她們各自放回刻有正確姓名的墓碑下。然後她體內的四個女孩開口了。「謝謝妳，」班森說。「是的，謝謝妳，」班森說。她的心智終於出現一小條清明的縫隙。她呼吸。感覺輕鬆多了。

「冷」：斯特布勒到班森的公寓找她。她坐在一堆本來是桌子的木頭碎片中。她懶洋洋地喝了好大一口啤酒，拉出一抹淡薄的微笑。「我的推論是這樣，」她說。「我的推論是。我的推論是有一個神，而祂很餓。」

第十季

「審判」：「我好厭倦，」檢察官對上司坦承。「我厭倦敗訴。我厭倦再把那些強暴犯放回街上。我連勝訴也厭倦。對正義也厭倦。正義好累人。我是由一個女人組成的正義機器。我必須達成的要求太高了。我們不能找個演員假裝我死掉嗎？或者隨便搞些什麼名堂？」她沒說實話：她想看班森在她葬禮上的反應。

「自白」：斯特布勒和妻子在紐澤西散步。他們沿著一道骯髒的海灘走著，不過有穿鞋，所以不至於被破玻璃瓶刺傷。「他把我鎖在房內，」她對他說。「他把鎖轉上，對我微笑。我完全動不了。他沒綁住我，但我動不了。這就是最糟的地方。我毫無藉口。你之所以努力奮鬥，就是想讓受害者取回她們的名字，但不是每個受害者都想被人知道名字。不是我們每個人都能處理正義帶來的啟示。」她垂下頭，他想起第一次見到她的樣子。「還有，」她輕柔地說，「你應該知道，班森愛你。」

「鞦韆」：斯特布勒把最小的孩子愈推愈高。他想起他妻子說的話。「好了，爹地！我說好了！」他意識到她正在用最大的音量嚎叫。嚎叫的是她，是他的女兒，而不是她的妻子。當然也不是班森。絕不是班森。

「瘋傻」：班森不是很常想到月亮，不過一想起就會解開衣服最上方的四顆扣子，然後仰頭將喉嚨面向天空。

「懷舊」：有個老女人殺掉了當地快餐店的老闆。她告訴班森和斯特布勒，那人在兩人青春期時強暴了她。他們實在不忍心告訴她，她殺的其實是那人的雙胞胎兄弟。

「小寶貝們」：貓頭鷹餐廳的所有女侍同時懷孕了。沒人願意說出原因。「其實這不太算是個案子，」班森有點惱火。斯特布勒在他的拍紙本上亂塗鴉——那是一棵樹。又或者是一顆牙齒？

「野生動物」：鹿、浣熊、田鼠、老鼠、蟑螂、蒼蠅、麻雀、鳥、蜘蛛，這些全不見了。科學家立刻注意到這個現象。政府灌注大量研究經費。牠們去哪了？這些動物消失代表什麼意思？若要牠們回來，需要付出什麼代價？

「人格」：班森喜歡她的約會對象，但體內的女孩強調她們是個集合體，因此搞砸了約會。「『我們』是一體的！女皇即天下[5]！」她在他逃離後這麼嚎叫出聲。

「創傷症候群」：班森每天晚上都會夢到女孩們死掉的場景。她不停穿梭於女孩被刺殺、被射擊、被吊死、被毒殺、被掐死，及被繩索勒的畫面之間，以及那些不要、不要、不要的呼喊。那些畫面非常清晰，中間還穿插著班森的尋常夢境：比如和斯特布勒上床、世界末日、牙齒從口中掉出，以及班森和斯特布勒在大洪水吞沒一切時搞上，而她的牙齒在過程中落到他身上。

「淫穢內容」：檢察官花了二十四小時看那些二十四小時播送的新聞頻道。

「陌生人」：「你這是什麼意思？」斯特布勒對著話筒大口喘氣。「在那十年期間，喬安娜・斯特布勒名下有三張出生證明，」另一端的職員說。「奧利佛、你，還有一位艾利。」

5 這裡的原文是「It's the royal 'we'!」通常是皇室或教宗這類高位者會如此以「集體」代稱自己這個人。背後意味著「朕即天下」的感覺。

「我沒有叫作艾利的兄弟，」斯特布勒說。「根據這邊的文件，你有，」她說，嘴裡同時大聲吸吮著一大塊口香糖。斯特布勒真的很討厭別人在嚼口香糖時這麼吵。

「溫室」：班森在她的公寓地面擺滿花盆，還鋪了一道道黑土。這一切就布置在被她摧毀的家具殘骸之間。她種下蘿勒、百里香、小茴香、奧勒岡草、甜菜、菠菜、羽衣甘藍和彩虹牛皮菜。澆花罐撒出的一連串拍打聲實在好美，她聽了好想哭。是該培育些什麼的時候了。

「綁走」：一名嬌小的多明尼加女孩走在街上，被一名穿著灰色大衣的男子劫走。再也沒人見過她。

「轉換」：每次班森把臥室燈打開又關上，就會聽到那個聲響。**咚咚**。她能從牙根感覺到。

「主導」：累的時候，班森會讓女孩們接手。她們會帶著她的身體在城內到處跑，可能買檸檬調酒，可能對著酒吧保鑣扭腰擺臀，還有一次，就在班森重新接手之前，女孩們讓她愛嬌地吻了一名在餐館打雜的男孩，他的嘴唇嚐起來是金屬和薄荷牙膏。

「芭蕾舞者」：她每週花四個晚上去跳舞，連續兩年。他每場表演都買一樓最前排的票去看，但從未到後台要簽名。她老是有種被觀察的不自在感，覺得那種眼光帶有侵略性，但始終不知道是誰在看。

「地獄」：瓊斯神父把實習生露西送回現實世界，但他已跟斯特布勒一樣受到感染。他從自家大樓的屋頂一跪而下，帶著惡魔一起死去。

「包袱」：「沒錯，」斯特布勒的母親在電話上這麼告訴他，口氣謹慎。「我確實還有一個年紀比較大的孩子，艾利，但打你還小就沒再見過他了。」「他去哪裡了？」斯特布勒問。「為何你從沒提過？」「發生了一些事，」她似乎在哭，聲音有濃重鼻音，「還是別提比較好。」

「自私」：法醫無法說服自己承認的是，有時候，「她」才是那個想被剖開，而且想要有人來為自己揭露自己所有祕密的人。

「迷戀」：「我真的很關心妳，」斯特布勒說。「我知道妳的感覺。我很抱歉之前害妳誤會了。我很抱歉沒有直接一點。但我愛我的妻子。我們最近不太順，但我愛她。我應該在我們接吻後就告訴妳才對。我應該早點告訴妳，那個吻就只是個吻。」「我們接吻了？」班森問。她不停在回憶中翻找，卻只找到一堆夢境。

「自由」：「我的意思是，不是……不是『每個人』，」這位憲法學者一臉訕笑，態度既俏皮又憤慨。「要是『每個人』都擁有那些權利，你們能想像嗎？根本無政府主義。」亞布勒微笑，然後又為自己斟了杯酒。

「斑馬們」：班森又在動物園裡醒來了。她爬上圍牆，完全不在意觸發警鈴，也不在意奔跑時有許多完全以她為目標的警車正到處巡邏、閃著警燈找她。她光著腳，她的腳在流血。街道在呼吸，街道發熱，街道在等待，還有什麼在等待？底下，底下，在底下。

第十一季

「反覆無常」：斯特布勒聽班森說了。她把一切都告訴他了——那些女孩和她們已經不會響的鈴鐺——還有一些他已經知道的事——比如地底傳來的心跳聲、地面的呼吸起伏，還有她對他的愛。他環視她充滿植物的公寓，此刻看來與其說是家，其實更像植物溫室。「妳意思是，她們現在在你體內。」「對。」「此時此刻。」「對。」「她們會跟妳說些什麼嗎？」「有時候。」「說些什麼？」「她們說，『噢嗚、對、不要、住手、是那個、幫幫我們、那裡、但爲什麼呢、但何時呢、我好餓我們都好餓、吻那個男人、吻那個女人、等等、好吧……』」此外，我也買了一些鈴鐺。」她指向那個早已破爛的紙箱，裡頭滿滿閃爍著袋裝花生和黃銅反射出來的光線。斯特布勒皺起眉頭。「班森，我能怎麼幫妳？」

「甜心」：那名有點年紀的英俊紳士將餐巾對半折起，沾了沾嘴巴。「我要說的是，」他對無法把眼神從他臉上移開的班森說，「如果情況持續下去，我希望妳能辭掉工作。當然，妳能拿到補償金，數量遠高於目前的薪水。在那之後，我想妳應該隨時都有空了吧。」

「孤獨」：班森修剪她的植物，努力揮去因爲拒絕對方而升起的悔意。

「爛醉」：班森醒來，看到韓森站在床邊。她手上拿著一只垃圾袋，臉上掛著大大的笑容。她把垃圾袋內的東西倒在班森床上，那些東西滾了出來，如同幽靈般清透的河蝦。原來是女孩們被偷走的鈴鐺。那些鈴鐺沒有重量，但班森不知爲何仍能感覺到。在她腦中，女孩們突然七嘴八舌討論起來。等大量光點在班森眼中停止閃爍之後，她才意識到韓森已經走了。她嘗試撿起那些鈴鐺，但鈴鐺就像霧氣一樣在她指間散去。

「固定線路」：檢察官來班森公寓討論一件案子。「我喜歡妳的溫室，」她說。班森不敢置信地眨眨眼，害羞笑了，然後主動提議帶她參觀各種植物。她還向檢察官示範如何爲一座加熱燈重新接線。她們就這麼一路談笑到晚上。

「嚇壞」：「妳就是得學會與現實共處，」一臉厭煩的官員對著對面椅子上的女子這麼說。她還在發抖。

「使用者」：所有參加網路會議的人醒來之後，都發現廁所鏡面上有一道長長的裂痕。

「騷亂」：亞布勒和韓森倒轉聚光燈，把廁所淹滿水，還把所有門栓的內部零件偷走。

「變態」：「你們無法阻止我，」插在屍體上的紙條這麼寫著。「我控制一切——狼。」班森和斯特布勒建立了一個新的案件資料夾。斯特布勒哭了。

「船錨」：他們無法證明那名海軍官員涉案，因爲證據不防水。

「快速激情」：檢察官終於把韓森丟下床。「妳不是她，」她的聲音憂傷而沉重。「我就再說一個故事，」韓森倚在門框邊說。「不想再聽一個故事嗎？一個就好。這個故事很棒。保證酷斃。」

「影子」：若那天陽光普照，萬里無雲，她就會看見他走過來。所有人都怪天氣預報員。

「政治正確」：「只是呀，」那男人說話時自信滿滿，頗有節奏地點著頭，「我的幽默感特別有顚覆性，你懂嗎？我，就是呀，這話你可別跟那些政治正確魔人說呀。我呢，就像是個，造反者。一種獨立的思想家。懂吧？」多年來第一次，班森直接在約會中走人。她確實缺人陪伴，但也沒缺到這個地步。

「救世主」：某天晚上，露西敲了班森家的門。「妳的槍，」她說。班森對她皺眉。「什麼？」露西直接從班森的槍套中抽走槍。班森試圖抓回來，但露西已在槍柄上抹了些什麼。

「來自瓊斯神父的禮物，」她把槍還給她。

「機密」：「她能來這兒走走實在太好了，」班森對她的植物說，而「她」指的當然是檢察官。班森痛恨日記。「她眞是個很好的伴侶。眞的很棒。」她想像那些植物彎曲莖枝，朝著自己說話的聲音而來。

「目擊者」：沒有目擊者。檢察官無法審理這件案子。

「失能」：斯特布勒去探望他的妻子和小孩。他擔心亞布勒跟蹤他。他停下車。他又把車開回紐約。他搭了火車。他一路搭便車回家。

「睡覺時間」：斯特布勒的妻子蜷起身體緊貼著他，然後輕聲在他耳邊說，「你覺得，我們什麼時候可以離開我媽家？」她問。「等我們抓到艾叔叔，」他說。他可以感覺她的臉拉開一個睡意濃重的微笑。「話說回來，你覺得艾叔叔代表什麼意思？」她睡眼惺忪地問。

「受騙」：斯特布勒把亞布勒壓制在地上。「我知道你是誰！」斯特布勒在他耳邊說。「你是我的哥哥，艾利。就是那個艾叔叔。」亞布勒在他底下痴痴笑出聲。「不是，」他說。「我不是。我只是自稱艾叔叔來惡搞你而已。艾利死在監獄裡，好多年前的事了。你的哥哥是個強暴犯。你的哥哥根本是頭野獸。」班森把斯特布勒拉起來。「別聽他胡說，」她說。「千萬不要。」亞布勒冷笑。「我可以告訴你們韓森是誰唷，要嗎？她是——」

「牛肉」：漢堡才不會在乎自己害死誰。

「火炬」：一名女孩被強暴，身體還被點火。她進入班森的腦子時不停尖叫，煙霧在她灼燒的肌膚上繚繞，那態勢完全沒有要體諒人的意思。截至目前爲止，這是讓班森感覺最漫長的一夜。

「王牌」：亞布勒和韓森發現時間快到了。他們上床，他們吃飯，他們喝酒，他們抽菸。他們去跳舞，不但在椅子上跳探戈，還在上漆的胡桃木地板上跳加伏特舞。當畢斯利一家回來時，發現軟質木餐桌上全是鞋跟印，而且有一半碗盤都給摔破了。

「理想形象」：一堆模仿別人惡作劇的傢伙把路標反過來，還把人們的鞋帶綁在一起。斯特布勒第五次因此跌倒時，用拳頭用力捶了地板。「我、受、夠、了！」

「粉碎」：「你不懂嗎？」亞布勒在班森和斯特布勒腳邊掙扎、嚎叫。韓森則是笑了又笑。「你們覺得這一切是什麼巨大的陰謀，但不是。世道就是這樣。」班森從槍套中掏出槍，瞄準兩人射完一整個彈匣。亞布勒立刻倒下，一臉驚訝。血從韓森口中湧出，在下巴流成一條細細的血線。「就像電影裡看到的一樣，」班森用氣音說。

第十二季

「臨時代理」：沒了韓森和亞布勒之後，班森和斯特布勒茫然若失。慢慢地，他們開始回頭翻看舊檔案，看那些失蹤的女孩和女人，那些死人。「把她們找出來吧，」斯特布勒說，語氣中出現全新的自信。「就讓我們解放她們。」

「靶心」：「我們當時之所以沒抓到他，是因爲他的自白萬無一失。但現在我們搞清楚了。」

「乖一點」：現在他們就算遭遇挫敗也不收手。

「商品」：他們逮捕了任由手下許多女孩被淹死的老鴇。「下手的不是我呀！」她被拖到巡邏車上時如此嚎叫。「下手的不是我！」

「濕」：班森不知道自己是怎麼知道的，但她就是知道。他們沿著哈德遜河走了好一段路，找到八具失蹤女性的遺體——謀殺者不同、死亡年份不同。輪床喀拉喀拉推過她身邊時，她一一點出她們的名字。

「被烙印」：他們抓住給人打烙印的連續兇手。許多受害者都在指證嫌犯時認出他，一張張燒傷的臉因此擠出微笑。「妳是怎麼抓到他的？」一名女子問班森。「就靠老派警察的扎實辦案作風囉，」她說。

「戰利品」：「我是以結婚爲前提在找女友，」班森的約會對象這麼說。他很英俊。他很出色。她起身，把餐巾摺好放在桌上，然後從皮夾裡抽出三張二十元鈔票。「我得走了。我只是……我得走了。」她沿著街道奔跑。她弄壞了一隻鞋跟，所以剩下的路都用跳的。

「插入」：「不對。」「對。」「不對。」「不對？」「不對。」「噢。」

「灰色」：班森種了一些花。

「救援」：綁架犯都還沒對目標出手，班森和斯特布勒就已經把他解決了。

「槍聲」：班森和斯特布勒覺得聽到槍響，但從餐館衝出來時，只看到三層樓高的建築上方，有小小的煙火亮起。

「附身」：「不會再很久了，」班森說，她對自己說，也在睡夢中說。

「面具」：斯特布勒和妻子在整棟房子中跳舞，臉上還戴著老鼠面具。孩子們驚恐地望著這一幕，然後跑回自己房間，其中一人努力想忘掉這畫面，另一人則好好記住了，並預備未來在回憶錄中寫成一個章節。瓊斯神父沒碰的只有斯特布勒跟露西，你懂吧。

「骯髒」：檢察官來幫班森打掃地上的木頭碎片。她們擦了窗戶，訂了披薩，還聊了各自的初戀。

「飛行」：這座城市仍然飢餓。這座城市始終飢餓。不過今晚，心跳慢了下來。她們飛翔、她們飛翔、她們飛翔。

「奇觀」：星期四，他們逮到好多壞人，班森一個下午就吐出十七個女孩。她一邊笑一邊把她們吐出來，她們跌入像是外洩油窪般的嘔吐物中，然後消散在空中。

「追求」：他們追趕。他們逮捕。無人能倖免。

「霸凌」：最後一個女孩死待在班森腦殼裡不走。「我不想落得孤獨一人，」班森說。「我也是，」班森說，「但妳得走了。」斯特布勒走進班森公寓。「她的名字是愛麗森・瓊斯。十二歲。她被父親強暴，但母親不相信她說的話。他殺了她，把她埋在布萊頓海灘。」女孩在她腦內猛搖頭，彷彿正把髮絲裡的沙子甩出來。「走吧，」班森說。「走。」女孩微笑，但不動，鈴鐺幾乎沒搖晃。「謝謝妳，」班森說。「不客氣，」班森說。出現了一種聲音，一種新的聲音。像是嘆息。然後她消失了。斯特布勒擁抱班森。「再見，」他說，然後他也離開了。

「爆炸性新聞」：檢察官來到班森家門前。班森的頭腦才剛清朗起來，感覺起來就像座空曠的停機棚，一塊廢地。廣闊但空蕩。她知道還有更多女孩——永遠都會有更多女孩——但此刻她願意享受這片空曠。檢察官伸出手，摸摸班森的臉，幾乎沒有使力地輕巧掃過她的下巴。「我想要妳，」她對班森說。「第一次見到妳，我就想要妳。」班森傾身吻她。心跳代表渴望。她把她拉進屋內。

「圖騰」：「一開始，在城市出現前有個生物，牠沒有性別或所謂年紀。城市搭乘牠的背部飛翔。我們都能聽見，我們每個人，總之透過各種方式聽見。這個生物需要祭品，但只能吃我們給的東西。」班森輕撫檢察官的頭髮。「妳從哪裡聽來這個故事？」她問。檢察官咬住下唇。「有人告訴我的，一個似乎說什麼都對的人，」她說。

「賠償」：斯特布勒和妻子談過了。他們決定帶著孩子遠遠離開。「去一個新地方，」他說，「去一個能隨意自取新名字的地方。一個可以自創過去歷史的地方。」

「砰」：一枚炸彈在中央公園爆炸。炸彈從頭到尾就擺在某條公園長凳底下。引爆時凳子上沒坐人，只傷到一隻路過的鴿子。連續殺人犯送了張字條給班森和斯特布勒。上頭只寫了「唉唷搞砸啦。」

「青少年違法事件」：班森和檢察官都遲到了，而且兩人身上氣味一樣。斯特布勒用快遞寄出自己的辭呈。

「把罪犯從洞裡燻出來」：檢察官和班森一邊在燒烤架上烤蔬菜，一邊笑鬧。煙霧不停往上飄呀飄，先飄過樹梢，再繚繞過飛鳥、腐物和花朵。城市聞到了。城市深吸了一口氣。

真女人就該有身體

我以前覺得在魅力百貨工作就像從棺材內往外看。若你走過賣場東側大樓，更會發現，夾在兒童攝影棚和白牆衣飾店中間的入口，像個深黝黝的黑穴。

這種缺乏色彩的設計是爲了凸顯衣服，爲了讓付錢的金主陷入一種存在主義式的危機，並在驚嚇之餘掏錢購物。總之，吉悉是這麼告訴我的。「黑色，」她說，「能提醒我們生命及青春年華如此易逝。此外，若要讓粉色塔夫綢看來突出，就得仰賴一整片暗沉的空無。」

店面角落有面幾乎是我兩倍高的鏡子，外邊圍著巴洛克風的金框。吉悉很高，用個小踏凳就能徒手清掃鏡子頂的灰塵。她的年紀跟我媽差不多，或許再大一點，臉卻異常年輕，沒什麼紋路。她每天把嘴唇塗成極度平整、乾淨的霧桃色，太認眞盯著那片嘴唇還會有點暈眩。我認爲她的眼線是直接紋在眼皮上。

我的同事娜塔莉認爲，吉悉經營這樣的店是爲了哀悼逝去青春；不過只要有「眞正的成年人」做出蠢事，她都會把這當原因。娜塔莉會在吉悉背後翻白眼，把衣服掛回架上時總是有點粗魯，彷彿這些衣服正是她只能拿基本薪資、文憑沒用，以及揹上學生貸款的兇手。我會跟在她身後撫平那些裙子上的皺褶。我無法忍受裙面出現無謂摺痕。

我知道事實是什麼。不是因爲我特別敏感或什麼的。我只是偶然聽見了吉悉講電話。

我見過她用手撫過一件件洋裝的模樣，以及指尖在人們皮膚上徘徊的模樣。她的女兒就像其他人一樣走了，而她無能爲力。

「我眞的很喜歡這件，」一個頭髮像海豹毛一樣硬的女孩這麼說，整個人看起來就像剛從海裡上岸。那件洋裝的顏色類似桃樂絲腳上那雙紅鞋，並以V字線大大露出背部。「但我不想被人家說是那種女生。」她喃喃自語，沒特別在跟誰說。她把雙手叉在臀部，轉身，臉上閃現一抹微笑。有那麼一刻，她看起來就像《紳士愛美人》那部電影裡頭的女演員珍・羅素，然後她又只是個海豹女孩，然後她只是個女孩。

她的母親爲她拿來另一件洋裝，這件是金色的，表面上閃著鈷藍光芒。今天是換季的第一天，還有很多好貨可選：亮藍綠色襯裙搭配灰粉帶有雷鳴圖樣的小澎袖上衣、舞伶系列，另外還有蜜蜂色衣飾。人魚裙剪裁、白如鹽灘的洋裝；喇叭裙風格的棗紅色洋裝；肝紫色的公主式長禮服。有件洋裝穿起來像奧菲莉亞[1]，那名永遠溼答答的女子。有件穿起來就像影集《童話故事》中的女主角艾瑪想要愛人回頭的模樣，顏色跟站在陰影裡的母鹿一模一樣。另外有件刻意以碎布條風格呈現的奶色絲綢洋裝，穿起來則像報喪女妖。這些裙裝因爲用了一層層塔夫綢，唯有從人身上拖長、垂墜下來時才不會又捲又皺。衣服胸口不是因爲手縫珊瑚紅亮片呈現脆脆的質感，就是綴滿亮珠子，又或者被霧藍色、清晨霓虹奶油色，或如同過熟哈密瓜的橘紅色網狀縫線給撐得飽滿。其中有件就是用幾千顆烏黑珠子縫在午夜黑的洋裝上，穿的人只要一呼吸，整件衣服都會隨之起伏。其中最昂貴的洋裝要花掉我三個月薪水；最便宜的也要兩百美金，而且還是因爲有條綁帶壞了，佩特拉的媽媽又忙得沒空縫好，所以才從四百美金打折下來的。

佩特拉會直接把洋裝送來魅力百貨。她母親是我們最大的供貨商之一。薩迪的拍攝團隊總在魅力百貨入口附近徘徊，死瞪著我們的顧客，無禮評論他們的外表，但無論是克里斯、凱西，還是那些輪班來鬧事的渾球，總之都不敢惹佩特拉。她總在棕色短髮上戴著一頂棒球帽，腳穿一雙鞋帶綁得很緊的戰鬥靴。當她拖著那些裝在塑膠袋裡的輕薄洋裝前來時，看起來就像赤手空拳在跟一頭巨大的舞會怪獸作戰——內面縫滿襯裙，而且觸角上滿是假鑽石的怪獸——而你沒事可不會想惹這種女人。凱西某次在休息抽菸時說她是個死T，但他太怕她了，所以在她面前一個字也不敢提。

她讓我緊張，會讓我口中大量分泌口水的那種緊張。自從我在魅力百貨工作以來，我們只交談過兩次。第一次對話是這樣：

1 奧菲莉亞（Ophelia）是莎士比亞名劇《哈姆雷特》中的角色，她在兄長死後發了瘋，然後爲了悼念他們去採花時跌落河裡，最後一邊在河裡唱歌一邊死去。英國畫家約翰・艾佛雷特・米萊以此場景爲主題畫了一幅畫，此畫也成爲奧菲莉亞常留在人們心中的模樣。她的瘋癲及疾病揭露了當代女性的一些複雜處境，因此也常成爲女性主義論者探討的對象。

「需要幫忙嗎？」

「不用。」

然後，三個禮拜後：

「一定是下雨了。」我說，當時這隻舞會洋裝生物正在她雙手中抖動，塑膠袋上還流下一滴滴水珠。

「要是雨下得夠多，或許我們都能被淹死。這種改變挺不賴的。」

她從一堆布料底下鑽出來時，看起來非常可愛。

就在經濟衰退最嚴重時，出現了第一波報導。第一批受害者——應該說第一批受害女性——已經在公開場合消失了數星期。許多擔憂的親友闖入她們的家及公寓，以爲會找到屍體。

我猜她們實際看到的場面更慘。

幾年前有段影片在網路上大紅：那是一名在辛辛那提的房東，他要把一名沒繳房租的女性房客趕出去；爲了避免後續麻煩，他帶了錄影機，結果錄下這段素人掌鏡的影片。他走過一個又一個房間，不停呼喊她的名字，鏡頭轉來轉去，同時不停說一些惡毒的俏皮話。他針對她的藝術作品、她的髒碗盤，還有她床頭櫃上的情趣玩具發表了一大堆意見。這段影片實在漫不著邊際，如果不是特別專心看下去，你很可能看不到最後的大結局。接著鏡頭一轉，她人就在眼前，在臥房中陽光最燦爛的角落，身影被光線隱沒。她全身赤裸，努力想遮住自己。你可以看到乳房從手臂間露出，還能透過她的身體看到牆面。她正在哭。聲音如此輕軟，難怪之前全被房東喋喋不休的廢話給淹沒了。但此刻你能聽見了——如此悲愴、如此驚恐。

沒人知道起因是什麼。不是透過空氣傳送，也不是透過性行爲傳遞。導致這種現象的不是病毒或細菌，就算眞的是，也是科學家找不出的那一種。一開始所有人都責怪時尙產業，接著怪千禧世代，接著到了最後，大家開始怪水。可是水被檢測過了，身體變透明的也不只千禧世代，而且讓女人身體淡去對時尙產業也沒什麼好處。難道你能把衣服穿在空氣身上嗎？倒也不是說他們沒試過就是了。

我們在逃生口後方一起度過十五分鐘的休息時間，克里斯把香菸遞給凱西，然後兩人就這麼來回抽著同一支菸。煙霧從他們口中繚繞冒出，彷彿金魚游出。

「屁股，」克里斯說。「女人最重要的就是屁股。屁股要夠大，肉要夠多，你才有東西抓，你懂嗎？如果沒什麼好抓的，那還有什麼意思？就像、就像——」

「就像沒杯子還想喝水一樣。」凱西接下去說。

我每次都很驚訝，明明只是在形容上床，男生總能扯出這類狗屁詩歌。

他們也把菸遞給我，就像之前一樣。而就像之前一樣，我拒絕了。

凱西把菸頭在牆上磨了磨，任由菸蒂落地；菸灰黏在牆面磚塊上，彷彿有人狠狠咳出的什麼。

「我想說的是，」克里斯開口，「如果我想幹一團水霧，我就等一個滿天大霧的夜晚，直接把老二掏出來就好啦。」

我把肩膀和脖子之間的肌肉繃起來。「顯然有人就喜歡這樣。」

「誰？我就沒認識，」克里斯說。他伸手把大拇指按入我的鎖骨，動作很快。「妳硬得像顆石頭。」

「多謝？」我把他的手拍開。

「我是說，妳的肌肉很紮實。」

「好唷。」

「那些其他女孩——」克里斯正要開始。

「老兄，我有跟你說過，我有一次拍到某個女人開始褪色嗎？」凱西說。薩迪的攝影棚主要是拍兒童肖像、為他們遞道具、將他們擺在那些糟糕透頂的三維佈景中——農舍呀、樹屋呀，還有湖邊涼亭，而那座湖還眞是用綠毛氈圍繞一片玻璃做出來的——不過偶爾也會有青少年或青少女來拍照，又或者是成年情侶。

克里斯搖搖頭。

「我本來只是想用電腦把她的肖像清理乾淨，因爲上頭有很多奇怪的反射，像是鏡頭髒了還是破了。接著我意識到，我看到的，是她背後的東西。」

「哇喔，老兄，你有跟她說嗎？」

「幹才沒有咧。我想她很快就會自己發現啦。」

「嘿，石頭小姐，」凱西從正隆隆行駛的叉架起貨機上方往下吼。「妳一起來嗎？」

等我休息結束，回到工作崗位，娜塔莉雙眼怒瞪得老大，正在魅力百貨內大踏步走動，彷彿一頭在籠內高傲踱步的老虎。吉悉在我簽到時翻了個白眼。

「我眞不知道幹嘛留下她，」她講話的聲音乾乾的。「佩特拉之後會拿一些新洋裝過來，別讓娜塔莉砍了誰的頭啊。」

娜塔莉打開四片口香糖，一次摺疊一片丟進嘴裡，然後把所有口香糖嚼成一團，動作緩慢，而且沒露出絲毫愉悅感。克里斯和凱西經過，但她狠狠瞪了兩人，他們立刻逃走，彷彿看到她在瘋狂嘔吐。

「屌你祖宗的，」她咕噥著。「我可是有天殺的攝影學位耶，但就連薩迪那種店，明明只是爲尖叫的嬰兒拍拍照，我都應徵不上。那兩個渾蛋到底怎麼有辦法在那邊工作？」她胡亂拍打眼前看到的第一根掛衣架。山藍色的裙撐因此顫抖起來。我把掛衣架轉回原本方向。

「妳想過嗎？來這邊的這些女孩，到底知不知道長大以後就會跟我們一樣活得一蹋糊塗？」她說。我聳聳肩，她又胡亂拍打了另一件洋裝。我任由她在整間空曠的店內發洩怒氣。我站在離我最近的衣架附近，那是個包括絲滑海沫色到濃苔色的淺色系列，然後就這麼一邊撫平一件件裙面，一邊望著前門。

今晚的洋裝看起來比往常更加哀傷，更像沒了繩子的牽線木偶。我一邊整理歪掉的亮片一邊偷哼著歌。其中一片亮片彈出去，在空氣中翻飛滾落。我跪下，用指尖按住亮片，然後理了理衣架上的洋裝裙擺，好讓裙擺跟黑色地毯全部維持一英寸的距離。接著我抬眼看到一雙戰鬥靴，還有一大把人工色的裙子。

「妳快下班了嗎？」佩特拉問我。我抬頭盯著她，盯了好長一段時間，我彎曲的食指上還沾著那片發光亮片，然後感覺讓皮膚發紅的熱氣開始一路往上延伸到脖子。

「我，嗯，九點結束。」

「現在就九點啦。」

我起身。佩特拉把那批洋裝輕巧放在櫃檯上。娜塔莉已經回到收銀台旁，正興味盎然看著我們。「妳自己關店可以嗎？」我問她。她點點頭，左邊眉毛極銳利的彎起，幾乎有碰到髮際線的危險。

我們坐在美食中心內的一張小桌邊，這個美食中心就在魅力百貨和溜冰場對面。百貨公司剛關門，所以這裡也空空的，只剩工作人員在關燈，或者在店門口喀拉喀拉推著爐架。

「我們可以喝點咖啡之類的，或者——」

她碰觸我的手臂，一陣快感從我的屄一路竄上胸骨。她戴了一條我之前沒見過的項鍊：一顆煙霧面石英被包裹在糾纏著展開的黃銅藤蔓內。她的嘴唇乾到有點脫皮。

「我討厭咖啡，」她說。

「那不然——」

「我也討厭。」

佩特拉的媽媽在高速公路附近經營汽車旅館，她父親幾年前過世，旅館就是從他手上接下來的。來光顧的大多是卡車司機，佩特拉一邊開車一邊解釋，旅館離大路這麼遠的原因也是如此。入口和建築物之間的廣闊空地如同凍原，覆蓋著一層厚厚的、凹凸不平的冰，佩特拉的古早休旅車開在上面，就像獨木舟行駛過波濤洶湧的浪頭。慢慢地，我們終於離旅館愈來愈近，視覺上就像一棟鬼屋逐漸逼近。旅館旁有棟荒頹建築，招牌上有幾個字母閃呀閃的，B—A—R，而且要先閃三次才會完全亮起來，接著再一次暗掉。佩特拉單手放在方向盤上，另一隻手在我手掌上緩慢畫圈。

佩特拉把車停在一排似乎沒人在用的停車位上。標了房號的一扇扇門緊閉，靜默地把冷空氣擋在外頭。「我得去拿把鑰匙，」她說。她下車走到我這一邊，開門，「一起來嗎？」

到了大廳，我們看到一名身穿桃色睡袍的壯碩女子正在櫃台後方使用縫紉機，整個人鬆垮垮的，看起來就像根融化的甜筒，一頭狂亂的長髮從頭頂噴發後消失在背後。空氣溫暖、柔軟，充滿一種機器輕緩的嗡鳴。

「嘿，老媽，」佩特拉開口。女子沒回應。

佩特拉用手敲敲櫃台。「老媽！」桌後女子抬頭看了一眼，低頭繼續工作。她露出微笑，但沒說什麼。她的手指就像蜜蜂，因為冬日過暖而從蜂巢內輕快湧出——迷醉、目標明確，但又恍惚。她在機器中來回移動一片厚重棉布，藉此縫出摺邊。

「這位是誰呀？」她問。她的雙眼沒再離開手邊工作。

「她在百貨公司的吉悉那兒工作，」佩特拉說，同時在抽屜裡翻找著。她抽出一張白色房卡，刷過一台灰色小機器，按了幾個鈕。「我打算再讓她帶幾件新洋裝回去。」

「聽起來很棒，小寶貝。」

佩特拉把卡片放進口袋。

「我們打算去散散步。」

「聽起來很棒，小寶貝。」

佩特拉在二四六號房上了我，那是位於建築後方的一個房間。她打開燈和床上方的電扇，抓著後領把上衣脫掉。我躺上床，她跨坐上來。

「妳眞美，」她對著我的肌膚說。她用骨盆摩擦我的骨盆，我呻吟，有那麼一刻，她戴的項鍊的冷冰冰墜子落入我嘴裡，輕敲我的牙齒。我笑了，她也笑了。她把項鍊取下，放在床邊桌上，鍊子像沙子滑溜成一座小丘。等她再次坐起身時，天花板的風扇在她頭周遭圍成一圈光暈，彷彿中世紀繪畫的聖母。房間另一邊有面鏡子，我時不時能瞥見她投射在上頭的樣子。「我能不能——」她開口，我還沒等她說完就點頭。她用手壓住我的嘴，啃咬我的脖子，三隻指頭滑入我體內。我抵著她的手掌又笑又喘。

我很快就高潮了，激烈地高潮了，就像一支玻璃瓶摔碎在磚牆上。彷彿始終等著有人允許我這麼做。

結束後，佩特拉把一條毯子拉到我身上，我們躺在那裡聆聽風聲。「妳還好嗎？」她過了一陣子後問。

「不錯呀，」我說。「我是說，很棒。我希望每天下班都能以此作結。這樣我絕不會翹班。」

「妳喜歡在那裡工作嗎？」她問。

我用鼻子哼氣，但不知道該怎麼繼續說。

「那麼糟嗎？」

「我的意思是，還可以吧，我猜？」我把頭髮扎成一個髻。「一定有其它更糟的工作吧。只是呢，我破產得一蹋糊塗，這也不是我活著眞正想做的事，但還有很多人比我慘吧。」

「妳很照顧洋裝，」她說。

「我只是不想要娜塔莉亂搞它們，就算她只是半開玩笑地這麼做，但感覺起來——我也不知道怎麼說。很沒品。」

佩特拉仔細看著我。「我就知道。我知道妳感覺得出來。」

「什麼意思？」

「來吧。」她起身，先把衣服套回去，然後是內衣、長褲。而且一下子就把靴子鞋帶綁得跟之前一樣緊。我花了點時間找上衣，結果發現卡在床墊和床頭板之間。

佩特拉帶我走過停車場，進入大廳。她媽媽現在不在。她走到櫃檯後方，推開門。

那個房間乍看異常明亮——裡頭散落了一片片光燦的藍色，就像誘導我們穿越沼澤的鬼火。裁縫用的人形偶立正站好，彷彿一批毫無目標的軍隊；周邊圍繞許多長桌，上頭散落著針包、一捲捲縫線，還有一籃籃亮片、珠子和小飾品，有條沒捲起的量尺像蛞蝓一樣延展著，還有一匹匹布料。佩特拉牽起我的手，沿牆帶我前進。

不是只有我們在房間內。佩特拉的媽媽正在一件洋裝旁忙著，手腕上掛著一枚手鍊型針包。隨著雙眼逐漸適應黑暗，光線逐漸在眼前凝合成剪影，我意識到房內充滿女人。就跟那部爆紅影片一樣，這些女人都是透明的，身上閃著微光，彷彿思想的餘緒。她們飄來飄去，繞著圈子轉，偶爾低頭看向身體。其中一位的臉嚴肅、悲傷，站得離佩特拉媽媽很近。她接近那件披在人形偶上的衣袍——那件衣袍是奶油黃色，裙子許多小地方像劇院布幕一樣聚攏抓皺。她把自己壓入衣服內，沒受到絲毫阻礙，只感覺像一顆冰塊在夏日空氣中溶解。佩特拉的母親直接將穿了金線的針穿入女孩皮膚，直愣愣的金色明滅閃動。當然，針也同時穿入布料。

女孩沒有尖叫。佩特拉的母親沿著女孩的手臂及軀幹縫上整齊細密的針腳，皮膚和布料就這麼密合在一起，彷彿一個切口的兩面。我意識到自己指甲已掐入佩特拉手臂，而她任由我這麼做。

「我要出去，」我說，佩特拉把我拉出門外。我們站在照明良好的門廳。畫架上有個招牌寫著：歐陸早餐，早上六點到八點。

「她在——」我指著門。「她在幹什麼？她們在幹什麼？」

「我們不知道。」佩特拉開始在一個水果碗中東挑西揀。她拿了顆橘子，壓在手掌下滾來滾去。「我媽一直是個裁縫師。吉悉來找她幫魅力百貨做洋裝時，她答應了。幾年前，這些女人開始出現——她們會把自己摺疊壓入這些縫線中，她們似乎就是想這樣。」

「她們爲什麼要這樣？」

「我不知道。」

「她沒阻止她們嗎？」

「有試過，但她們就是一直來。我們甚至不知道她們怎麼知道這個地方的。」橘子開始滲出汁液，空氣中充滿柑橘油的刺鼻味。

「妳有跟吉悉說嗎？」

「當然說了。但她說只要是她們自己找上我們的，就沒關係。而且這些洋裝賣得很好——比她之前做的任何商品都好。人們好像就是想要這種衣服，即便他們自己沒意識到。」

我徒步離開汽車旅館。我緩慢走在結冰的地表，不停滑倒。有那麼一次，我回頭，看到佩特拉的輪廓映在大廳窗戶上。我的手凍到麻痺。我的屄不停鼓動，頭痛，她的項鍊彷彿仍垂落在我嘴裡。我可以嚐到金屬的味道，還有那顆石頭的味道。到了大馬路時，我招了輛計程車。

❖

我隔天一大早去了魅力百貨。我的鑰匙掉了——一定是掉在旅館的梳妝台上了，我在內心小聲咒罵——只好等娜塔莉來開門。進了百貨之後，我讓她去做早上的工作，自己開始在洋裝中翻找。衣物在我指尖底下沙沙摩擦，掛在衣架上吱嘎晃蕩。我把臉壓入這些裙面，用雙手撐開上衣，好留點空間給她們。

到了午餐休息時間，我在百貨內閒晃，一邊在經過每樣商品時思考：有誰在裡面呢？有個展架鋪了毛氈，上頭的相本範例裝了木相框，一列列排成往下的V字型，但下降的方向歪歪的，彷彿有什麼入侵其中。遊戲店的櫥窗中擺著玻璃及鋼製棋組——那些臉是路人反射在皇后及小卒渾圓曲線上的倒影，還是眞有臉從內往外窺探？還有台很老的小精靈機器，每個人都曾爲它貢獻過二十五美分，感覺就是處心積慮要呑掉人們的零錢。我走過人工香味濃重的傑西潘尼化妝品櫃台，想像那些顧客打開一條條唇膏，旋出色彩，而那些褪色的女人全擠在化妝品旁，準備從大拇指開始把自己壓進去。

我走到安阿姨的店面前，站在那裡望著師傅拉扯濕重麵團，想像那些幼童和褪色女孩（她們愈是褪色就愈年輕，對吧？新聞上是這麼說的）把自己壓入麵團，對，那裡不就有一隻蜷曲的手在裡面嗎？一片嘟起的嘴唇？一名小女孩站在櫃台前，要求媽媽幫她買份椒鹽脆餅。

「蘇珊，」母親開始訓話。「椒鹽脆餅是垃圾食物。吃了會胖。」然後把女孩拖走。

一群青少女在我回到崗位時湧入魅力百貨。女孩們隨意把洋裝從衣架上扯下、翻弄，就連在試衣間穿脫衣服也沒拉好簾子，無法擋住外面的視線。當她們走出試衣間時，我可以看到那些褪色女性緊貼在她們體內，手指緊纏在金屬扣環上。我實在無法分辨她們是拚命撐住自己，還是被困住。那些布料的摩擦跟顫抖很可能是啜泣，也可能是笑聲。女孩們把身體轉來轉去地看、綁上綁帶、再綁緊。店門口，克里斯和凱西正啃著思樂冰的吸管。他們又是狼嚎又是喊叫，但就是不走進來。他們的嘴巴被思樂冰的色素染成藍色。

「肏你的！」我緊捏著一個釘書機跑向入口，釘書機的重量讓人安心。若有必要的話，我的手臂已經準備好要把釘書機丟出去了。「滾出去。滾你祖宗的給我出去。」

「老天，」克里斯眨眨眼，往後退了一步。「妳有什麼毛病？」

「嘿，琳西，好看耶！」凱西對店內大叫。一名金髮女孩轉身燦笑，把屁股往側邊一翹，彷彿打算在上頭擺個嬰兒的模特兒。在一疊疊厚重的綢緞深處，我看見那些沒被眼皮蓋住的眼睛。

我在魅力百貨陰暗的廁所中，把胃裡所有東西吐了出來。

「我不能繼續在這工作了，」我告訴吉悉。「就是沒辦法。」

她嘆氣。「聽著，」她說，「我眞的很喜歡妳。經濟爛透了，我知道眼下妳應該也沒其它工作可選。難道不能至少待到這季結束嗎？我可以稍微給妳加點薪。」

「沒辦法。」

「爲什麼不行？」她給了我一張面紙，我擤了擤鼻子。

「就是沒辦法。」

她看起來眞心感到難過。她從書桌抽屜挖出一張紙，開始在上頭寫字。「我不知道沒有妳之後，娜塔莉還能撐多久，」她說。「我喜歡娜塔莉。」

我大笑出聲。

「少來，娜塔莉人雖然很好，但工作態度糟透了。」

「沒那麼糟。」

「她今天說一個客人是『假裡假氣的妞』，而且還是當著她的面說。」

吉悉抬頭看我，嘆氣。「她讓我想到我的女兒，總是虛張聲勢。這樣想很蠢嗎？眞是個愚蠢的理由。」她憂傷微笑。

「吉悉，妳的女兒——還在這裡嗎？在——在這間店裡？」

吉悉把臉別開，逕自把手上的東西寫完。她把紙遞給我。「在這裡簽名吧？」

我簽了。

「最後一張薪水支票會郵寄給妳，」她說，我點點頭。「掰啦，小鬼頭。如果還想回頭做這份工作，妳知道怎麼聯絡我。」她輕捏了我的手，把筆放回抽屜。

透過辦公室逐漸闔上的門縫，我看到吉悉盯著遠處那面牆。

佩特拉正在我車旁等著。

「妳忘了這個，」她把我不見的鑰匙遞上。我接下，丟進口袋。別開眼沒看她。

「我剛剛辭職了，」我說。「我要走了。」我打開駕駛座的門，把身體丟入座位。她進了車子，坐在我旁邊。「好吧，妳想怎樣？」我說。

「妳喜歡我，對吧？」

我揉揉脖子。「對。應該是吧。」

「那我們何不去約會？這次是眞的約會。」她把一隻因爲穿了靴子而顯沉重的腳甩到儀表板上。「不會有褪色的女人。也沒有洋裝。就只有，我也不知道，電影、食物跟上床吧。」

我猶豫了。

「我保證，」她說。

我在當地一間調味料工廠找到一份打掃工作，是大夜班。薪水爛透了，但沒比魅力百貨差上多少。反正工作嘛，本質上都差不多。我從原本的公寓搬到汽車旅館，在那裡我能免費借住。房間反正從不會客滿，佩特拉向我保證，她媽根本不會注意到。

我的大半時間都在工廠掃地、拖地；走過一間間巨大廠間時，一陣陣灼熱、嗆鼻的料理酒幾乎抽光我肺臟的空氣。總是有燒烤醬不停在燉煮，氣味充滿我的頭髮和衣服。我幾乎很少看到其他人的身影，這樣很好。我常發現自己的眼神不停在陰暗角落逡巡，但她們何必來這裡呢？我總是害怕，害怕某天會發現某個褪色女孩想把自己丟進芥末醬裡頭煮，但這種事從未發生。

幾個月就這麼過去了。政府一直威脅要關閉大學。如果沒有的話，我考慮去讀研究所。我們瘋狂看有關醫學手術的電視劇、吃撈麵、接吻、上床，然後在許多古怪的時間點，像衣架一樣交纏在一起睡上好幾個小時。

某天晚上，我發現她站在廁所鏡子前，就著螢光燈泡拉扯自己的臉。我走到她身後，親吻她的肩膀。「嘿，」我說。「抱歉，我今天聞起來跟塊牛排一樣。我來梳洗一下。」

我走進淋浴間。水溫熱我的肌膚，我因著那種觸感呻吟出聲。浴簾窸窸窣窣，佩特拉也進了淋浴間，皮膚上都是雞皮疙瘩。她把手放在我頭後方，用水溫熱，然後再伸入我的腿間。另一隻手則纏入我的髮間，拉著把我抵到磁磚牆上。

我到了之後，她走出淋浴間。等我離開廁所，擦乾頭髮，看到她大字型躺在床上時，我就知道了。

「我在褪色，」她說，在她說話的當下，我能看出她的皮膚已經不再像全脂牛奶，而是脫脂牛奶；她的存在感降低了一些。她呼吸，身體的影像也跟著明滅，彷彿正在抵抗褪色。我覺得我的雙腳像道突然打開的暗門，內在一切正迅速透過那扇門流出體內。我想抱她，但我怕一旦這麼做，她會在我的臂彎中消散。「我不想死，」她說。「我不認爲——她們並沒有死呀，」我說，但這話聽起來像謊言，就各方面而言也毫無幫助。

這次我第一次見到佩特拉哭。她用雙手遮住臉——我能看到她嘴唇的線條，雖然不是很清楚，但仍從那些如同牢房鐵條般的肌腱、肌肉及骨頭間透出來。一陣顫慄穿越她的身體。我撫摸她，她還是一團固體。還像一顆石頭。

「還有幾個月，」她說。「反正大概是這樣一段時間。新聞是這樣說的，對吧？」她捏了捏她的鼻骨，拉了拉耳垂，把手指用力壓入肚子。

第一個晚上，佩特拉只想被抱住，所以我這麼做了。我們把身體並排在床上，緊貼彼此，每一吋都緊貼著。她起床時無比飢渴——渴望食物，也渴望我。

幾天之後，我張開眼睛沒看到佩特拉。我翻開床罩、衝進浴室，嘎啦嘎拉地扯開浴簾。一陣涼意竄過我的身體，我檢查每個抽屜，檢查電視底下的空間和暖爐內部。什麼都沒有。

我頹然躺上床，床墊吱嘎作響，此時她走進門，沾了一片片汗水的上衣黏在身上。她彎腰，用雙手撐住膝蓋，還在努力平復呼吸。然後抬頭時才看到我，正在發抖的我。

「噢老天，噢老天，我眞天殺的抱歉。」她坐在我身邊，我把臉埋入她的肩膀。她聞起來就像一片沃土。

「我以爲時候到了，」我小聲說。「我以爲妳已經消失了。」

「我只是得去早晨的戶外走走，」她說。「我想感覺自己正在奔跑的身體。」她吻我。「我們今晚來做點特別的事吧。」

太陽下山時，我們去了汽車旅館後方的卡車酒吧。啤酒喝起來很稀，玻璃杯外頭結滿水霧。我們坐的那張木桌傷痕累累，被刻了很多狐狸頭和人名。佩特拉發現她可以讓小東西穿越自己的手指了，所以在我們啜飲啤酒時，她一直玩著把硬幣丟穿手的遊戲。我完全沒辦法看。

「我們去玩個飛鏢之類的吧，」我說。

佩特拉抬起手指，試圖抓住桌上的二十五分錢硬幣。她的手指穿越硬幣一次、兩次，但到了第三次，她的手指閃了閃，似乎又重新閃回物質世界，所以她拿起硬幣投入點唱機。我向酒保要了飛鏢，他用一只舊雪茄盒裝給我。

我們輪流對著標靶擲飛鏢。我們兩個都不太擅長，我還把其中一支直接射到牆面。佩特拉笑得很陰沉，笑聲帶有一種液態質地。

「我的準頭向來不太好，」我坦承。「我們當小時候會玩一種擲沙包的遊戲，是我阿姨買給我們玩的，而我從沒成功丟進洞裡。一次都沒有。我說的可是我人生的這些年來，眞的一次都沒成功過。我弟覺得這是他見過天殺的最可笑的事了。」

佩特拉瞪著我。嘴角拉開一抹俊俏微笑，然後微笑消失，臉上又是一片平靜無波。她說，「妳的家人聽起來超好的。」她說「好」字的口氣就像玻璃裂開。

我每隔幾天都拿起電話，想向家人解釋現況：有很多女人把自己縫進洋裝裡，而我現在正在一間工廠工作，定居一間汽車旅館，和一名裁縫師的女兒同居，而這個女兒也快死了，但又不能說是快死了。可是我說不出口。上次我跟我媽說話時，我向她保證自己過得很好，很安全，只有坦承再次延了學生貸款的還款期限。我每次都會捏造一些當天遇上的顧客趣事。我想我說得不錯，因爲她聽起來鬆了口氣。

「他們人是很好，」我說。「說不定之後妳能跟他們見個面。」

「也沒這個必要。反正我也快要離開了，不是嗎？」

「去你的老天，佩特拉，不要說這種話。也不要這樣跟我說話。」

她陰沉地沉默下來；心不在焉地擠著下巴上的一顆痘子。她喝完啤酒，又點了一杯，飛鏢的準頭愈來愈差，距離靶心漫遊地愈來愈遠。我不喜歡她把飛鏢從板子上拔起來的模樣——彷彿她正在扯敵人的馬尾。第四輪比賽結束後，她的手在喝到一半時一閃而逝，杯子掉下，啤酒和玻璃碎片如同散落在木地板上的星點。

佩特拉走向標靶板。我可以看見她不停張開又握緊拳頭，試圖感覺自己的存在。就在實體回歸時，她把掌心平放在牆上。從標靶板上扯起一支飛鏢，深深插入手背，位置就在指根關節正下方。

酒吧後方有人大喊，「老天爺呀！」

我立刻從桌邊衝過去，抓住佩特拉，但還是來不及阻止她用飛鏢又戳了自己兩下。她在尖叫。血沿手臂流下，彷彿五朔節花柱[2]的緞帶。許多男人從他們的板凳及椅子上迅速站起，其中有些人大喊大叫地趴到地上。佩特拉癱軟在地，不停嚎叫，血像雨一樣撒在牆上。一名戴著黑色棒球帽的健壯男子幫我把她拖到前門。我半揹半拖，把她扯過結冰的停車場。等我們走了幾碼距離後，她的身體似乎總算在我懷中鬆軟下來。有那麼一瞬間，我好怕她又要開始褪色，但沒有，她還堅實存在著，只是因爲疲憊和頑固而垮了。我們在走過的路上留下一道暗色軌跡。

她拒絕去醫院。在我們的房間裡，我爲她消毒傷口，用紗布捲起。

這幾個星期，我們帶著前所未有的迫切心情不停上床，但她褪色得更嚴重，得到的感受也更少。她很少高潮，每次形體變淡的時間也愈來愈長——一分鐘、四分鐘、七分鐘。每次發作，我都能看到她的不同部分——一具骨架、一整堆繩索一樣的肌肉、內臟的陰暗形狀，又或者就是徹底消失。她醒來時會不停啜泣，我則會讓自己像繩索一樣緊緊環住她的身體，在她耳邊輕柔安撫。她在網路上讀到一些謠言，關於如何減緩褪色速度，其中有個留言板提及高鐵飲食，所以她蒸了足以餵飽一大家子的菠菜，一言不發地嚼完。另外有人推薦用冰冷的水沖澡，結果我發現她在浴缸中不停打顫，全身滿是雞皮疙瘩。她任由我幫忙擦乾身體，就像個小孩。

在某個溫暖的星期日，佩特拉說想去健行，所以我們出發了。春天已經一陣陣占據山谷，所以今天穿越的樹林小徑非常泥濘。雪已融化，上頭有水滴進我們頭髮。我們沿著一條小溪走。那條小溪簡直如同活物，水體以獨有的曲線及彎折角度大片大片湧起。

我們到了一片陽光普照的空地，一邊休息一邊吃著橘子和冷雞肉。佩特拉已經開始把每餐當作最後一餐，所以把每片雞肉的皮仔細剝下，閉著眼品嘗，然後才吃肉本身，還猛力吸吮每一根骨頭後才丟進樹林。她虔敬地把每片橘瓣放入口中，彷彿享用聖餐，然後咬下橘肉，把橘皮如同指甲邊緣的皮一樣拔出來。她用橘皮摩擦自己的肌膚。

「我一直有在讀一些東西，」佩特拉一口口喝著冰水，中間停頓時開口，「結果大家覺得那些褪色的女人是在——怎麼說呢，我猜你們會描述成恐怖主義吧？她們會讓自己駭入電力系統，搞壞伺服器、提款機和投票機。爲了抗議。」她仍用第三人稱的方式描述那些女人。「這想法不錯。」

樹林一片寂靜，只有昆蟲嗡鳴和鳥的啣啣喳喳。我們脫掉衣服，沐浴在陽光中。我透過光線檢視自己的指尖，粉暈光圈繞在我陰暗的骨影周圍。

2 北半球的歐美各地常會在五月一日時歡慶「五朔節」，那是一個代表夏天來臨的節日，儀式中包含立起一根頂端裝飾花朵的柱子，許多頭戴花冠的女孩會握住從頂端往外散落的各色彩帶，並圍繞花柱跳舞。

我靠向佩特拉，親吻她的下唇，然後是上唇。我親吻她的喉嚨。我把手埋入她的腿間。

在我們周遭，時間一分一秒如同在泥上爬行的螞蟻，被無意撞見的滾滾洪流一捲而逝。

我們在林間發現一座教堂。裡頭的長椅整齊、堅固，而牆面上有一整排雕花玻璃窗戶。我們沿著石頭地板往前走，腳步踏出回音。空氣很熱，我們踢起灰塵，讓灰塵在光線中漫舞。

我們坐在一張長凳上，凳子因爲我們的體重吱嘎作響。佩特拉把頭靠上我的肩膀。「妳覺得褪色的女人會死嗎？」

「我想我不知道。」

「還是會變老？」

我聳聳肩，把鼻子埋入她的髮絲。

「所以我可能停在永恆的二十九歲。」

「有可能。結果等我一百歲，來糾纏我的妳容光煥發，我則糟糕透了。」

「才不，妳會變成一個美麗的老太婆。妳會在森林裡有棟小屋。到處都會有妳是女巫的謠言，但只要有夠勇敢的孩子接近妳的小屋，就能聽妳說故事。」她身體顫抖得好厲害，我幾乎能從骨子裡感受到。

我從眼角注意到一些動靜，於是站起來。在畫了聖婦麗達故事的彩繪玻璃中，有名褪色女子正緊抓住鉛製窗框，手指緊繞住帶溝鉛條，彷彿正在玩公園的猴架。她盯著我們看，以腳跟爲重心搖晃，彷彿涉水般一下跳進窗內，一下又跳到窗外。佩特拉注意到她，站到我身邊，我在她手中看到一個放祈禱蠟燭的奉獻燭台。

「佩特拉，別這樣。」

我可以看出她的手臂肌肉正爲了準備投擲而收縮。「我可以放她自由，」她說。「如果我把窗戶打破，她就自由了。」

「我們無法確定。」

「別管我該怎麼做。妳天殺的又不是我媽。」

我輕巧地環握住她的手腕，額頭抵住她的頭髮。「我愛妳，」我說。這是我第一次這麼說。那幾個字嚐起來的味道很怪——很眞實，但還沒準備好，彷彿一顆過硬的梨。我把奉獻燭台從她手中取下，丟入外套口袋。我吻她的太陽穴，她的下巴。她埋入我懷中。我以爲她要哭了，但沒有。

「我已經在想妳了。」她說。

我用手撫摸她的背部，就在這麼做的時候，我確定看到自己皮膚底下的肌肉瞬間閃現。我的胃緊繃起來。雞肉和橘子在裡頭翻騰抗議，不停壓向我的咽喉。「我們該回去了，」我說。「我想很快就要天黑了。」

那個褪色的女人不願移開眼神。她微笑，又或者是在扮鬼臉吧。我們離開樹林，彷彿重獲新生。

❖

我們在房內看新聞，我們的身體在電視的柔藍光暈中蜷在一起。那些權威專家彼此指責，夾在他們之間的主持人身影則在攝影棚的燈光中閃爍、搖擺不定。他們在討論我們那些褪色的女人有多麼不值得信任，這些女人無法被碰觸，卻仍屹立於地球表面，代表她們一定有什麼尚未坦承的謊言；她們一定用某種方式欺騙了我們。

「我不信任任何缺乏實體，卻又沒死的玩意兒。」其中一人這麼說。

有個女人在錄影途中一閃而逝，麥克風直接落到地上。攝影機只好倉促轉向別處。

在我們上床睡覺前，我把從教堂拿來的奉獻燭台放在床邊桌上，點亮。燭火的閃爍令人安心，家具的影子被打在牆上，就像一批牽線木偶。

我夢到我們去了一間只賣湯的餐廳。我無法決定該點什麼，而她笑著攪拌送來的湯。當她把湯匙拉出來時，有隻鬼魅的手像凝膠一樣緊纏在柄上，而她把那個褪色女人一直往上拉、往上拉。女子的嘴巴張著，彷彿正在尖叫，但我什麼都沒聽到。

醒來時，我確信佩特拉是去跑步了，然後意識到自己的手正陷在她發著微光的胸腔內。

我把自己完全傾斜、陷入她體內，然後像被處水刑一樣嗆到了。她醒來，開始尖叫，我則在她體內瘋狂舞動手腳。

過了一下子後，我們冷靜下來。她從我的身體移開，來到床邊。我們等待。七分鐘過去了。十分鐘。半小時。

「是時候了嗎？」我問。「是時候了嗎？」

我不想離開，但她已經不再理我。我站起來。她什麼都沒在看，就是盯著自己的雙手。

過了好一陣子，她說：「該走了。」

我哭了。我套上靴子。我的腳步跌跌撞撞，鞋跟因此猛咬我的腳。我望著她的方向，沒有人影，終於她轉過來，我知道她能看到我的身體；我的身體仍扎實的足以反射光線，仍在日出的稀薄餘韻中移動著。

我關上門，轉身，感覺我的神經反覆激化又弱化。很快地，我也不再擁有身體。我們沒有人能撐到最後。

魅力百貨的櫥窗只有一半的假人模型有穿衣服。時間已到季末。店內很快就要換季。存貨會被送到——某個地方。燈光滅去，鐵門喀拉喀拉往下拉到一半。娜塔莉站在門底下，用手把鐵門關緊。

她起身，看到我。她看起來比我記憶中瘦一些。她點點頭，動作非常輕微，接著又走進如同洞穴的百貨。我手中緊握著舊鑰匙。鑰匙還能用，畢竟吉悉向來懶得換鎖。大門往上拉時發出巨響。我的牛仔褲後方塞著一把鋸齒裁縫剪刀，如果我眞想幹點事的話，那裡也能塞把槍。

我把所有布邊的接縫剪開。我解開所有馬甲綁線。我可以看到她們，看到那些女人，她們沒了衣服支撐，抬頭看著我眨眼。「出來。」我告訴她們。我把摺邊和縫線都扯開。這些衣服分崩離析後，看起來前所未有的充滿活力；片片布料從原本的版型裂開，就像香蕉皮被剝掉，然後變成一片片金黃、蜜桃及紅酒的色塊。「出來呀。」我又喊。她們眨眨眼，沒動。

「爲什麼妳們不走？」我尖叫。「說些什麼呀！」她們沒反應。

我扯掉馬甲的一片襯墊。一名女子直盯盯回望著我。她有可能就是吉悉的女兒。她也有可能是佩特拉或娜塔莉，又或者是我母親，又或者就是我。「不，肏妳們的。妳們甚至不用開口。出來就是了。大門開了。拜託。」

遠方牆上有手電筒的燈光在閃爍。我聽見一個低沉的嗓音。「哈囉？誰在那裡？我已經報警囉。」

「拜託，走呀！」我大叫，就連警衛把我壓制在地時仍在大叫。在一整片黑暗的地板上，我看見她們所有人發著微光，在她們的莢殼中晃動。但她們還是待在這裡。她們不走。她們永遠不走。

吃八口

他們把我麻醉時，我感覺口中都是月亮上致命的微細沙塵。我以爲自己會被嗆著，但那些沙塵在我口中進進出出，而我竟不可思議的，還在呼吸。

我曾夢見自己在水下呼吸，而現在就是那種感覺：驚慌，然後接受現實，然後興高采烈。我要死了，但不是垂死，而是在幹一件從沒想過能幹的事。

至於相對於飛上月球的地球現實，U醫生正在我體內。她的雙手在我體內，正透過手指搜尋著。她正把血肉從外殼解下，同時在喜愛她的人群中走來走去，還跟一名護士聊起在智利度過的假期。「我們本來打算搭飛機去南極，」她說，「但票價太貴了。」

「可是能看企鵝耶。」護士說。

「下次吧。」U醫生回答。

在此之前，是一月的事吧，新的一年剛開始。我在一條靜默的街上艱難走過兩英尺高的積雪，來到一間店鋪，店鋪的窗玻璃裡有靜默懸吊的風鈴、美人魚形狀的小飾品、一塊塊浮木，還有用釣魚線吊起的過亮貝殼，但沒有任何風，所以也沒發出任何聲響。

整座小鎮死寂一片，若是到了季末，爲了服務一日遊旅客和那些忍到現在才花錢的人，會有少數幾間店開門營業，但距離季末還有好一段時間。大部分店老闆已逃到波士頓或紐約，更幸運的話已經逃到更南的所在。這個季節沒生意可做，他們留在櫥窗裡的商品看來像個笑話。而在此表象之下，令人同樣熟悉又陌生的第二座小鎮開幕了。每年都一樣。酒吧和餐廳會為當地人制定祕密的營業時間，這些如同岩石般堅忍的鱈魚角居民早已這麼度過數十個冬季。隨便挑一個晚上，你在吃飯時抬頭，都能見到這些渾圓健壯的傢伙走進大門；而唯有當他們把身上衣物層層剝掉，你才能看出裡頭包裹了誰。就算是在夏天認得出來的人，在這種敷衍馬虎的光線中多少都有點像陌生人；他們全是獨行俠，即便跟別人在一起時都是獨行俠。

不過走在這樣的街上，簡直就跟走在異星球上沒兩樣。那些沙灘美女和藝品商一定沒見過小鎮的這一面，我想，所有街道都無比陰暗，還有種液態的冷冽在所有縫隙和巷弄中翻騰。靜默及聲響彼此碰撞，但永遠無法交融；溫暖夏夜的胡鬧及歡快遠得難以想像。在這個季節，就連從一扇門走到另一扇門都無比艱辛，但若這麼做了，你能感覺生命力刺穿一片靜如死水而湧現：從當地酒館發出的低沉話語、讓建築有了生命的風聲，有時還能在巷弄中撞見窸窣蠢動的動物：令人喜悅或恐懼都是同一種喧鬧。

狐狸在夜間街道穿行。其中有頭白色母狐，動作輕巧迅速，看起來就像其他狐狸的鬼魂。

我不是家族中的第一個。我的三個姊妹這些年來陸續接受了手術，不過來拜訪我時完全沒提。之前那些年來，她們始終跟我一樣以有機狀態生長，因此看到她們突然變得纖細，我就像鼻子受到重擊，感覺比想像中還痛苦許多。第一個接受手術的姊妹呢，好吧，我本來以爲她快死了。我一直以爲我們這幾個姊妹都快死了，共同基因的關係。當我以飆高八度的聲音焦慮質問，「在整棵家族樹中，到底是什麼病在殘害我們這一支呀？」此時那個姐姐坦承：是某種手術。

接著她們每個人，也就是我的每個姊妹，都成了信眾。成了手術的信眾。某種手術的信眾。這手術非常簡單，就跟你小時候摔斷手臂時需要打根釘進去一樣，而且可能還更簡單：其實就是透過某種束帶、某種袖狀物切除，來達成腸胃繞道。**繞道**？但他們的說法很簡化——**反正有部分胃就是消解了，消失了**——就像春天早晨的暖意，也就是太陽升起時，你如果不是跟她們一樣幸福，就只能在陰影中打顫。

只要我們一起出門，她們就會點最大份的餐點，然後說，「**不可能吃得完**。」她們一定會這樣說，一定，她們一定會優雅堅持自己不可能吃得完，但有那麼一次，她們確實沒說謊——透過醫學手術，這個丟臉的謊言總算成眞。她們用各種角度落叉，把食物切成難以置信的小塊，比如娃娃屋尺寸的哈密瓜、超細一條豆莖，或者像是有一大家子得養那樣把三明治切出一小角，又或者必須用一份雞肉沙拉佈施窮苦那樣，然後，她們將那一小口吞下，一副自己無比墮落的表情。

「我覺得狀態很好，」她們全這麼說。每次跟她們說話，她們嘴裡冒出的就是那句話。其實那幾張嘴只能算是一張嘴，一張曾經用來進食，但現在只用來說，「我感覺狀態眞的、眞的很好。」

天曉得我們怎麼會有這種毛病——這種需要動手術的身體。不是我們母親的關係，她的狀態始終正常，不健壯、不豐滿、不帶有魯本斯的裸女風格、不算是「中西部身材」，也不豐腴，總之就是正常。她總說人只需要吃八口就能有進食的感覺。雖然她從沒計算出聲，但我總能聽到那八口的咀嚼聲，清楚的就像競賽節目中的觀眾在倒數，音量震天價響，口氣又得意洋洋，等倒數到一之後，她會放下叉子，就算盤子裡還有食物也一樣。她從不亂來，我的這位母親，她絕不會翻弄盤子裡的食物，也不會假裝自己還在吃。人要有鋼鐵意志，才有纖瘦腰線。吃八口就足以讓她讚美招待她的主人。吃八口成爲她腸胃的守護防線，就像包裹在屋牆上的絕緣層。我眞希望她還活著，活著目睹她的女兒們變成什麼模樣。

之後有一天，第三個做了手術的姊妹輕巧走出我家，我從未見過她的腳步如此輕盈，然後過沒多久，我吃了八口後就不吃了。我把叉子放在盤子旁，動作比我預想的還要粗魯，還不小心把瓷盤邊緣敲掉一小角。我用手指把碎片沾起，扔進垃圾桶，回頭望向盤子，裡頭的食物原本就放得好滿，現在還是好滿，那一整團的義大利麵和蔬菜完全看不出缺口。

我再次坐下，拿起叉子，又吃了八口。不能再吃了。那團食物還是沒有減少的跡象，我對它的需求卻變成原本的兩倍。沙拉的葉子還滴了油醋呀，麵條還淋了檸檬和現磨胡椒，一切看起來是這麼美，而我還是這麼餓，所以我又吃了八口。吃完之後，我把鍋子裡的食物也一併解決，然後氣到哭出來。

我不記得自己變胖的過程。我無論幼時或青少女時期都不胖。照片中年輕版本的我不丟人，就算眞的丟人，也是因爲大家在那個階段本來就有些丟臉之處。瞧我多年輕呀！瞧我當時穿衣風格多怪！牛津鞋！誰發明這種鬼東西？踩腳褲！開什麼玩笑？松鼠髮夾？瞧那副眼鏡，瞧我當時正在對相機扮鬼臉呢。那表情簡直是在對未來拿到相片的人扮鬼臉，眞令人懷念。我以爲自己之前很胖，但其實不胖；相片中身爲青少女的我很美，那是一種機靈的美。

但我之後生了個寶寶。然後生了凱兒——難搞又眼神銳利的凱兒，她始終都搞不懂我，但我才更搞不懂她——然後突然之間，我們的關係徹底毀了，她就像在離開旅館房間前摔爛一切的重金屬搖滾歌手。而我的肚子就是被她摔出窗外的電視機。她現在已是名成年女性，各方面都離我好遠，但曾經存在的證據仍堅守在我體內。我的樣子再也不可能對勁了。

我站在空蕩蕩的鍋子旁，感覺好厭倦。我厭倦上教堂時，得看到那些瘦巴巴的女人讚嘆地撫摸彼此手臂，然後再來稱讚我的「皮膚好好」；我厭倦每當穿越任何一個空間，得不停把屁股扭來扭去，彷彿看電影時得爬過某人才能抵達座位；我厭倦試衣間那種平板、毫不留情的燈光；我厭倦在望向鏡子時，捏住身上那些痛恨的肉，拎起，指甲深陷其中，然後任由它們垂下，同時感覺身體到處在痛。我的姊妹已經去了其它地方，丟下我，而就跟之前一樣，我一心只想追上她們。

吃八口這件事對我的身體行不通，而我打算讓它行得通。

我每週去找U醫生諮詢兩次，她的辦公室位於鱈魚角往南開上半小時車程的地方。我總是開得很慢，而且還到處繞路後才抵達。這幾天斷斷續續在下雪，懶洋洋的飄雪覆蓋在樹幹及欄杆柱上，彷彿被風吹落的衣物。我知道路怎麼走，因爲之前就曾開車經過她的辦公室——通常都在某位姊妹離開我家之後——所以這次開車前往時，我還幻想在當地一間衣飾店購物；我買了件從假人身上脫下來的背心裙裝，完全超出原本預算，然後在午後陽光下穿上那件裙裝，姿態比兀立在原處的人偶幸運多了。

然後我已經身處她的辦公室，就站在她的中性色地毯上，眼前有名櫃檯人員爲我開門。醫生跟我預期的不同。我想之所以會出現這種落差，是因爲我以爲她既然選了這個職業，必定對此抱持深刻信念，所以長得應該會瘦一些：就算不是個自制力極強的女人，也會是個極具同理心的人，而且內在經過細緻調整的想法，一定早已跟自己理想形象沒有太大落差。但她其實甜美、微胖——爲什麼我跳過了這個階段呢？這個圓滾滾、毫無威脅性，像熊貓一樣可愛的階段呢？她微笑，露出每顆牙齒。她到底在幹嘛？她爲何要把我送上這趟自己從未踏上的旅程？

她指指椅子，我坐下。

兩隻博美狗在辦公室裡到處奔跑。當牠們各自行動時——其中一隻蜷曲在U醫生的腳邊，另一隻優雅地在走廊拉屎——樣子看起來完全一樣、無害，不過當其中一隻接近另外一隻時，情況卻變得有點詭異，他們的頭會同步抽動，彷彿是同一個整體的兩個分靈體。醫生注意到門口那堆屎，立刻叫了櫃檯人員過來。門被關上了。

「我知道妳來這裡的目的，」她說，我甚至還沒來得及張開嘴巴。

「妳之前有研究過減肥手術了嗎？」

「有，」我說。「我想要進行那種不能逆轉的。」

「我很尊敬像妳這種有決心的女人，」她說。她開始從某個抽屜中抽出活頁夾。「妳得先走過一些程序。拜訪心理醫生、再看一位醫生、參加支援團體——就是一些沒什麼意義的行政手續，花上很多時間。但一切都會爲妳帶來改變，」她保證，同時在我面前搖動一根手指，臉上帶著責難又可愛的微笑。「手術會痛。不會很輕鬆。但結束之後，妳會成爲世界上最快樂的女人。」

我的姊妹們在手術前幾天來到我家。她們把自己安頓在屋內眾多空房，還在床邊桌上擺滿乳液和拼字遊戲。我可以聽到她們在樓上製造出的噪音，聽起來像一群鳥，雖然各有各的聲音，但又確切合唱著。

我跟她們說，我要出外吃最後一餐。

「我們跟妳一起去，」我的第一個姊妹說。

「去陪妳呀，」我的第二個姊妹說。

「去支持妳，」我的第三個姊妹說。

「不用，」我說，「我自己去。我需要獨處。」

我走去最喜歡的餐廳「鹽屋」。這間餐廳無論就姓名或精神都不是始終如一，之前曾有陣子叫「琳達餐廳」，接著是「家庭餐館」，然後是「餐桌」。建築物都是同一棟，但外表不停出現新樣貌，而且總是比之前更好看。

我坐在角落的座位，想到那些準備接受死刑的人，想到他們吃的最後一餐，然後那個星期第三次開始擔心自己的道德觀出了問題，還是我根本沒有道德感可言？我和死刑犯的最後一餐完全不同，我在大腿上攤開餐巾時提醒自己。兩者根本無法類比。他們的最後一餐是死前的最後一餐，我的最後一餐迎接的不只是生命，還是新生命。**你這人真是糟透了**，我想，我把菜單舉得比臉還高，那種高度完全沒有必要。

我點了一整個騎兵隊的牡蠣。其中大多已做過必要修剪，所以能像水一樣咕嚕吞下，彷彿吞下海洋，彷彿吞下一片空無，但其中有一顆卻頑強對抗：牠就是死黏在殼上，完全是塊負隅頑抗的肉。牠不從。牠簡直就是抵抗這個概念的化身。這些牡蠣還活著，我突然意識到。牠們其實就是一塊塊肌肉，沒有腦或任何內在器官可言，嚴格來說是這樣，但仍活著。如果世界上有任何正義可言，這些牡蠣會纏住我的舌頭，讓我活活噎死。

我幾乎要把牡蠣嘔出來，但還是吞下去了。

我的第三個姊妹出現在桌子對面，坐下。她的深色頭髮讓我聯想到母親：她的頭髮也是這樣又亮又柔整，簡直不像眞的，但確實是眞的。她對我親切微笑，彷彿正要告訴我一個壞消息。

「妳幹嘛跑來？」我問她。

「妳看來糟透了，」她說。她刻意用某種方式擺放雙手，藉此秀出她的豔紅指甲，由於指甲表面塗得無比滑亮，幾乎像是出現立體景深，彷彿有朵玫瑰深陷於玻璃。她用指甲輕敲自己的顴骨，用非常靈巧的撫觸往下刮擦。我打了個冷顫。然後她拿起我的水杯，大口喝下，水流過冰塊再流入她口中，而剩下的冰塊不過是一整片即將塌毀的網格構造，最後，她把杯子仰舉更高，整個構造就這麼滑到她臉上，然後她開始咀嚼那些落入她口中的碎冰。

「不要浪費妳胃裡的空間去裝水，」她說，**喀啦喀啦喀啦**。「好啦，那麼，妳在吃什麼？」

「牡蠣，」我說，明明她能看見我面前有一大堆快坍塌的牡蠣殼。

她點點頭。「好吃嗎？」她問。

「好吃。」

「跟我描述一下吧。」

「牠們就是所有健康事物的集合：海水、肌肉和骨頭，」我說。「沒有心智的一團蛋白質。沒有痛覺。也沒有可驗證的思想。卡路里非常低。不算什麼放縱的放縱。要來一顆嗎？」

我不希望她在這裡——我希望她離開——但她的眼神閃爍，彷彿正在發燒。她用指尖留戀地滑過那些牡蠣殼。整堆殼受到晃動後紛紛往下滾落，場面比之前雜亂兩倍。

「不用，」她說，然後又開口，「妳跟凱兒說了嗎？說妳要動手術？」

我咬了咬嘴唇。「沒，」我說。「妳有跟妳女兒說嗎？動手術前？」

「有呀。她很為我興奮。還送了花來。」

「凱兒不會興奮的，」我說。「凱兒沒打算盡的女兒義務很多，這正是其中之一。」

「妳覺得她也需要動手術嗎？這是原因嗎？」

「不知道，」我說。「我總是不懂凱兒需要什麼。」

「妳覺得她會因此看不起你嗎？」

「我總是搞不懂她的想法，」我說。

我的姊妹點點頭。

「她不會送花來的，」我作下結論，雖然也沒什麼必要這麼做。

我點了一堆熱呼呼的松露炸薯條，結果燙傷了上顎。一直到被燙傷之後，我才開始思考自己有多麼思念這些食物。我開始哭，我的姊妹把手輕輕放在我的手上。我好忌妒牡蠣。牠們永遠不用思考跟自己有關的事。

回家之後，我打電話把事情告訴了凱兒。我的下巴因為焦慮繃得死緊，電話接通時，我的下顎關節還發出了喀啦一聲。我可以在電話另一端聽見另一名女子的聲音，但隨即被某人用我看不見的手指押住嘴唇而停止作聲；接著有隻狗嗚嗚叫。

「手術？」她又說了一次。

「對，」我說。

「我的耶穌基督呀，」她說。

「別用祂的名字罵人，」我說，但其實我也沒多虔誠。

「什麼？那根本去他媽的算不上罵人好嗎？」她大叫。「剛剛那才去他媽的是罵人。至於耶穌基督根本稱不上罵人，純粹是個合宜的稱呼。要是眞有個適合罵人的時刻，就是當妳媽告訴妳，毫無理由地，她要把自己最重要的器官切掉一半——」

她還在講個不停，但逐漸變得像是咆哮。我只能像是趕蜜蜂一樣不停發出噓！噓！的驅趕聲。

「——難道沒想到妳再也不能像正常人一樣進食——」

「妳到底有什麼毛病呀？」我終於還是問她了。

「媽，我只是不懂，妳爲什麼就不能喜歡自己。妳以前從來都不會——」

她講個不停。我盯著話筒看。我的孩子是何時臭酸掉的呢？我完全不記得是怎麼發生的，不記得這種每下愈況，從本來的甜美逐漸酸餿、凝結，最後整個人只剩全然怒氣的過程。她總是在發火，總是在指控些什麼。她強行佔據相對於我的道德高位，一次又一次。她不停讓我知道自己犯下大量罪行：爲什麼我沒教她什麼是女性主義？爲什麼總是堅持什麼都不去理解？還有這次，這次的指控拔得頭籌，值得以蛋糕獎勵[1]，不，別跳過這個俏皮話；語言就像其它事物一樣和食物彼此交融，至少可以說本來就該和食物彼此交融。她好生氣，我眞高興自己無法讀出她的心思。我知道她的心思會讓我心碎。

電話沒聲音了。她掛我電話。我把話筒擺回去，意識到我的姊妹正在門口望著我，其中兩人一臉同情，另一人看來洋洋得意。

我轉頭不看她們。爲什麼凱兒不能理解呢？她的身體不完美，但仍新鮮、充滿適應環境的能力。她還能避開我犯過的錯誤。她還能享受擁有全新開始的舒爽。我是沒有自制力的人，但到了明天，我會直接把控制權交出去，一切就能再次回到正軌。

電話響了。凱兒？是她又打回來了嗎？結果是我的外甥女。她爲了回學校讀書正靠著賣刀具存錢，而她回學校是爲了——欸，我好像沒聽到這部分，但反正，她只要跟我談論刀子，就能拿到薪水，所以我乖乖聽她介紹一切，聽她一個階段一個階段介紹，最後買了一把中間有特殊切孔的起司刀——「這樣起司就不會黏在刀片上了，懂嗎？」她說。

我的身體在手術室內向世界敞開。不是那種眞正的敞開，還沒，一切都還封存在我的

1 美國俗諺中的「takes the cake」表拔得頭籌。

內裡，但我已全身赤裸，身體只被裹上一件帶有隱約圖樣的布袍。

「等等，」我說。我把手放在屁股上，稍微捏了一下。我顫抖，但其實也不知道爲什麼。旁邊有瓶讓我放鬆的點滴，很快我的意識就會飄得很遠。U醫生的雙眼從面具上緣盯著我。辦公室裡的那種甜美表情消失無蹤。她的眼神完全變了。那是徹底的冰冷。

「有本繪本的主角是名叫『平』的鴨子，妳看過嗎？」我問她。

「沒有，」她說。

「這隻名叫『平』的鴨子總是因爲最晚回家而受罰。有人會用一條鞭子打他的背。他恨死了，所以決定逃家。逃走之後，他遇見某種脖子上被綁了金屬環的黑色捕魚鳥。這些鳥爲主人捕魚，但因爲有金屬環，所以無法把捕到的魚全吞下去。等他們把魚帶回去之後，會得到一些吞得下去的碎魚肉作爲獎賞。他們非常順從，因爲必須順從。平沒有脖子上的環，牠以前總是最後到家，現在卻完全迷失了。我不記得故事的結局了。感覺是本妳該讀讀看的故事。」

她稍微調整了一下口罩。「別逼我切掉妳的舌頭，」她說。

「我準備好了，」我告訴她。

那片口罩滑下來覆蓋了我，而我就這麼上了月亮。

手術之後，我睡了又睡。我已經好久沒有靜止不動這麼久。爬樓梯對我來說是不可能的任務，所以我爲了避免爬樓梯而睡在沙發上。在早晨稀微的光線中，塵埃微粒像浮游生物一樣飄過空氣。我從未在這麼早的時候觀察過客廳。完全是個新世界。

我顫抖地喝著清澈的高湯，那是我第一個姊妹帶過來的。她在窗外剪影就像葉子全被風掃光的枝條。我的第二個姊妹時不時會來探望我，她會把窗戶拉開一條縫，就算天冷也照做不誤——好讓空氣流通一下，她會輕柔地這麼說。她沒說整棟屋子聞起來酸臭，味道讓人聯想到死亡，但當她把門板當成風扇又關又開又關，眼神透露出的完全是這個意思，而姿態就像明明發現孩子嘔吐，但仍耐心以對的母親。我可以看到她的顴骨很高，緊緻如同櫻桃。我盡力對她露出最好看的微笑。

我的第三個姊妹會在夜晚觀察我。她會坐在沙發旁邊的椅子上，一邊看書一邊從書的上緣瞄我。因爲憂慮，她的眉毛總是皺在一起又鬆開。她會跟女兒在廚房說話——我確定這個女兒全心愛她，不帶任何批判——她的聲音通常無比輕柔，我幾乎聽不清楚，但接著兩人又會因爲只有他們才懂的笑話笑得超大聲。我懷疑我的外甥女到底還有沒有賣出任何刀具。

我已經被改造了，但又不算是徹底完成。改造已經開始——這種痛、這種令人難以忍受的痛，正是改造過程的一部分——而且會一直持續到——唔，好吧，我想我並不知道。

我的改造會有完成的一天嗎？這段改造會成爲過去式嗎？又或者我將永遠處於改造的過程中，不停改善、改善，改善到死亡那天？

凱兒沒打電話來。等她打來，我要勾起她的回憶，我對她最美好的一段回憶：某天凌晨，我發現她在廁所裡用化學脫毛劑，她用乳霜塗滿小小的褐色手臂、雙腿和上唇，於是那些毛髮在陽光中像雪一般融化了。等她打來的時候，我要告訴她。

一開始，你很難察覺到那些轉變，因爲程度眞的很小，你會以爲純粹是自己的幻想。但之後某天，我把某條褲子扣起時，整條褲子竟然滑到腳踝。我對衣物底下的自己感到讚嘆。那是還沒生凱兒之前的身體呀。是我還沒變成我之前的身體呀。那具身體正逐漸展露自己，如同謊言之雪逐漸從眞相之地景上退去。我的姊妹們終於各自回家了。她們親吻我，說我好美。我的身體終於好到能夠沿沙灘散步了。天氣一直很冷，水面總是參雜流冰，翻騰起伏時感覺厚重，彷彿霜淇淋。我拍了張照片傳給凱兒，但知道她不會回應。

回家之後，我烹調了一塊非常小的雞胸肉，然後切成小小的白色方塊。我計算著，在數到第八口後把剩下食物扔進垃圾桶。我在垃圾桶前站了很久，嗅聞著撒了鹽和胡椒的雞肉混合咖啡粉的氣味，另外還混了某種比較陳舊、幾乎要腐敗的氣味。我往垃圾桶裡噴了玻璃清潔劑，這樣就沒辦法撿回來吃了。我覺得有點頭昏，但很好；甚至感覺自己很正直。換作是之前，我一定會因爲進食的渴望不停咆哮，到處抓狂。現在我只覺得肚子有點空虛，內心卻是完全的滿足。

那天晚上，我因為有個東西站在床邊而醒來，那東西很小，所以在意識眞正清醒過來之前，我以為那是從噩夢中驚醒的女兒，又或者其實天亮了，所以發現我睡過頭的女兒跑來叫我。但即便我的手已沒了毯子帶來的暖意，只感覺到空氣的冰涼，而且眼前如此黑暗，我仍記得我的女兒快三十歲了，現在正跟一個根本不是室友的「室友」住在一起，但她不肯跟我老實講，我也不知道為什麼。

但有些什麼在那裡。有一片黑暗遮蔽了黑暗，而且有著人形輪廓。那東西坐在床上，我能感覺到它的重量，聽到床墊彈簧發出吱嘎嘰嘎的聲響。那東西在看我嗎？在看別的地方嗎？它眞的，有在看嗎？

那裡什麼都沒有，我坐起身，發現只有我一個人。

在我建立新的飲食習慣時——我到死之前也永遠只能這樣飲食了——有個東西開始在屋內到處移動。一開始我以為是老鼠，但那東西體積更大，自主性也更強。如果是躲在牆內的老鼠，往往會到處亂竄，一不小心就掉進洞裡，你可以在家族合照後面聽到牠們驚恐地到處摸索，然後一不小心就栽下去的聲音。但這東西是有目的地佔領屋內的隱蔽之處，如果我貼著壁紙聽，還能確切聽到它在呼吸。

這樣過了一星期之後，我試圖跟它對話。

「無論你是什麼，」我說，「請你出來。我想見你。」

什麼都沒有。我不確定自己是感覺害怕、好奇，又或者以上皆是。

我打電話給我的姊妹們。「可能只是我的想像，」我解釋，「但妳們也有聽到些什麼嗎？手術之後？就在屋內？有某種東西存在？」

「有唷，」我的第一個姊妹說。「我的喜悅不停在屋內舞動，就像個孩子，我也跟她一起跳舞。我們因此差點打破兩個花瓶！」

「有唷，」我的第二個姊妹說。「我的內在美被釋放出來，就像貓一樣趴在草皮上仔細梳理毛皮。」

「有唷，」我的第三個姊妹說。「我之前的羞恥曾在陰影之間消沉，但本來就該這樣。它會走掉的，再過一陣子就會走。某天它就會不見，妳甚至不會意識到。」

我掛掉電話，試著用雙手把一顆葡萄柚掰開，但根本是不可能的任務。果皮完全拔不下來，因爲果皮和果肉之間還有一層很厚、無法剝開的皮。最後我還是拿了把刀，削掉一片片圓頂狀的皮，把葡萄柚切成小方塊，最後才有辦法在指尖扯開。感覺就像拆解一顆人類心臟。水果很美味、口感滑順。我吞了八口，第九口時，我在果肉剛碰到嘴唇時立刻拿開，彷彿揉爛舊收據一樣捏碎果肉。我把剩下一半的葡萄柚放進保鮮盒。關上冰箱。即便此時我都還能聽見那動靜。就在我身後。在我之上。大得無從理解。小得難以看見。

我二十幾歲時住過一個蟲子很多的地方，當時也覺得有很多看不見的東西在移動。它們似乎在一片黑暗中共謀些什麼。我會在凌晨打開廚房的燈，就算什麼都沒看見卻仍等著，然後在眼睛適應之後看見有隻蟑螂在那兒。但牠沒有急匆匆地以二維度樣貌爬過一整片白牆，反而棲息在櫥櫃門板上，用觸鬚不停探測空氣。牠對三維度的世界既是渴望、又是恐懼。牠在那個世界比較不會曝露弱點，但又莫名面臨更多危險。我在把牠從櫥櫃夾板上整隻抹爛時意識到這件事。

而現在的情況跟當時類似，屋內也充滿某種東西。那東西移動，而且從不停息。它不說話，但會呼吸。我想認識它，我不知道爲什麼。

「我做了一些研究，」凱兒說。這句話聽起來斷斷續續，彷彿她在一個訊號非常差的地方打電話，所以應該不是從她自家打過來。我試著去聽那個總在背景出聲的女人在不在。我始終不知道她的名字。

「噢，妳又出現啦？」我說。我的語氣自制。這是長久以來的第一次。

她的聲音一開始急促，但又軟化下來。我幾乎可以聽到治療師在她腦中安撫的聲音。她可能正在腦中把和治療師一起列出的清單走一遍。我突然感到一陣怒意。

「我很擔心，因爲，」她開口，然後又沉默。

「因爲？」

「有時候會出現很多併發症——」

「我的手術已經做完了，凱兒。都已經結束好幾個月了。現在說這些沒意義了。」

「妳痛恨我的身體嗎？媽？」她說。她的聲音因痛苦而碎裂，彷彿就要哭了。「妳痛恨妳的身體，顯然是這樣，但我的身體看起來就跟妳之前一樣，所以——」

「別說了。」

「妳覺得妳之後會很快樂，但這麼做不會讓妳快樂，」她說。

「我愛妳，」我說。

「妳愛我的所有一切嗎？」

這次換我掛電話了，然後才想了一下就把電話線拔了。凱兒現在可能正想辦法打過來，但沒辦法接通。我會讓她打通電話的，只要等我準備好。

我因爲聽見一種倒帶播放的花瓶破碎聲醒來：彷彿數千陶瓷碎片從硬木地板飛起，重新結合成花瓶的形狀。我在臥房時，覺得音源在走廊，到了走廊又覺得好像在樓梯那邊。於是我往下走、往下、門廳、飯廳、客廳，再往下走，接著站在通往地下室的樓梯頂端。

就在底下，在一片黑暗中，有什麼正在沙沙蠢動。我用手指抓住光裸燈泡垂下的球狀鍊條，用力一拉。

那東西就在下面。它在光線中趴倒於水泥地，正蜷曲著身體想爬開。

那東西看起來就像我女兒，像她小時候的樣子。這是我的第一個念頭。它的形狀像嬰兒。還沒到青春期，身體柔若無骨，大約四十五公斤左右，濕潤的身體還滴著水。

確實在滴水。滴答。

我走下去，接近它，它聞起來很溫暖，像吐司。看起來像萬聖節放在某人前廊上，那種塞了稻草的衣物——也像那種爲了逃亡計畫，用枕頭塞在棉被下模仿的人形隆起。我很怕踩到它。我繞過去。透過電熱水器的反射，我讚嘆地望向倒影中自己那張已經不太一樣的臉，即便耳裡已聽見它發出聲響：某種喘氣及難以克制的啜泣。

我在它旁邊跪下。那是一個身體，但欠缺所有必要細節：沒有肚子、骨頭或嘴巴。只有一些軟軟的凹陷。我趴下後輕撫它的肩膀，總之是我認定爲肩膀的部分。

它轉頭看我。它沒眼睛但仍望著我。「她」看著我。她看起來很糟，但態度眞誠。她很古怪，但眞實存在。

我搖搖頭。「我不知道自己爲何想見妳，」我說。「我早該知道是這樣才對。」她蜷縮得更緊一些。我往下傾身，對著可能是耳朵的地方說。

「沒人要妳，」我說。一陣顫抖如漣漪穿越她算是身體的團塊。

我不知道自己在踢她，但轉眼就已經在踢她了。她一無所有，而我內心毫無感覺，只知道她被腳碰觸到的部分會瞬間固化，因此，每踢一腳都比前一腳更令人滿足。我伸手拿了一枝掃把，肌肉繃緊後把掃把往後甩、打下去、往後甩、打下去，掃把的把手斷在她的體內，我跪下，雙手抓起她身體柔軟的部分，往外扯，把整團肉甩上牆，我不知道自己在尖叫，直到我終於停止尖叫，終於。

我發現自己希望她反擊，但沒有。她聽起來似乎正在洩氣，發出一種噓噓的聲響，一種被擊敗的喘息。

我起身，走開，把地下室的門甩上。我把她丟在那裡，一直走到再也聽不見她的聲音爲止。

❖

春天已經來臨，冬天漫長的陣痛到了尾聲。

一切事物都在甦醒。首先是天氣變溫暖，等穿輕薄羊毛衫的人夠多之後，街道更開始愉悅哼鳴。各種身體開始到處走動。速度不快，但在移動，而且帶有笑容。在一整季的陰暗天光之後，原本因爲衣物而只剩胖嘟嘟輪廓的鄰居，現在突然又變得好認了。

「妳看起來棒呆了，」有人說。

「妳瘦了嗎？」另一個人問。

我微笑。我去修了指甲，爲了炫耀用新指甲輕拍臉頰。我去了現在已改名叫「胡椒粒」的鹽屋，吃了三顆牡蠣。

我是個全新的女人了。這個新女人能跟女兒成爲最好的朋友。這個新女人笑時露出所有牙齒。這個新女人不只褪去了舊皮囊，還把它使勁摔到牆上。

接下來就是夏天了。夏天會來，熱浪會非常強悍，就是那種感覺要挑戰人們極限的熱浪。如果你夠勇敢，就能走入燦熱天光，走下白沫翻騰的海水，走向海浪碎開的所在，也就是海浪可能擊倒你的所在。如果你夠勇敢，你就會用你的身體迎向這樣的海水，這種基本上堪稱動物、而且存在比你巨大太多的海水。

若我坐著不動，有時候能聽見她在樓板底下咯咯笑。她會在我購物時睡在我的床上，而等我回來大力摔上門，就能聽到頭頂上有趴搭趴搭的腳步聲。我知道她還在，但她從未出現在我面前。她會在咖啡桌上留下奉品：安全別針、香檳酒瓶塞、包裹在草莓圖樣玻璃紙裡頭的硬糖果。她會窸窣穿過我的髒衣服，沿途拖開一連串髒襪子、胸罩，直到敞開的窗邊。抽屜跟空氣都像被洗劫過一樣。她把所有湯罐頭的標籤轉向前方，把因爲咖啡噴濺出來，留在廚房磁磚上的風乾星座痕跡擦掉。她的香水味留在布料上。她還在，就算不在場時也一樣。

我之後只會再見到她一次，在此之後。

我會在滿七十九歲的那天死掉。那天的我一大早起床，因爲某個鄰居跟另一個鄰居聊玫瑰時太大聲，也因爲凱兒那天要帶女兒進行年度拜訪，也因爲我有點餓，另外也因爲胸口覺得有股壓力。不過即便在胸口緊繃、收縮的當下，我仍能察覺到窗外的動靜：有個騎單車的人在猛跌在水泥地上、一頭白狐從樹叢底下竄過，以及遠方的海水起伏。我會想，**這就跟我姊妹預言的一樣**。我會想，**我真思念她們，始終很思念**。我會想，**是時候了，我會知道一切是否值得**。這種痛楚會升高到令人無法忍受的程度，然後就再也不會痛了。那股痛會退去，我會感覺很好，而且很久沒那麼好過。之後會有一段時間沒動靜，中間只穿插著蜜蜂柔軟翅膀撞上紗窗的聲音，以及樓板的吱嘎聲響。

會有手臂把我從床上抱起——她的手臂。那兩隻手會如同慈母般柔軟，如同麵團和苔蘚。我會認出她的味道。我會被哀痛及羞恥所淹沒。

我會望著那個應該是她眼睛的位置。我會張嘴想問，但意識到問題早有答案：透過在我不愛她時仍愛著我，透過被我拋棄，她已成爲不朽的存在。她會比我再多活好幾百萬年，甚至還要更久。她會活得比我女兒還久，比我女兒的女兒還久，地球上會充滿著她及她的同類，充滿她們不可思議的形體及未知的命運。

　　她會撫摸我的臉頰，正如我也曾這麼撫摸凱兒。眞的好久以前的事了，就是那種沒有任何控訴意味的撫摸。她會把我拖離我自己，我會哭，她會把我拖向一扇門，而那扇門面向充滿鹹味的早晨敞開。我會蜷曲在她體內，那曾是我的身體，但我實在是個太差勁的照護者，而她已奪走我的掌控權。

「我很抱歉，」當她帶著我走向前門時，我會這麼悄聲對她說。

「我很抱歉，」我會再說一次。「我不知道會變成這樣。」

駐村者

在我申請去「惡魔之喉」通過後兩個月，我向妻子吻別，離開城市，駕車往北朝向皮〇〇山脈開去。我以前參加的女童軍隊就是去那裡露營。

那封信就放在我一旁的副駕駛座上，上頭用手帳壓住。那張紙幾乎跟布料一樣厚，不像那種比較輕、比較便宜的紙品隨風翻動，只偶爾會因爲風而抽搐一下。紙張頂端浮雕了金色葉子，還有一隻老鷹正把掙扎的魚從水中啄出的剪影。「親愛的梅〇〇小姐，」上頭寫著。

「親愛的梅〇〇小姐，」我一邊開車一邊喃喃自語。

地景改變了。我很快開過郊區和大賣場，接著是一片片的樹林和矮丘，然後穿過一條浸泡在鎢絲燈光內的隧道，車子的速度開始減慢，再逐漸蜿蜒往上開。這些山其實很近，距離我家車程才兩小時十五分鐘，但我最近很少見到它們了。

路邊的樹木逐漸消失。我路過一個招牌：「歡迎來到雅〇〇！我們很高興看到你來這兒！」這座小鎭很破敗，看起來灰禿禿的，就像散落美國各地的許多老舊煤礦和鋼鐵小鎭一樣。我會把中央大道旁的房子描述爲搖搖欲墜，但這個詞本身暗示了某種魅力，而此處並沒有。一個紅綠燈掛在毫無人跡的十字路口，除了有隻貓從垃圾桶後方衝出之外，這裡毫無動靜。

我在一間加油站停下，上頭標記的價格比全美平均價格高上整整八十美分——我有在出發前查過油價。我走進便利店付汽油的費用，然後拿了瓶水。

「這是一買二唷。」看起來很陰沉的青少年在櫃檯後說。天花板下頭懸吊著一台小小的電視機，我不認得上頭播的節目。

「什麼意思？」我說。

「妳可以再拿一瓶水，不用錢。」他說。一堆膿包擠在他的下巴上，以仙女座星系的橢圓形狀散落開來，每顆看起來都是頂端黃綠色的半圓球。任誰都會想知道，他怎能抗拒擠爆這些膿包的欲望？

「我不需要多一瓶水。」我說，然後在櫃檯上把錢推給他。

他看起來有點迷惑，但還是拿起鈔票。「妳要去山上嗎？」他說。

「對，」我說，因爲他開口詢問而鬆了口氣。「要去『惡魔之喉』那裡駐村。」

他的手指在收銀機的按鈕上顫抖，彷彿因爲疼痛而蜷曲起來。他揉揉下巴，接著抬頭看我，表情難以判讀。其中一顆痘子爆了，膿汁在他皮膚上留下一條彗星尾巴。

我本來打算問他有沒有去過山的那一區，但此時我們頭上的電視發出婉轉樂音。螢幕上有名年輕女性穿著睡袍，光腳站在一區樹林中。她緩慢從兩側舉起手臂，雙手抓探空氣，接著百無聊賴地拍動手臂，像隻剛撞到窗戶之後嚇傻的鳥。她張開嘴彷彿要求救，但又只是無聲閉起，再次張開，彷彿一名有祕密想說的臨終病患。

鏡頭跳接到樹木後方，有群女孩正望著那名可憐的年輕女子踏出蹣跚的一步，接著又是一步。其中一人靠向一旁的人耳邊，悄聲說：「不是每個人天生就有辦法做好，我猜。」接著一陣狂笑的罐頭配音在音軌炸開，那名年輕人一邊按收銀機的按鈕一邊跟著猛笑。「這是什麼節目？」我低聲問，心裡覺得很不舒服。

「重播，」他咕噥。他找給我的零錢因汗水而潮濕。我走出去後摸摸臉，驚嚇地發現臉上有淚，溫度就跟人血一樣。

沒過多久，我的車子就開始往上傾斜，我又開始往山上爬。

當我還是個青少女時，每到秋天就得花上為期三天的長週末，跟隊友一起參加女童軍露營。時間通常是十月底。而等我們離開學校抵達山裡時，墨黑的夜幕早已落到我們身上。澤○○太太休旅車後座的女孩們早已安靜下來，沉沉睡去，畢竟已經坐了很久的車，我們的話題早在離開文明世界前就已聊完。自從那場意外後，我總是坐在副駕駛座。這樣也好，反正比起同儕陪伴，我向來比較喜歡跟成年人待在一起。

車內的唯一光線來自發光儀表板。澤○○太太直直盯著前方，而她的女兒——她跟我不和，但長得很好看，身高很高，頭髮是栗子棕色——通常一定會在後座睡著。每次車子撞到路上突起，她的頭骨就會敲在玻璃窗上，但她從未因此驚醒。她身邊的其她女孩眼神放得很遠，又或者也在打瞌睡。至於車外，車子的頭燈切開暗夜，照亮一條如同膠捲不停往後轉動的路面，也照亮墜地的枝條及被吹落的葉子，偶爾還有打從上次暴雨之後，就死在路邊且血肉模糊的雄鹿。

有些時候，澤〇〇太太會望向我，先用鼻子吸一口氣，再喃喃吐出一些籠統的關懷問候。（最常說的就是「學校生活如何？」）我知道她之所以這麼小聲，是怕吵醒女兒，或者不讓女兒發現她在跟我說話，所以我也會同樣回覆一些籠統的話。（「很好呀。我喜歡英文課。」）我實在不知道如何向這名女人解釋，學校是個適合學習的地方，但其它一切都很慘，而她那嘴甜的女兒（她多年來生下、撫育、餵養、關愛的那個女兒），則是讓我的學校生活變悲慘的重大因素之一。然後我們會再次安靜下來，窗外森林持續綿延不盡。

道路兩側的白色樹幹一定程度地點亮了黑暗，就像在大半夜裡靠著相機閃光燈短暫看見了世界。我能看到一、兩層樹列，再後方的朦朧陰暗則讓我不太舒服。秋天是去山裡的最糟時機，我心想。在萬物枯萎、努力求生時驅車開入荒野，感覺實在很不明智。

我關掉空調。眞希望那些女孩能看見現在的我：我是成年人了，已婚，成就斐然。

我已經把廣播轉到古典樂電台，現正播放一首華麗、活潑的曲子。就在我開過一個個彎道時，不規則的旋律又是下墜、又是翻升，感覺就像一部老片的開頭：一部汽車沿著道路蜿蜒前行，在白色字體的演員名單捲起時朝著目標駛去。等演員名單捲完後，車子會停在一棟農舍旁，我會下車，從頭上拆下白色頭巾，呼喊一位老朋友的名字。而她會揮著手現身，然後我們一邊嘰喳談笑，一邊拿著行李廂走進屋內。這畫面完全不會讓人意識到，駭人的故事齒輪早已開始轉動。

「剛剛是以撒・阿爾班尼士，」主持人低聲莊重地說，「所創作的《西班牙狂想曲》。」過了一陣子後，尖銳雜音開始打斷樂曲，最後只剩靜電噪音。我把廣播關掉，搖下車窗，手肘靠在窗框膠條上，感覺非常愜意。

然後我注意到後面有輛車：那台白色、低矮的龐然大物跟得太近了。我的肚臍後方出現一種漩渦在轉的奇特感受，那種往下旋的感覺通常是恐懼或興奮的前奏。然後我在腦子還沒搞懂前就已察覺情況突然有變。紅藍交錯的燈光灑入我的車內。

那名警官坐在我身後的車內整整兩分鐘，接著才開門，慢慢朝我的方向走來。

「午安，」他說。他的眼睛很小，但態度異常親切，嘴角有塊紅斑：那是個即將成熟綻放的口瘡。

「午安，」我回應。

「妳知道我為何攔停妳嗎？」他問。

「我是眞的不知道，」我說。

「妳超速了，」他說。「妳在時速四十五的路段開到五十七。」

「啊，」我說。

「妳要去哪裡？」他問。

就在我們對話時，那塊紅斑似乎感應到我的存在，開始往外擴張，就像一隻阿米巴原蟲準備好要繁殖。他手上戴了婚戒，那麼，除非他最近出了什麼意外，不然，有個配偶就在今天早上目睹過這片紅斑。我想像她（你可能會覺得我太武斷，畢竟考量我個人的情況，怎麼可以假定這名配偶一定是女性？但他的舉止中有些特質，讓我覺得他過往若是碰過男人，一定是帶著怒氣、暴力或焦慮，而現在當他無意識地用大拇指摩娑婚戒時，表現出的卻是一種親密情感，甚至可能和情色回憶有關。）是個跟我完全不同的女人；也就是說，她是個沒在怕被傳染的女性。我想像她親吻他的嘴唇，之後還從一籃子各式乳液中拿了一小管唇膏，塗抹紅斑，再說些安撫他的話（「沒人會注意到的，我保證。」），接著親暱捏捏他的肩膀。或許他們兩人就是不停把這個口瘡傳來傳去，彷彿輪流擁抱一個嬰孩。

當我從胡思亂想中回來時，他的車已經開出我的視線範圍之外。我看著他遞給我的那張紙：一支警告。「務必緩慢行車，安全抵達。警官莫〇〇。」這句話以哀傷、方正的手寫字出現在最上方。

我很快就抵達一個T字路口，根據路標指示，從這裡左轉是通往惡魔之喉。另一個方向則會將我帶回過去，也就是那座破敗的營地，在那裡，許多事出了錯，也有許多事終於走上正軌。

最後這段路是車程最美的一部分。樹木屈服於一早的熱氣，如同僕役般對道路鞠躬。極度濃密的光滑樹葉遮蔽住天空。我可以聽見蟬在拔聲尖叫，但對我來說有撫慰效果。我開在這條路時感覺自己煥然一新——這根本是通往天堂的道路！這是即將看完一本小說的節奏！我這輩子一直在想像，到了某個時候，我將不再仰賴他人的慷慨，而能以藝術家的身分自立自強——我指的是自己出版小說（發行之後得到的回應不算太熱烈，但評價都很好——我也沒那麼傲慢，沒自以爲能靠這本書點亮世界），然後在理想的地方教書，學生少但工作體面，並因此賺到不多但仍體面的薪水。而此時此刻，這一切就在觸手可及之處。

有隻生物衝刺到我的車子底下。

我猛踩煞車，車頭偏離原本方向，我可以感覺到車子發出抗議的摩擦聲，車體還發出遭受金屬重擊的聲響。若現在地面結冰，或正在下雨，我一定會直接拐彎撞上最近的樹之後身亡。而現在的我則是急煞停在路中央。

我看向後照鏡，很怕去確認躺在路中央的是什麼。

結果什麼都沒有。

我下車檢查底盤下方。在那裡看到一隻兔子的眼睛，黑色但毫無生氣。她的身體下半部不見了，切口乾淨俐落，彷彿被撕成兩半的紙。我起身繞過車子，尋找著另外半截身體。我甚至跪到地上搜尋車子迷宮般的底架。什麼都沒有。

「我很抱歉，」我對著她空洞的雙眼說。「妳不該遇上這種事。妳的下場至少該比我好。」

我把身體用力甩入駕駛座，牛仔褲因為剛剛的遭遇多了兩大片汙點。沮喪的情緒如同一波暈眩感淹沒了我。我希望這不是某種凶兆。

前方路標上的箭頭指向右邊。上頭寫著「惡魔之喉」。我卻已經感受不到剛剛的愜意。

我開車繞過整片機構及周邊土地的邊緣時明白了，待在這裡的期間，我只可能見識到其中一小部分。整片地有好幾百畝，大部分尚未開發。惡魔之喉曾是一座湖畔度假中心，專門爲紐約的百萬富翁服務，但業主過度擴張投資，最後在大蕭條時倒閉。現在的業主是以資助合作計畫爲主的機構，工作目標是爲作家及藝術家提供創作時間及空間。在申請通過的信函之後，我很快又收到一封信，其中有張地圖，我在地圖中認出駐村地就位於這片渡假勝地的最南側：那裡聚集了一批工作室，另外還有之前那座奢華旅館的主建築。那些工作室沿著一座湖的邊緣延伸，其中最富有的駐村者往往會待上整個夏天，就這麼在悶熱的暑氣中閒晃。

我終於沿路開到樹林往兩側分開的所在。前身爲旅館的建築彷彿傳染疾病般從地面膨脹隆起，擾亂了林中安寧。那顯然曾經是棟華麗的建物，設計也前衛，一看就知道設計者是位野心勃勃的年輕人，而且當時還沒因爲多年的默默無名而崩潰，也還沒被無數無法完成的藍圖擊垮。

有兩台車隨興停在旅館旁，其中一台看來古舊，車體的藍色感覺很髒，另一台紅車則在陽光下閃耀。我把車停在紅車旁，接著一陣緊張，又把車開出來，決定改停到藍車旁。突然之間，我對自己車廂及後座中的個人物品數量感到很不自在。畢竟現在我得把物品搬下車，而且得花上六趟才能搬完。

所以我下車，把所有東西留在車上就走了。

旅館的一樓尋常但優雅，用了深灰色的石材和黑色泥灰填料，透過長窗呈現出特選的內裝場景：紅絲絨、木嵌板牆，又或者邊桌上被人遺下的咖啡馬克杯正冒出蒸氣。不過旅館的二樓讓整棟建築像一大塊被瘋狂揉捏過的鹽水太妃糖。跟一樓相比，二樓的窗戶及牆面全以奇特角度扭轉，不是朝前就是朝後傾斜。你可能透過其中一扇窗發現地面的面積比天空多，接著透過另一扇窗發現天空的面積比地面多。其中有個房間扭向周邊樹林，但和樹林太近，有根枝條直接突刺向窗玻璃，只差一陣強一點的微風就能將其往前挑動。上方的屋頂傾斜往上、再往上，所有線條螺旋匯聚到一個頂點，像團乳霜的尖端。最上頭有顆巨大玻璃球。

通往前門的階梯非常寬，站在正中央完全不可能碰到兩側把手。我貼著右側走上去，手沿著把手往上滑，結果被一塊碎片扎入手掌。我抬起手，檢視著那塊插在我的「感性線」和「理性線」之間的碎片，然後捏住那塊木片露在外頭的部分，用力拉。手掌圍繞著那個傷口痛了一下，但沒流血。我踏上最後幾步階梯，來到門廊。

我在那個奢華的入口前猶豫了一下，不喜歡從兩片門板接縫伸出來，彷彿活物一樣纏繞的木雕觸鬚，因爲看起來就像有隻章魚藏在裡頭，但決定先往外伸出手臂及吸盤。我的妻子總愛笑我感受及理解事物的方式：我總能立刻知道自己喜歡什麼，厭惡什麼，但得花上好幾個月思考才能解釋清楚。我就這麼在門前走廊不知所措了十分鐘，然後一名穿著綁帶樂福鞋的英俊男子開門走出來。他看到我時似乎嚇了一跳。

「哈囉，」他說。他聽起來像個酒鬼，八成是個同性戀。我立刻就確定自己喜歡這個人。「妳要——進來嗎？」他往旁邊一站，幾乎要消失在門後。

「我——沒錯，」我說，然後跨過門檻。我跟他說了自己的名字。

「噢，對耶！是這樣——」他轉向後方空蕩蕩的空間。「是這樣的，我們以爲妳明天才會到？或許是溝通上的誤會。」

通往隔壁房間的入口突然有了忙亂的動靜，我才意識到他在跟三名女子說話，只是她們剛好站在我看不到的地方。其中一名女子纖瘦、蒼白，走流浪風，身穿看不出身形的僧袍式服裝，衣服上畫滿不規則的碎片形狀；這些碎片在她身體上旋轉圍繞成一個個孔洞，看了立刻讓人焦慮起來。另一名高高的女子頭頂上盤著細髮辮，臉上帶著大方微笑。第三個女人我認得，但我確定自己從未見過她。

身上洋裝足以觸發焦慮的女子說她叫麗迪亞，是名「詩之歌作曲家。」她的腳沒穿鞋，很髒，彷彿想向所有人證明自己是個無可救藥的波西米亞人。很高的女人說自己叫安奈兒，一名攝影師。那名我認得又不認得的女子也有自我介紹，但她的名字我聽過就忘了。我不是故意的，也不是沒注意聽，只是當她說出名字，而我的心智也即將抓住那項資訊時，那名字就像指尖碰到的水銀一樣閃身滑開。

剛剛開門的男子接話，「她是一名畫家。」他說自己叫班傑明，是一位雕刻家。

「你們怎麼沒在工作室裡？」我問，但才說出口就爲這個魯莽的提問感到後悔。

「日子無聊嘛，」安奈兒說。

「駐村的日子無聊嘛，」麗迪亞更精確地指出。「我們大多都在閒扯，」她指了指身邊的人，「有時候會在這邊的大廳吃午餐，以免閒到發瘋。」

「我們才剛吃完午餐，」班傑明說。「我正要回去。但我敢打賭，妳只要去廚房就能找到埃德娜，她能幫你弄點吃的。」

「我帶妳去，」安奈兒說。她用手臂勾住我的手臂，把我帶開。

就在走過門廳時，那名我似乎無法得知名字的女子讓我感到一種全新恐懼。「那個畫家——」我開口，希望安奈兒能提供一些堪用資訊。

「嗯？」她說。

「她很——可愛。」

「她是很可愛，」安奈兒同意。她推開一扇雙開門。

「埃德娜！」

一名瘦而結實的女子在水槽邊彎著腰，似乎正凝望著水槽內的泡沫深處。她直起身子，看向我。她的頭髮是火焰般的紅色，用一條黑絲絨緞帶綁在腦後。

「噢！」她一看到我就驚呼出聲。

「妳到了！」

「我……沒錯，」我給了她肯定的答覆。

「我是埃德娜，」她說。「是駐村地的主任。」她把手上的黃色橡膠手套拉下，伸出一隻手，我也握手回應。她的手冰涼、潮濕，就像剛擰乾的海綿。「妳早到了，」她說。「早到了整整一天呢。」

「我一定是讀錯信件內容了，」我悄聲說。我的臉頰紅到不行，耳邊簡直可以聽見妻子的笑聲。大家顯然都能看出我有多驚訝。

「沒事的，」她說。「妳沒造成任何麻煩。我會把妳帶去房間。妳的床可能還沒床單——」

回到門廊時，班傑明腳邊已經放滿我所有帶來的東西——我的行李箱、洗衣籃、甚至包括車子上的緊急補給背包，而那東西根本不該離開我的後車廂。

「我沒鎖車門嗎？」我問。

「在這裡何必鎖車門？」他歡快地問。「東西都在這兒了。」他彎腰抬起我的行李箱，我拿起洗衣籃。埃德娜則彎腰去拿背包，但我說，「不用了，」她於是重新挺直站好。我們一起爬上樓梯。

我在太陽下山後醒來，當時最後一絲光線正被太陽從天空扯去。我感覺很混亂，彷彿在派對中睡著的孩子，衣著完整地在某個空房間醒來。我反射性地伸出手想找妻子，結果摸到高針數的床罩組，以及一枚完美蓬鬆的枕頭。

我坐起身。壁紙顏色很暗，上面綴著一叢叢繡球花。我可以聽見一樓傳來的聲音——朦朧的閒談、銀器和瓷器彼此敲擊。我嘴巴裡的味道很糟，膀胱快爆了。如果我能坐起身，就有辦法去廁所。如果我用了廁所，就能打開燈光。如果我打開燈光，就能找到放在行李箱中的漱口水，然後弄掉口中那股霉味，還能下樓跟其他人共進晚餐。

我把一條腿伸下床邊，眼前卻出現了恐怖幻象：有隻手從床裙底下突然伸出，抓住我的腳踝，把我拖進床底，而餐廳中歡愉的喧鬧聲淹沒了我的驚恐尖叫，但幻象終究過去了。我把另一隻腳伸下去，在地面站好，接著在一片黑暗中跌跌撞撞走向廁所。

就在清空膀胱時，我思考了一下我的小說內容，也就是小說現在的狀況——成堆的筆記和塞在筆記本內的紙張。我思考了一下主角露西爾和她的困境。實在太多了。

我走下樓，漱口水的餘味還刺激著我的齒間。眼前有張深色木長桌——櫻桃木吧，或是核桃木；總之上頭沾了一抹深紅色污漬——桌邊坐了七個人。跟我一樣的駐村者一群群聚在房間角落聊天，手上都拿著葡萄酒。

班傑明喊了我的名字，舉起玻璃杯向我打招呼。安奈兒往上看，微笑。麗迪亞仍在和一名纖瘦、好看的男子熱烈聊天，男子的手指沾滿某種深色物質——墨水吧，我想。他害羞地朝我笑了一下，但沒說話。

班傑明遞給我一杯紅酒。我還來不及跟他說我不喝酒。

「謝謝，」我說，而不是說，「不，謝謝。」我聽見妻子溫暖的嗓音，彷彿她正在我的耳邊低語。**好相處一點**。我相信我妻子就愛我做自己，但也很確定她更喜歡我放鬆一點的樣子。

「妳都打點好了嗎？」他問。「還是剛剛在休息？」

「休息，」我說，然後啜飲了一小口酒。酒裡有種綠薄荷的酸味，我快速呑下。「我猜是因爲開車太累了。」

「那段路實在太難開了，無論從哪裡開來都一樣，」安奈兒表示同意。廚房門突然被推開，埃德娜手上拿著一大盤切片火腿出現。她把盤子放到桌上，於是所有人就像接到指示般立刻結束談話，開始聚到桌邊原本坐的椅子旁。

「妳都打點好了嗎？」她問我。

我點點頭。我們全坐下了。手指有汙點的男子把手越過桌子伸過來，沒什麼力氣地跟我握了一下手。「我是迪亞哥。」

「大家創作進行得如何，」麗迪亞問。

所有人都彷彿要避開問題的低下頭。我拿了一片火腿，又舀了一大匙馬鈴薯。

「我明天早上就要出發，」埃德娜說。「週末才會回來。當然，所有買來的食材都會在冰箱裡。有誰需要來自文明的補給品嗎？」

桌邊陸續傳來一陣陣「不用了」。我伸手到褲子後方口袋，掏出一封給妻子的信，這封信已蓋過郵戳，寫上地址，內容也寫好了，目的是讓她知道我已安全抵達。「妳可以幫我寄這封信嗎？」我問。埃德娜點點頭，把信放進她擱在走廊的手提包。

麗迪亞張著嘴咀嚼。她從兩顆臼齒間挖出了些什麼——原來是塊軟骨——然後用舌頭舔過牙齒後又啜飲了一口葡萄酒。

班傑明又爲我倒了一杯酒。但我竟不記得剛剛有把酒喝完。我覺得牙齦好軟，彷彿是一層絲絨包裹著牙齦。

所有人開始用那種被酒精催化出來的姿態聊天：閒散、鬆軟。我後來得知，迪亞哥是名職業童書插畫家，現在正創作一本圖像小說。他說他來自西班牙，不過成年後大多住在南美和美國。他稍微和麗迪亞調情了一下，我對兩人的評價因此降低。安奈兒跟我說了個尷尬的故事，跟某次遇見一名得獎小說家有關，但小說家的名字我不認得。班傑明描述了他最近進行的雕刻作品：用碎玻璃拼成翅膀的伊卡勒斯。麗迪亞說她花了整天「亂敲鋼琴」。「我沒打擾到你們誰吧？有嗎？」但她說話的口氣其實根本不在乎有沒有打擾到人。接著她開始解釋自己在創作一首「詩之歌」，而目前正在進行「歌」的部分。

這些牆都有隔音效果，埃德娜向她保證。就算你在裡頭被殺了，也不會有人知道。

麗迪亞傾身靠向我，臉上表情極度滿意。「妳知道那些有錢到流油的傢伙，在玩垮這個地方之前，都叫這個地方什麼嗎？」

「天使之口，」我說。「我小時候參加過童軍活動，那時候每年都會來這裡。我一直沒忘記看過那個招牌。」

「就是叫天使之口呀，」她幾乎是大吼了，彷彿我剛剛沒說話一樣。她狂笑著拍打桌面。她的牙齒看起來很爛——上頭沾了一層梅子色。我眞恨她，然後有點驚嚇地意識到這個事實。我從沒恨過任何人。確實曾有人讓我不舒服，讓我希望自己能一眨眼就消失，但對我來說，恨是一種全新且酸苦的情緒。讓人餘恨難消。而且我還醉了。「妳們那些女童軍都在做什麼？」班傑明問。「游泳？健行？」

「彼此幹來幹去嗎？」迪亞哥也來集思廣益。麗迪亞調皮地拍打他的手臂。

我啜飲了一口酒，但現在已經嚐不出味道。「我們會用親手做的藝品贏得臂章。生火煮飯。說故事。」以前我最喜歡的就是說故事了。「活動通常會在秋天，游泳的話太冷，」我說。「但我們確實會沿著海岸線散步，有時候還會在港口玩試膽遊戲。」

「所以妳才特地跑來這裡駐村嗎？」安奈兒問。「因爲妳對這區很熟？」

「不是，」我說。「純粹是湊巧。」我把眼鏡放下，但沒對準桌子，眼鏡幾乎掉到地上。

麗迪亞極度惡意地大笑出聲。迪亞哥把臉埋入她的長髮，還對著她耳朵說了些私下觀察的細節。她看著我又笑了。我臉紅起來，開始忙著進食。

安奈兒的酒喝完了。迪亞哥本想拿起瓶子爲她添酒，但她把杯子蓋住，轉向我。「我在這裡進行了一個名爲『藝術家們』的計畫，」她說。「妳願意花一個下午讓我拍攝肖像嗎？

不行當然也沒關係，不用有壓力。」

我確實覺得壓力很大，但腦子有點昏沉，又已經開始覺得安奈兒討人喜歡。她跟我之前喜歡的一些人很像，看起來永遠充滿善意，而且有著無法否認的驚人美貌。我看著她期待我答應的眼神，發現自己臉上毫無理由的微笑起來。我用手掌揉揉有點僵麻的臉。

「我很樂意，」我回答時不小心咬破臉頰內面的口腔，搞得滿嘴都是鐵味。

隔天早上，一股涼意籠罩了皮〇〇山脈，廚房窗外的地面也被覆上一層霧氣。

「妳喝咖啡嗎？」安奈兒在我身後開口。我才稍微點了頭，她就已經把一個溫暖厚重的馬克杯放入我手中，而我也沒怎麼檢查就啜飲起來。

「我可以陪妳走到工作室，」她說。「我很樂意。如果不清楚路線的話，這段路並不好走，就算沒被霧擋住視線也一樣。妳睡得好嗎？」

我又點點頭。有個小生物在我腦中充滿意圖地躁動著——安奈兒對我這麼好，我該對她道謝才對——但我實在無法把眼神從白茫茫的窗外移開。沒想到霧氣能如此輕易抹消一切。

前門在我們身後關上時，我雀躍不已。站在階梯上方只能看見樹木輪廓，而我們得穿越整片樹林才能抵達湖畔。安奈兒走進林間尋找小徑。她輕鬆跳過一根倒下樹幹，繞過一整簇肥厚、閃著水光的蘑菇。我們一度經過一條細瘦的白色長凳，其設計和長寬都顯示不是給人休息用的。她沒有回頭，只是用手指了指長凳。「這條長凳大約位於湖和旅館的正中央，就是給妳參考一下。」

等樹林被我們甩在身後，我看見一些非常模糊的建築影像。其中一棟就出現在我們正前方。然後我第一次沒遵從安奈兒指示，直接往前走了幾步，希望能接近建築後看得更清楚。

「老天！」安奈兒抓住我的背包背帶，把我往後拉。「小心點。妳幾乎直接走進湖裡了。」此刻在我前方的空氣就像牛奶一樣——根本沒什麼建築物。

她用手往右指，那裡有一連串往上通往暗處的階梯。「這是妳住的小屋對吧？哀悼鴿？」

「沒錯，」我非常肯定。「謝謝妳爲我帶路。」

「小心一點，」她說。「如果需要回旅館的話——」她指向我們來時的方位。透過霧氣仍能看到那顆發亮的光球。「那就是旅館。就算天氣不好，那道光都會在夜裡閃耀。所以妳一定能找到回去的路。祝寫作愉快！」

安奈兒消失在霧氣中，不過在她離開很久之後，我還是能聽到卵石在她的腳步下滾動。

我的小木屋是棟非常寬敞的建物，裡頭有間足以俯視湖畔的辦公室——應該說之後可以俯視，畢竟得等霧氣散去。屋子甚至還附有一座小露臺，若陽光不大，或沒下什麼雨時，你可以在露臺上工作、放鬆，或者觀察環境。屋子是有點年紀，但非常穩固，令人心安。我在裡頭四處走動，試圖理解每個接頭、每道欄杆，然後搖晃它們，確認是否有任何地方腐爛，或者不會像痲瘋患者爛壞的四肢一樣被我扯下。不過一切似乎都很穩當。

屋內有一排木牌座落於書桌上方層架。我乍看以爲是摩西的十誡，但站到椅子上檢視後，才發現是一連串人名清單——有些看起來很清楚，有些難以辨識——總之全是之前駐村者的名字。那些人名、日期，和玩笑話連在一起看，就像某種達達主義詩作。

所羅門・賽伊爾——小說作者。昂丁・勒・佛吉，畫家，六月十九日——。愛拉・史密斯「充滿愛的夏天！」悉——

我皺起眉頭。有個人的名字跟我一樣——另外一名駐村者——而且也住過這棟小屋，不過是多年前的事了。我用手指撫過我的名字——撫過她的名字——然後在牛仔褲上抹了抹。

這個概念眞有趣，駐村者。乍看會覺得一切皆爲偶然，就像撿到一顆石頭，但把石頭翻過來又發現底下充滿生命。駐村者有自己本來居住的地方。你一定是某座小鎭或某棟房子的「居住者」。但又在此地成爲這個空間的居住者。你確實住在這裡，但當然也不完全定居在此。你是來此地造訪之人，但又跟「訪客」不同，因爲訪客通常代表會在晚上離去後一路驅車駛入黑暗，而駐村者會把電水壺帶來布置好，並在此地待上好一陣子——你居住在此地，同時居住在自己的思想中。你得找出這些思想，意識其存在，不過一旦精準找出這些思想的所在地，就再也不用驅車離開。

書桌上有封信，內容是歡迎我來到哀悼鴿小屋，另外鼓勵我將名字留在最新的木牌上。坐在書桌前，我能看見一半門廊，以及大霧吞沒欄杆及其後一切光景的朦朧。

我打開背包，把筆記本放在電腦旁，電腦在桌上發出如同情況有異的巨大嗡嗡聲。小說呀。**我的**小說呀。

我開始工作。我決定把我的小說大綱列在索引卡上，這樣才能隨意改變順序及位置。整個牆面都是軟木塞版，所以我把卡片以網格結構排列釘上，把露西爾受到的試煉及榮耀時刻以容易操作的方式放上去。

有條蜈蚣在牆上爬，我用一張卡片釘住牠，**露西爾意識到自己的童年始終是個糟糕的謊言，從頭到尾都不例外**。我把蜈蚣的身體在牆面上抹爛，但牠的腳仍在抽動。我又寫了一張新的卡片，丟掉。釘在正中央的卡片寫了**露西爾在秋天的湖邊發現了自己的性向**，而故事情節就在此戛然而止。我的眼神掃過這些卡片。**貝克斯特逃走，被一台車撞了**。**露西爾的女友因為她有「派對恐懼症」而分手**。**露西爾入選藝術季**。我很滿意目前的進度，但還是有點擔心，因爲不太確定要怎麼極致強化露西爾受到的苦難。輸掉藝術季的最大獎還不夠，應該是吧。我泡了一杯茶，坐下，在晚餐時間之前一直盯著卡片瞧。

我在天亮前驚醒，感覺得臼齒附近出現一種肥皂的味道。我從床上蹣跚爬下，還沒走到廁所就已跪到地上。一陣溫熱的嗝湧上，暗示著即將到來的慘況，而我的腦中還在努力推開夢的餘緒。

我以前也生過病，但沒生過這種病。我實在吐得厲害，甚至把馬桶座墊扯出一條可怕的裂縫。我把頭抵在冰涼的磁磚上，等了一陣子，覺得好像吐乾淨了，太棒了，但才坐起來就發現還有得吐，怎麼可能還有得吐呀？但嘔吐物仍一股勁從體內湧出。我為了讓自己冷靜爬進浴缸，抬頭望向蓮蓬頭，但就在它噴出冰涼撫慰的水柱前幾秒，我看著那個黑黝黝且圍著一圈鈣化石灰的蓮蓬頭，感覺好像七鰓鰻那張寄生蟲一樣的怪嘴，結果又吐了。等我確定體內沒東西可吐之後，我爬回床上，拉起厚重羽絨被蓋住身體，重新將意識沉入體內。

我的病持續了好一段時間。我發了超級高燒，身旁空氣簡直就像瀝青路面的熱氣一樣閃著微光。我覺得自己該去醫院才對，我覺得我的心智就像身體一樣被烘烤著，但這些思緒都太微弱，就像諾亞方舟的洪流中的小枝條般忽隱忽現。我一下冷到不行，只好把自己埋在毛毯裡；一下又感覺正被活活燒烤，只好把全身衣服脫光，而汗水在我的皮膚上結晶。情況最糟時，我甚至感覺自己正伸手到床的另一側撫摸自己的臉部曲線。我確信自己過妻子的名字好多次，但永遠不可能知道自己叫得有多大聲（如果我眞有叫的話）。我相信過程中有下雨，因爲窗外有些什麼溼答答的東西一陣陣敲擊玻璃。燒最高的時候，我相信那一波波的聲音是海潮，而我正沉入海面底下，正從熱氣、光線和空氣的視野中消失。我好渴，但當我試圖從顫抖的掌中小口喝水時又吐了，我的肌肉因爲不停嘔吐而好痛。我要死了，我心想，這就是我的盡頭。

我在晨光剛降臨時醒來，有個人正輕輕拍打我的門，喊著我的名字。是安奈兒。

「妳還好嗎？」她透過木門問我。「我們都很擔心妳。妳已經連續兩個晚上沒吃晚餐了。」

我無法動彈。「進來吧，」我說。

門被打開，我聽見安奈兒尖銳地倒抽一口氣。我後來才知道她爲何如此：室內很熱，而且氣味酸餿。其中混雜著熱氣、臭汗、嘔吐物及淚水的氣味。

「我一直，」我說，「在生病。」

她來到床邊，我想是體貼考慮過受傳染的各種可能性。「妳——我該找埃德娜來嗎？」她說。

「如果妳能爲我拿杯水來的話，」我說，「就太感謝了。」

她感覺像是從我床邊溶解，接著拿了個玻璃杯回來。我喝了一小口，我的胃幾天以來第一次沒有因此出現任何動靜，只是發出飢餓的哀號。我喝光整杯水，雖然無法解渴，但感覺人性又重新爬回體內。

「再一杯，麻煩了，」我說，她又把杯子裝滿。

我喝光，感覺煥然一新。

「不需要找埃德娜來了，」我說。

「妳確定就好，」她說。「還需要什麼嗎？都可以跟我說。」

「有我的信嗎？」我問。妻子的信能讓我備感安慰。

「沒有，一封也沒有，」她說。

我那個下午開始寫作。我的腿還有點軟，胸口仍有種怪異的磨蚀感，但我仍能夠斷斷續續地寫，大多時候感覺也過得去。那名畫家來我的小屋拜訪，敲了我的門。我受到驚擾，嚇了一跳。她說了些話後遞給我一小盒藥，我沒伸手去接。我的腦子一直不讓我記住她的話。我的腦子到底要阻止我知道什麼？

她又說了些話，然後再次對我搖搖藥盒。我接下。她伸手撫摸我的臉，我退縮了一下，但她的手指只是冰涼、乾燥。她走下樓梯，往湖邊走，然後手朝下從草堆中撿起了些、，再用力甩進水裡。

我把一顆藥丸從泡鼓包裝的錫箔紙下拆出來，檢查。藥丸是長橢圓形，上頭沒有有數字或字母，紅橘色，但又有點紫紫藍藍的，轉動時還能看到一抹綠，但放到陽光下又像阿斯匹靈一樣變成白色。我把盒子丟進垃圾桶，藥丸則扔進馬桶，它們在水面像蝌蚪到處浮著，然後我把它們全數沖掉。

等身體愈來愈強壯之後，我開始沿湖散步。湖比看起來還要大，就算花上一小時也只能沿湖走上一小段。就在這趟旅程的第三天，我走了兩小時，發現一道沙灘，有條獨木舟半沉沒在潮汐中。當水流溫柔推動，獨木舟就極輕緩地搖擺，讓我回想起之前露營時，樹冠也會在風中輕緩搖動。**沙——沙——沙——沙**。

我年輕時去的女童軍營地也有一座湖。當時的紮營處有沒有可能就在湖的另一邊？如果我健行的時間夠長、走得夠遠，會不會就能直接走到那座碼頭？多年前那個爽颯秋天的夜晚，我的一切偏好就是在那裡給確立下來，也是在那裡遭到嘲弄。我能明確尋獲那段浪漫、恐怖的田園牧歌嗎？我之前從未有過這種想法——我一直以爲兩座湖不一樣，營隊去的那座湖應該在更高的山上——但我望著湖水刷洗岸邊的節奏，再比對腦中有關營地樹林的回憶，似乎在在確認我是重回舊地。

也是到了此時我才想起，自己也曾在營地病過一次。我怎麼可能忘記這種事？這就是駐村難以言明的樂趣：過往回憶突然有機會湧現心頭。我還記得其中一名領隊替我量體溫，看到數字後嘖了一聲。我還因此感到絕望。此刻在沙灘上，那種絕望感清晰如昨，彷彿我花了數十年搜尋手機訊號，而此刻才終於進入訊號塔的發射範圍。

我又走了更遠一些，注意到沙灘石頭上有個紅紅的東西。我跪下，撿起一顆小小的玻璃珠子。看起來像是從營隊成員的手環上脫落，又被水流沖到這邊的珠子。完全爲我而來的珠子。

我把珠子放進口袋，走回我的小木屋。

那天晚上，我正準備更衣上床，注意到大腿內側有個小小突起。然後感覺一陣劇痛幾乎要劈開我的腿。等痛楚過去後，我觀察那塊突起，它很柔軟，彷彿充滿液體或某種凝膠。我感覺我的手指因爲想去捏它的欲望而抽了一下，但忍住了。不過隔天又出現了一顆突起，然後又是一顆。它們聚集在我的大腿上，也在我的乳房下方爆發。我開始有了警覺。或許這裡有某種我之前不知道的昆蟲，絕不是跳蚤或蚊子。某種有毒的蜘蛛？但我回想自己睡覺的方式，回想自己還穿著長袍睡覺，實在無法想像怎麼可能被咬。這些突起不會癢，但很腫，彷彿急需被釋放。

我坐在浴缸邊緣用打火機燒安全別針的針尖。被燒的金屬有點發黑，我吹吹針柄，用指腹試了一下溫度。確定針夠涼、夠衛生之後，把針頭刺進那顆首先出現的討厭鬼。腫包抗拒了一下——就像屈服於重拳前的那一瞬間——接著內部液體流出。一條孱弱的膿血先是沿著針桿往上攀爬，接著因爲自身重量沿著我的腿往下流，彷彿沒處理好的經血。我浸濕了半卷廁紙——便宜的廁紙，但畢竟還是花了半卷呀——裡頭全是我的血。然後就這麼將它們一個個殲滅。結束之後的我愉悅又痠痛，但總之乾淨多了。我爲每個傷口擦藥，平整貼上一小片繃帶。

安奈兒在某天傍晚來到我的小屋，準備進行我之前承諾過的拍攝工作。她看起來大汗淋漓，但得意洋洋，身上交錯著好多大台相機的背帶。我瞄了她身後一眼，遠方有暗雲聚集。有風暴要來嗎？

「還有好一段時間才會來，」她彷彿能讀透我的心思。「至少還需要幾小時。我不會花太多時間，我保證。」我們先是往旅館的方向走，接著走上岔路，到了大約半哩外的一片草原。隨著我們往前走，草變得愈來愈高，最後已到達腰際，我得不只一次彎腰把長褲褲腳往襪子內塞好，以免又被跳蚤咬。第三次這麼做時，安奈兒停下腳步看我。她微笑，然後繼續往前走。

「妳喜歡參加女童軍活動嗎？」她問。「參加了多久？」

「從幼童軍直到資深女童軍。大學畢業前幾乎都有參加。」「幼女童軍[1]」這個詞在我嘴裡碎裂開來，彷彿某種令人倒胃口的酸餿食物，我往地上吐了口口水。

「妳看起來不像個女童軍，」她說。

「什麼意思？」我問。

「妳似乎有點——脫俗？我大概一直以爲女童軍總是精力充沛，又熱愛戶外活動。」

「童軍活動可能同時帶有兩種特質吧。」我停步低頭看自己的腿，一截OK繃從我的短褲底下探出頭來。安奈兒沒停下腳步，我趕緊跟上她。那些草突然就沒了。我們站在一棵巨大榆樹邊。樹幹前有張被漆成白色的熟鐵椅。

「噢，時機正好，」安奈兒說。「光線正好。」我不是攝影師——我從未將自己的視覺觀察能力專業化，只偶爾喜歡自創理論、討論觀點問題，當然也擁有一些敘事上的衝動——不過此刻她也無須對我多做解釋：太陽很低，萬物都沐浴於蜜色光線，包括我的肌膚，而即將來襲的風暴塗暗了樹木後方的天色。若我們往風暴的方向駕車而去，透過拍攝後視鏡，就能展現出來自過往的光，以及等在未來的黑暗。

安奈兒遞給我一條白床單。

「妳可以穿上這個嗎？」她問。「只穿這個。就把床單纏在身上，用任何你覺得舒服的方式。」她轉身開始設定相機。「跟我聊聊幼童軍的生活，」她說。

「噢，」我說。「幼童軍就是一群小女孩。都是幼稚園的年紀。她們也被稱爲布朗尼，名字取自那些住在人類家裡，爲了交換禮物而工作的小精靈。那個故事很長，總之就是有對調皮的兄妹愛玩，不想幫爸爸清理屋子。」我解開上衣扣子，打開胸罩鉤子。「然後奶奶出現了，她說附近有隻老貓頭鷹，要他們去問有關小精靈的事。雖然技術上而言，兩兄妹都有聽到她這麼說，最後卻是小女孩去找貓頭鷹——」

我把床單緊緊包在胸口，像是非深夜時段電視節目中的得體情人。「我準備好了，」我說。

安奈兒轉過來。她走過來幫我擺弄頭髮。「她有找到那隻貓頭鷹嗎？」

我試圖稍微皺起眉頭，但安奈兒已經開始往我嘴上抹唇膏，動作很笨拙。「有，」我說。「她找到了，於是獲得謎語，就是找到布朗尼的謎語。」

「天殺的，」她喃喃自語。她在我的嘴唇外圍擦來擦去，指尖因爲化妝品的蠟而滑溜溜的。「抱歉，我把唇膏塗出去了。」她重新開始擦。「那個布朗尼謎語的內容是什麼？」

我的下半身露出來了。有那麼短短一秒，我確定自己看到遠方有閃電伸出來彈了我一下，彷彿一隻上帝的手指。

1 幼女童軍的英文是brownies，跟名爲「布朗尼」的巧克力蛋糕的拼音一樣，作者在此處稍微使用了一下同一個字的雙層意涵。

「我不記得了，」我悄聲說。安奈兒雙眼離開我的嘴。在把唇膏管旋轉關上前，她意味深長地盯著我一秒鐘。

「妳很美，」她說，這語氣究竟是仰慕還是安撫？我實在很難確認。她推我在那張椅子坐下，然後回到相機旁。我的肌膚因爲熱而出現一層光滑的汗。一隻蚊子從我耳邊尖嘯而過。我還來不及把牠揮開就被咬了一口。然後我第一次注意到相機的存在。她一定是在我換衣服時架好的。那看起來是台老式相機，拍照前，安奈兒似乎得先躲進一條厚重的布，把眼睛緊靠相機，拍照時還得按壓一條軟線末端的鈕。我不知道還有人在用這種相機。

她發現我猛盯著看。「這叫做大片幅相機。用的負片跟妳的頭差不多大。」她把我的下巴稍微往上抬。

「那麼，」她說，「我需要妳跌下來。」

「什麼意思？」我問。我感覺有一股雷鳴的波動穿越椅子骨架。她原本的要求中並不包含這個細節，我很確定。

「我需要妳跌下椅子，」她說。「無論妳如何落地，總之維持那個姿勢。眼睛保持張開，身體不要動。」

「我——」

「我們愈快做完，就愈不會被雨淋濕，」她的語氣堅定、友善。她拉出一個大大的微笑，接著消失在相機的蓋布底下。

我遲疑了。我看著地面。草看起來反射著日落光線，但我仍能看見底下的泥土和石塊。我不想弄傷自己。老實說吧，我甚至不想把自己弄髒。

安奈兒從蓋布底下走出來。「一切都還好嗎？」她問。我望向她的臉，接著望向地面。然後不小心絆倒了。

事情實在發生得太快：首先，地面沒想像中那麼硬，反而像肥料土般凹陷下去；躲在安奈兒身後的陽光則在此刻從她腿間綻放光芒，彷彿某種神祕的請求。我聽見快門被按下的輕脆喀拉，彷彿有某種昆蟲咬了什麼一口。當時出現一道閃電，形體明確，叉子般的形狀劃過天空，就在遠方旅館上頭。太多惡兆了。我在那裡感到異常滿足，就在地上，彷彿再待上幾小時也沒問題，彷彿可以就這麼聽著蟬鳴，然後觀賞光線不停改變再消失。

然後安奈兒跪在我前面，扶我重新坐起來。「我們得用跑的！快跑！」她說。就算我感覺到絲毫怒氣或古怪之處，此刻也被她如同小女生的呼喊給捻熄了。她把我的衣服丟給我，收起相機。在那一刻，當天的最後一絲熱氣消散，彷彿被吸入排水孔，取而代之的是下雨前的涼氣。安奈兒開始跑，我跟在她後頭，緊緊把衣物抓在肚子前，床單在我身後拍打飄動。我感覺輕盈、優美。我大笑。我沒有回頭望向天空，但完全能在腦中想像那個畫面，彷彿我早就看過了：雲朵如同酒吧中的男人向我們席捲而來，令人窒息，而我們一邊笑著一邊躲開。然後我聽見雨聲，聽見有什麼被撕裂，終於在很短的時間內跑上旅館門廊。等我轉身時，遠方的樹、天空，甚至就連我們的車都已被大雨抹消。我全身溼透。床單現在好髒，沾滿東西，整片半透明地黏在我身上，彷彿一條保險套。我覺得自己好幾個月沒這麼雀躍、開心。甚至可能好幾年了。

這算友情嗎？生活原本就該是這樣嗎？這感覺就像我狂喜般地撞見了幸福，一切感覺都很對、很正確。安奈兒看起來好美，幾乎沒在喘氣。她對我微笑。「謝謝妳的幫忙，」她說，然後身影消失在旅館中。

我的小說有了進度。我發現是索引卡阻礙了寫作，所以乾脆直接逼自己坐在鍵盤前努力工作，寫呀寫到從卡住我的壕溝中爬出來為止。我有時會坐在門廊上，假裝自己在接受公共廣播電視台的名人專訪。

「寫作時，我感覺像是被催眠了，」我告訴泰瑞・葛羅斯。

「那一刻到來時，我就知道一切即將有所改變，」我告訴艾拉・葛萊斯。

「醃漬物，還有蝦子，」我告訴琳恩・羅賽多・卡斯柏。

我會撞見其它吃早餐的人，但頻率不高。某天早上，迪亞哥跟我聊起前一晚的社交活動——我沒去參加，因爲我的小說快寫到高潮，所以寧可處理露西爾的社交活動——然後在談話間提起了一個令人在意的詞：殖民者。

「殖民者？」我說。

「我們組成了一個藝術家聚落，」他說。「這個聚落佔領了這個地方，所以我們算是殖民者，對吧？就像哥倫布一樣。」他喝光柳橙汁，起身離開餐桌。

我想他應該只是想說些有趣的話，但我深感驚駭。駐村者這個詞帶有居民的意味，是一個意義豐富又妥當的稱謂，就像一把我哪裡都樂意帶著的傘。但現在，「殖民者」這個詞卻露出尖牙在我身邊落了腳。我們殖民了什麼？殖民了彼此的空間嗎？殖民了荒野？我們自己的心智？雖然根據我之前的定義，「殖民」跟「定居」自己心智並沒有太大差別，但這個想法仍令人困擾。駐村者代表的是，有扇門被裝在你大腦前方供你打開觀看，而你走進去時面對的是之前遺落的各種物件。「我記得這個！」你可能會拿起一隻小木蛙這麼說，又或者是一隻沒有臉又軟趴趴的破布娃娃，又或者是一本繪本，而當你逐頁翻開時，之前閱讀的感覺及印象會全數重新湧現——比如一朵傘上缺了一角的毒蕈、隨風飄動且閃閃發光的秋葉，或者是和乳草一同舞動的夏日微風。相反地，殖民者聽起來相當惡毒，彷彿你是踢開自己心智的大門，然後發現裡頭有陌生的一家人在吃晚餐。

此後只要開始工作，我就會在自己的心智入口處感到不對勁。我難道真的只是名入侵者嗎？難道我只有帶來了天花病毒的毯子[2]跟謊言嗎？我心智內尚未被發掘的祕密及神祕之處又是什麼？

我還是感覺很虛弱。我把在那間窗幔環繞的心智空間裡的自己當作死了，於是現在每天在鍵盤前彎腰苦幹的不過是抹鬼魂。這個鬼魂跟她的創作綁在一起，完全無視於自身塵世苦難中的無用細節。

我呻吟著醒來。我站在一道階梯底下，光腳，身穿睡衣。我綁在腦後的髮髻鬆了，髮絲垂落頸項。我看見走廊牆面上的木頭嵌版，月光從圍繞門兩側的窗戶流瀉進來。我已經好多年沒夢遊了，但此刻我在這兒，直挺挺地站著，而不是在床上。

我又聽見了那個聲音。我以前就聽過類似聲音。當時我還小，而我家的貓剛吃掉整條麵包。那是一種暴食後深感後悔的聲音，是正在哀嘆自己過度進食的聲音。我的腳輕踩過硬木地板，安靜無聲。

走廊被籠罩在陰影下。月光從窗戶斜射進來，在嵌了木板的牆上切出三根銀棍。到了走廊最末端，我走下階梯，隨聲音走向餐廳。我站在門口，我可以看到迪亞哥躺在桌上，張開的骨盆正跟麗迪亞疊在一起，而她穿的泡沫圖樣睡袍下襬已拉到屁股上。她正對著我的腳底因爲泥土而髒兮兮的。

隨著麗迪亞的身體上下波動，我注意到一片片月光從她身後閃現又消失，就像是被她黑暗的身影截成兩半。我的意識矇矓，嘗試要醒來一次、又一次，彷彿發不太動的引擎，接著突然活躍過來。他抓住她的屁股，把她往自己拉近後又推開。節奏如此有機，就像風在水面上吹出的漣漪。

月光如此專橫，硬是打亮所有幾乎不可能打亮的細節：包括他的光滑，以及彷彿光圈一樣圍繞著她肉體的單薄布料。我知道我該走了——我該回臥房去，說不定也會把這一波波節節升高的愉悅及恐怖從腦中抹去，好好睡覺——但我沒辦法。他們的做愛沒有停止的跡象，而且兩人似乎都沒高潮，只是以不可思議的穩定節奏不停進行。

一段時間後，我丟下他們回到房間，然後開始愛撫自己——好久沒這麼做了呀！——我的腦中出現一大堆靜電般的雜訊。我想到我妻子，想到她深色的乳頭，然後她的嘴張開，緞帶般的叫喊就這麼從她口中展開、落下。

隔天，薄霧又來了。我醒來時，薄霧正在房間的敞開窗口盤旋，就像有什麼話要告訴我的殷勤靈體。我使勁把窗關上，窗框都因此震動。前一晚的事讓我不知如何是好。我該

2 在歷史上，歐洲殖民者將帶有天花的毯子交到美國原住民手上。

對他們說些什麼嗎？要他們更小心一點，之類的？又或者根本不是他們的問題，而該怪我自己不小心撞見他們？麗迪亞在廚房煮咖啡，但我始終沒跟她對上眼。

我試著在回到小木屋後集中注意力。我站在屋外陽台努力往湖的方向看，但什麼都看不到。天氣讓人疲倦，所以我躺在地上。從這個角度看出去的房間完全不一樣，變化好大。我感覺像被某種力量卡在天花板上，這力量跟重力一樣強，只是方向相反。我還能從這個角度看到家具底下的隱藏空間：一座老鼠的巢、一張陌生人的索引卡，還有一枚落了單、沿著中央軸線傾斜的骨白色鈕扣。

我又因此不知多少次的想起維克托．什克洛夫斯基的「陌生化」概念；當你無比逼近某事物，無比緩慢地觀察，那麼事物就會開始扭曲、改變，並獲得新的意義。我第一次體驗到這種現象時年紀太輕，無法理解其中意涵，當然也因爲太年輕而不知該去查閱什麼書。就在那樣的第一次，我躺在地上檢視家裡冰箱的沾滿灰塵和頭髮的金屬及橡膠腳座，接著以此爲參照點往外看，一切其它物體都有了改變。那個腳座不再無足輕重，比如不再只是四個腳座的一個，反而突然成了至關重要的存在：位於巨大山峰底下的它就像一座堅忍的小小家屋，你幾乎能看見一小抹纏繞炊煙升起，還有閃爍、發亮的一扇扇窗戶，就是那種終究會有英雄現身的家屋。腳座上所有刻痕都是一片陽台或一扇門。冰箱底下的碎渣成爲飽受毀壞、摧殘的光景，而廣闊的廚房磁磚地板就像一座等待被救贖的蒼茫王國。我的母親發現我時，我就是這樣蜷曲身體盯著冰箱的腳座，而且因爲太用力而有點鬥雞眼，雙唇還以幾乎無法察覺的方式蠕動著。第二次的經驗就不值得詳細解釋了，雖然正是因爲那次經驗，澤〇〇太太的女兒從我們一起上的高中英文班上轉走。而經歷第三次的我已經是名成年人了，已經能夠理解自己作爲的涵義，也開始更有意識地這麼做。這個過程對寫作很有幫助——事實上，我相信自己的天分不是來自某種謬思或創作精靈，而是能夠操弄事物質地和時間的能力，但這點對我的人際關係造成壓力。我怎麼可能跟現在的妻子結婚呢？這對我而言一直是個謎。

我在天黑很久後結束了寫作工作。由於大霧在正午蒸散殆盡，此刻所有景象都無比清晰、線條銳利。月亮快圓了，反射在湖面水波上倒影因風躁動。我出發走入林間，腳步因爲踩著石頭而發出喀拉喀拉的聲音。輕薄的銀色光線照耀一切。我想像自己是一隻貓，是夜視能力使本來該是祕密的一切閃閃發光。遠方旅館發著光：那是一座召喚我回家的燈塔。

但接著在我眼前，有片液狀的影子潑灑過我走的小徑，顏色比黑暗更暗。我試著讓視線穿越影子。如果我能走到長凳，就能抵達樹林的另一側。但擋在兩者間的樹林黑得徹底，令人害怕。我把袋子緊抓在身側。

妳真傻，我對自己想。**妳書讀太多了，心智就像上太緊的發條。妳沉溺於回憶太久。妳的妻子要是知道妳的心思飄這麼遠，一定會為妳感到丟臉。**

但我無法把眼神從那張長凳上移開。那上頭的白色有了變化，變得像是骨頭而非上漆的木頭。彷彿有個生物在千年前預見我將來到此處，於是從湖裡爬出後精準死在此地。我身邊有黑漆漆的矮樹叢在風中喧騰。我沒見著任何一根刺，但還是不小心摸到一根。那根刺陷入我的食指，我只好邊走邊吸吮傷口。說不定因爲這血的獻祭，就算附近有什麼玩意兒都已被確保不再蠢動。我吸了又吸，終於走到了影子另一側。月光再次現身。我沒有回頭看。

安奈兒提議大家在某天晚餐時分享一下目前的工作狀況。我沒有很想，但其他人似乎很有興趣。「不然就晚餐之後？」麗迪亞提議。我把雞肉在盤內推來推去，就希望有人能意識到我的不悅，但似乎沒人發現。

於是明明是飯後消化時間，我們卻得盯著迪亞哥的畫作：那幾幅畫描繪的是反烏托邦的世界，領導者是一群求知若渴的殭屍。然後，「那名畫家」讓我們進入她的工作室，但沒針對自己的畫作說一個字。她的工作室從牆面、地板到天花板覆滿小小的方形帆布，每幅都細緻畫上令人不安的紅色圖樣。那些圖樣很像手印，但多了一根手指，尺寸跟人類相比實在太小。我完全不敢近距離檢視，就怕確認它們每個都一模一樣。

我們走進班傑明的工作室時，他正在爲大家掃出一個好站的空間。「小心唷，」他說，「地上很多玻璃。」我站在靠牆的地方。他創作的雕像由黏土、碎瓷片和碎掉的窗玻璃組合而成，體積都很巨大。這些雕像大多是神話人物，但另外還有一尊腿間卡了一片鋸齒狀玻璃的美麗裸男。「我把那座稱爲『威廉』，」班傑明發現我在看那座雕像時這麼說。

安奈兒的工作室中有很多相片。「這是我最新的系列，『藝術家們』，」她說。所有人都先移動到自己的相片前仔細品味，然後才開始觀賞其他鄰近作品。麗迪亞笑了，彷彿想起某段令人開心的童年夢境。「太喜歡了，」她輕柔呢喃。「這些作品經過設計，但不刻意。」

每幅輸出的相片都被放在工作室的不同角落。班傑明在相片中躺在湖畔，一身是泥，看不出手腳的身體裹著好幾條髒兮兮的麻布，彷彿一隻被蜘蛛網包起來的蒼蠅。他張開的雙眼緊盯天空，但眼神呆滯，其中反映出一隻鳥的影像。迪亞哥癱倒在旅館階梯底端，身體笨拙地往不同方向突出，深色虹膜隨瞳孔擴張而膨大。麗迪亞則在相片中站著，脖子上有根套索綁在樹墩頂端，她的身體往前傾，雙臂往兩側伸長，臉上出現寧靜的微笑。至於我的，怎麼說呢。

安奈兒走到我身邊。「妳覺得呢？」她問。

我已經記不太起來那個下午的事了——在我們氣喘吁吁衝過草原之前，一切曾經存在的動態都像一幅模糊的水彩畫——而此刻在相片中的我看來死氣沉沉，而且是無從挽回的那種。我的身體跟迪亞哥一樣癱倒在地，彷彿原本端莊坐在椅子上，但心臟遭到槍擊。相片呈現出我身上的許多繃帶。我的乳房從床單底下滑了出來——這部分我沒印象了——而我的眼神中一無所有。或者更糟：我的眼神中有著空無。不是少了些什麼，而是展現了空無。我感覺正預先目睹自己的死亡，又或者看著早已忘記的糟糕回憶。

就跟其他人的相片一樣，構圖非常美，顏色的飽和度完美無缺。

我不知道該跟她說什麼。難道該說她徹底背叛了我的信任？說我們美好的下午被她毀了？說我感覺在沒有預期的狀況下被暴露了隱私，而她該為此感到羞愧，即便她顯然毫無所覺？我無法看她。我跟著人群走向麗迪亞的工作室，她在那裡為我們演奏了部分曲子。那段演出優美得令人生氣。她先透過一首歌的數個樂章連接起一個意象：有名女孩逃出莊園後誤入附近森林，差點在上漲的河岸邊死去，接著化身為老鷹。接著她開始陳述「詩」的部分，在詩當中，有名年輕女性在太空中漂浮，她冥想著各個星球，以及自己在意外被發射出運行軌道前的人生。

輪到我的時候，我拘謹地讀了一個短短的段落，場景是露西爾拒絕了之前鋼琴老師給的禮物，接著又闖進她的屋內取回禮物。

「站在火焰熾烈的煉獄之前，」我如此作結，「露西爾意識到兩件可怕的事實：她的童年無比寂寞，而她老去之後，若眞有機會老去的話，情況只會更糟。」

所有人禮貌地拍拍手，然後就呆站在那兒。我們走回旅館的餐桌邊休息，開了幾瓶酒。

麗迪亞把我的酒杯加滿到邊緣。「妳是否曾擔心，」她問我，「自己根本就是個閣樓中的瘋女人[3]嗎？」

「什麼意思？」我說。

「妳是否曾擔心，自己寫的是那種『閣樓中的瘋女人』的故事？」

「我想我不明白妳的意思。」

「妳知道的呀。就是那種老派的橋段。去故意把一個女主角寫得超級古怪。實在是懷舊到令人感覺有點疲乏，而且，玩不出新花樣了吧」——她在講到這裡時作出一個手勢，因爲太用力而把幾滴紅酒灑到桌上——「妳不覺得嗎？還有那種瘋狂的拉子角色？不覺得也

3 這是一個早期的女性主義概念。女性主義學者珊卓拉・吉爾伯特（Sandra Gilbert）和蘇珊・古巴爾（Susan Gubar）在一九七九年出版了《閣樓中的瘋女人》（*Madwomen in the Attic*）一書，其中指出維多利亞時期的女作家常將女人分爲「天使般的純潔女性」和「反叛的瘋女人」。

算是某種刻板印象嗎？妳就沒想過嗎？我是說，我也不是拉子啦，就是表達一下看法。」

空氣瞬間出現了一拍子的靜默。所有人都在仔細盯著自己的玻璃杯。迪亞哥把手指伸進酒杯，把某個看不出來的渣渣撈出液體表面。

「她不古怪，也不瘋狂，」我最後終於開口。「她只是——只是一個容易緊張的角色。」

「我從沒認識過這種人，」麗迪亞說。

「那個角色就是我，」我進一步解釋。「多少有點像我。她只是很常沉浸在自己的思緒裡。」

麗迪亞聳聳肩。「那就別寫妳自己。」

「男人就能寫私密的內心世界，但我就不行？我做了就是自尊心太強嗎？」

「身爲一名藝術家，」迪亞哥插話，試圖改變話題的方向，「你一定要願意擁有自尊心，並願意把一切賭在自尊心上。」

安奈兒搖搖頭。「你必須努力創作。自尊心只會製造問題。」

「但若沒了自尊心，」迪亞哥說，「你的創作只是一堆寫在筆記本上的胡言亂語。你的藝術也只是隨筆塗鴉。自尊會敦促你拿出夠重要的作品，也是你收了錢得交出的成果。」他指了指環繞我們周遭的旅館。「自尊敦促我們說出重要的話，而且是夠格出版、或展現給世界看的話。」

「那名畫家」皺眉，說了一些我自然是聽不見的話。所有人都喝了一大口酒。

那天晚上，我聽見麗迪亞走過我房間前方。我可以透過門縫看見她的腳在硬木地板摩娑前進。她在走廊脫下睡袍，那具裸體在閃入迪亞哥房間時就像一把出鞘的刀。

某種感覺流竄過我的身體。當我還是個小女孩時，我會在造訪奶奶時把襪帶蛇嚇出草叢，而牠會爲了保命竄入堆積密實的木柴堆下，由於動作很快，那條充滿肌肉的身體會在窸窸窣窣消失於黑暗前瞬間繃直。我現在的感覺就是那樣，彷彿一頭栽入某處的速度已快到身體失去控制。我爬回床上。我做了個夢。

我在夢中坐在妻子對面，她沒穿衣服，但身體包著某種薄紗類布料。她一隻手拿著寫字夾板，另一隻手上的鉛筆一路往下移，彷佛正一一確認某張清單上的項目。

「妳在哪裡？」她問。

「惡魔之喉，」我說。

「妳在做什麼？」

「拿著一只籃子穿過森林。」

「籃子裡有什麼？」

我低頭看，東西就在那兒：四個美麗的球體。

「兩顆蛋」，我數著。「兩顆棗子。」

「妳確定嗎？」

我沒有再往下看，就怕看了得改變答案。

「確定。」

「穿過森林會有什麼？」

「我不知道。」

「穿過森林會有什麼？」

「我不確定。」

「穿過森林會有什麼？」

「我無法判斷。」

「穿過森林會有什麼？」

「我不記得了。」

「穿過森林會有什麼？」

我沒能回答就醒了。

那些討厭鬼又回來了。這次數量更多。它們蔓延到我的肚子上、我的腋下。它們長得更大，體內還出現隔間，當被切開時會一節節崩毀，就像某位探險者正狂熱拆毀一座寺廟。我可以聽見它們體內的聲音。它們細碎的爆裂聲就像流行搖滾樂。我可以聽見它們的動靜。我記得多年前的自然課上學過，老化的行星會在臨終時膨脹、變大、崩毀，然後成爲超級新星。「超級新星」。我現在的感覺就是這樣。彷彿我的太陽系正在死去。我讓自己在浴缸的水中浸了一陣子。

就在同一天，我開啟了我的心智，憶起女童軍時期的好幾段回憶。我想起曾把一支烤過的棉花糖掉進火坑土裡，但總之還是吃下去了，而炭化糖粒及石子以同等程度在口中嘎吱作響。我想起曾和友伴們分享一系列背下來的有趣冷知識：大部分白狗聽不見聲音；你永遠不該叫醒正在夢遊的人，但或許能輕柔把仍在睡覺的這具形體引導回床上；腰果和毒漆藤有親戚關係。我想起把指導員藏在塑膠食物桶底下的全麥餅乾吃光。而我在她問是誰拿走時沒有回話。我還記得，比之前那些回憶更仔細地記得，我在那裡生了病，所以整天都睡在地舖上聆聽鳥兒和遠方同伴的吼叫。光是想到所有活動進行時我不在場——因爲沒有身處同樣情境，所以被大家共同經歷的事件及喜悅排除在外——就讓我痛苦不已。我開始深信自己身體很好，但起身時又好昏，只好倒回緊實的床單上。我感覺就像別人劇本裡頭的一個邊緣角色，而劇情就需要我此時待在那兒，無論如何抗拒都沒用。或許這正是我悲傷的來由。

在這裡，在惡魔之喉這裡，一切感覺都不對勁。我因爲自己戲劇化的想像而厭惡、噁心，所以試著去想像跟自己感受相反的感受，想像我當下的巨大痛苦其實一點也不要緊。想像讓我感覺渺小的不過是某種最微小的瑣碎細節：比如昆蟲的複雜喜劇及悲劇。如同原子們舞動。如同一粒微中子鑽過整顆地球。

爲了把注意力從我的毛病轉開，我決定繼續探索這座湖。我離開我的小屋，往之前看到獨木舟的地方啟程。獨木舟已經不在了，但我仍認得那裡水流湧動的節奏，以及湖岸往遠方蜿蜒而去的軌跡。我沿岸又走了大約半小時，檢視岸邊的卵石和沙子，折斷破壞樹林輪廓的枝條。終於，我來到一個小碼頭——這裡也沒有船，但我幾乎能感覺到船身的硬木紋理摩娑著大腿後側——有條細長紅緞帶綁在樹幹上，標記出樹林間的一道裂口。有條小徑。

我開始沿著小徑走。我幾乎能確定就是這條路。確實，我每轉過一個彎前就能記得這裡有個彎，只不過之前是從另一端走過來。我有搭船遊湖嗎？又或者只是坐在碼頭上？而我身邊——當時在我身邊的又是誰？

一頭動物慘叫，我停步。那是受苦、恐懼或交配的聲音，客觀上令人感到恐懼。是魚貂嗎？還是熊？

但接著，我看到有個年紀很小的女孩站在樹旁，年紀頂多五、六歲吧。她的雙眼張得好大，眼眶濕潤，彷彿之前正在哭，只是因爲聽見我笨拙踩在森林地面的腳步而停下。她穿著短褲、及膝襪及球鞋，螢光綠的汗衫上用泡泡圖樣的字體寫了「沒錯我可以／成爲頂尖餅乾銷售員」。

「哈囉，」我開口。「妳還好嗎？」

她搖搖頭。

「迷路了嗎？」

她點點頭。

我走向她，對她伸出我的手掌。「若妳願意，可以牽住我的手，我們可以一起走去營地。妳是跟女童軍一起來的，對吧？」

她又點點頭，然後把柔軟的小手交給我。我沒預料到這兩隻手能密合地這麼好。我們開始走。我想起曾和安奈兒提起「布朗尼」的故事，當時我無法回答她的問題，但眼下卻遇見了能回答的人，實在太幸運了。

「可以問妳一個問題嗎？」我說。

她愼重地點點頭，但沒看我。終於呀——總算有個人跟我個性相合了。

「在布朗尼的故事中有一條順口溜，妳知道嗎？」

我可以感覺一陣顫慄穿過她的身體，然後透過她溫暖、濕黏的手傳入我身體。

「抱歉，」我說。「妳沒必要唱出來。」

我們又往前走了一小段路。這邊小徑的雜草長得太高，實在不像個適合年輕人露營的地方。

「扭扭我，轉轉我——」女孩開始念。她的聲音像條鋼絲般纖細有力。她結巴起來，我也沒逼她。我們繼續走，只有在必須避開一片毒漆藤時才被打斷行走節奏，當時有束陽光讓一整片油滑的葉面閃閃發光。

「扭扭我，轉轉我，讓我看看小精靈，」她繼續往下說。「我望向水裡呀只有看見——」

她停住，我想起來了。

「我自己，」我低聲說。

太嚇人了。簡直古怪至極。難怪我的記憶自動刪去這條順口溜。怎麼會派小孩去找一隻受人控制的神祕小精靈，還讓她念那條順口溜？就算那孩子沒掉進池塘裡淹死，又或者沒在夜裡迷路，最後也只會意識到自己就是那個受人控制的小精靈。而且不是她的哥哥噢，容我提醒各位，是那個妹妹唷。在那個故事中，所有成人和會說話的動物都是嫌犯：不是沒有好好照顧這位主角，就是主動把她送上那條面對傷害的顛簸道路。

「我懂，」我對她說。

小徑變寬了，接著我們抵達目的地，就站在營地邊緣。遠處，有個軍事風格的大型平台帳篷圍住了黑漆漆的火坑。附近有一批剛劈好的柴，上頭披著一張藍色油布。我們左邊有座低矮、寬大的建築，建築前方有群青少女聚集在好幾張野餐桌邊。聲音在她們頭上如同煙一般聚攏：其中包括對話、野地餐具碰撞、湯勺敲到湯鍋、長板凳吱吱嘎嘎，還有豪邁的笑聲。我們從林間走出來時，有個女孩跳起來，她的身材高瘦，皮膚是晒過的褐色，身上穿著一件畫了熊的寬大T恤。

「愛蜜莉！」她說。「妳是怎麼——？」

「她在樹林裡亂晃，」我說。我等著她問我是誰，或從哪裡來，但她沒問。她稍微歪頭，長相中有種比她的年齡更成熟的氛圍，某種反常但又得體的姿態。或許她在等我問大人在哪裡，但放眼望去一位也沒有，至少我沒看到。這個問題可說幾乎毫無必要。如果文明世界終結，這些女孩將永遠在此地享用這些野地餐具、營火、急救用品和故事，而大人在哪兒其實無關緊要。

「謝謝妳帶她回來，」她說。她牽起愛蜜莉的手。

「你們看起來都好開心，」我說。「很滿足的樣子。」

女孩淡漠地笑了一下，雙眼因爲某個還繚繞在腦中的笑話而發亮。

「謝謝妳剛剛跟我聊天，」我對愛蜜莉說，她對我眨眨眼，接著跑向野餐凳，在那裡，年紀比較大的女孩們七嘴八舌跟她打起招呼。「再見，」我對那名青少女說，接著走回樹林。

等我從另一端走出樹林時，光線已經改變。我脫下鞋子走向水邊，再走入水裡。湖水一波波湧上拍打我的雙腿。

「扭扭我，轉轉我，」我喃喃自語，站在石子堆上緩慢旋轉。許多小石子卡進我腳跟柔軟的凹槽。「讓我看看小精靈。我望向水裡呀只有看見——」

我傾身搜尋自己的臉，卻只看到天空。

八月的第一天，我打開工作室的門，發現一隻兔子的下半身躺在門廊階梯上。身後電腦上的游標正在一個尚未完成的句子中閃爍：「露西爾不知道門的另一邊有什麼，但無論爲何，她知道將會揭曉——」

我在那隻不幸的生物前跪下。風吹動牠的皮毛。牠的後腿鬆垮垮的，彷彿正在睡覺，露出來的器官像焦糖一樣閃爍光芒，聞起來是銅的味道。

「我很抱歉，」我悄聲說。「妳不該遇上這種事。」

整頓好心情後，我用一條浴巾包起牠。我把兔子帶到旅館餐廳。麗迪亞、迪亞哥和班傑明正拿著馬克杯談笑。我把那一包擱在桌上。「那是什麼？」麗迪亞語調輕佻，掀起布邊一角，倒抽一口氣後從椅子上跳起來，胸口因爲作嘔的擠壓力量而起伏。

「什麼——」迪亞哥也稍微靠過來看。「老天爺。」

「她根本去他的瘋了啦！」麗迪亞嚎叫。

「我發現牠，」我說。「就躺在我的工作室前面。」

「應該是老鷹之類的生物搞的，」班傑明說。「我在附近看到很多。」

麗迪亞吐了一口口水。「噢，老天。我眞是受夠了。妳瘋了。妳瘋了。妳走到哪裡都喃喃自語，而且一天到晚盯著人看。妳有什麼毛病？妳眞該爲自己感到羞恥。」

我朝她走了一步。「就算我想像瘋女人一樣隱居在自己的心智閣樓裡，那也是我的權利。那就是我的權利，」我說。「不善社交也是我的權利，讓別人跟我相處時不舒服也是我的權利。妳有仔細聽過自己在說些什麼嗎？這也瘋了，那也瘋了，對妳來說，什麼都是瘋的。但根據誰的標準？妳老是說我瘋，但反正，瘋瘋癲癲是我的權利。我不覺得羞恥。我這輩子有過很多感受，但沒有過羞恥。」我說話的音量讓我踮起腳尖。我不記得自己曾如此大聲吼過，從來沒有。「妳可能覺得我必須對妳負責，但我向妳保證，就算我們被硬湊在一起，也不會出現什麼向心力。我這輩子從沒比現在更不需要向任何人負責了，妳這好鬥的平庸女人。」

麗迪亞開始哭。班傑明抓住我的肩膀，有點用力地推著我走到門廊。

「妳還好嗎？」他問。我想要回答，但頭感覺有千斤重。我朝向他彎下腰，頭皮用力頂在他的襯衣上。

「我覺得好不對勁，」我說。

「或許妳只是需要待在工作室，好好工作一段時間。或者睡個覺之類的。」

我感覺有團黏液從鼻子流出來。我用手擦掉。

「妳看起來糟透了，」他說。我聽到這句話時一定露出備受打擊的表情，因為他立刻換了個說法。

「妳看起來有心事。妳有心事嗎？」

「我想一定是有吧，」我說。

「妳上次接到妻子音訊是什麼時候？」

我閉上雙眼。我寄了好多信呀，但都被無視了。我從沒收到回信。

「你真是個好人，」我對他說。

那天晚上，我坐在工作室的露臺上想著那隻兔子。我想像一搓搓被風吹散的兔毛飄過樹林，我回想牠軀體上那個黑黝黝的開口。我把水倒入酒杯，水旋轉著流下。

好多年前，我在碼頭上親了澤○○太太的高挑女兒後感覺體內有些什麼如同早晨光輝乍現的那天晚上，我在一片黑暗中醒來。

我怎麼可能知道她絲毫沒有像我一樣狂喜？我怎麼可能知道她只是好奇，接著又感到害怕？

我當時醒來的感覺，跟在奶奶家的客房醒來，或睡衣派對時在女孩環繞的塗裝地下室地板醒來相比，並沒有太大差別。不過不一樣的是，在之前那些時刻，原本困惑的我會轉而意識到自己正在放假，或者睡過頭了，而當時那種茫然無措的感覺卻找不到解答。因爲在我入睡時，心靈沉醉於喜悅，身體被尼龍製的繭包得很暖，耳中則是小木屋內那些女孩發出的乾巴巴的細小低語。而現在醒來的我站得筆直，冷得要命，身邊環繞著失眠患者最渴望的那種黑暗：那種黯淡無光、足以吞噬一切的無意識。

我怎麼可能知道她們有看到我做的事？

我身邊不是缺乏聲音，而是充滿一種「缺乏」的聲音：有種豐盈的靜默緊貼著我的耳膜。接著有陣風驅打樹枝，葉子細碎閃身，引發一陣低吟。我顫抖。我想抬頭看。我希望看到月亮或眾多星子，又或者某種能讓我知道身在何方的指標，但我嚇得渾身僵直。

我怎麼可能知道她們一路引導著我毫無防備、正在夢遊的身體，不但帶我走出小木屋，還穿過了整座森林？我怎麼可能知道她們就蹲在距離我幾呎的地方，看著我在空地上飄來盪去，彷彿出軌衛星一般在黑暗中緩慢盤旋？

我的身體好冷。我感覺所有邊界正在消失，彷彿海岸線正在蒸發。這種感覺跟喜悅正好相反。喜悅能讓體內的血液快速搏動，能讓身爲哺乳動物的人熱起來。但身處此地的我感覺自己只剩皮膚、只剩肌肉，接著彷彿只剩骨頭。我感覺脊椎被往上拉進頭骨，脊骨喀拉喀拉喀拉，彷彿雲霄飛車的車廂正緩慢爬上第一座陡坡頂端。接著我只剩一顆到處盤旋的大腦，只剩意識，而且如同泡泡一樣脆弱、一樣到處漂浮。終於我什麼都不剩。

當時我才懂了。我終於看清自己過去及未來的輪廓，也才眞正明白自己頭頂上的是什麼（是無數的星星，是無從計量的空間），以及腳下的是什麼（是數哩無關緊要的塵土及石頭）。我明白知識是一種足以矮化、抹消，並吞噬一切的事物，儘管擁有知識能令人感激不已，但也會令人大大受苦。我是個如此渺小的生物。我困在某種無情宇宙的縫隙中。但此刻，我明白了。

我聽到一陣輕微但逐漸變大的笑聲，還聽到有人在奔跑。我想對她們喊話——「我能看到你們，朋友；我知道你們在那裡。這個可笑的惡作劇會讓我更勇敢，終究會的，而我應該要爲此感謝你們，朋友——我的朋友？」——但我只勉強發出了類似呻吟的呼氣聲。

矮樹叢底下有個鑽出的東西朝我跑來。不是女孩，不是動物，而是否種介於女孩和動物之間的存在。我回神開始尖叫。

我叫了又叫，當指導員到現場時——手電筒的光線彷彿狂亂的螢火蟲在黑暗中上下浮動——其中一位爲了避免我嚇到人，試圖用手掌封住我嘴巴的縫隙。我像野人一樣反擊，瞬間爆發出一陣拳打腳踢，接著癱軟下來。她們把我帶回小木屋。雖然我僵麻的四肢幾乎感覺不到人的碰觸，但還是非常感激有她們幫忙。

隔天早上，指導員告訴我，我夢遊走入森林深處。她們讓我自己休息。我再次醒來後發現被一陣高燒襲擊。我的覺醒強烈到身體出現免疫反應，抗體被召喚出來與這項新認知對打，有如中世紀戰場上交戰的大批軍隊。我躺在那裡，想像在我窸窸窣窣深入森林時，她們之間的每一句對話。我睡著後夢到整個房間的貓頭鷹，牠們反芻後吐了好多小球在地板上，而我打開發現裡頭全是兔子頭骨。我醒來，發現手臂上有長長刮傷。樹枝刮的嗎？還是自己的指甲？沒人能告訴我。

某次我醒來時看見有人擋在門口。黝黑身影背對著溫和秋陽。

「我很抱歉，」她說。「妳不該遇上這種事。不該——」

她的身後有人細碎低語。門被甩上。之後，所有成年人在隔壁房間討論了我的處境，認定我還沒準備好參加露營活動，至少那年還沒準備好。

隔天，澤〇〇太太很早就開車送我下山回家。我斷斷續續睡了好幾天，而且堅持睡在地板的睡袋上。然後我又開始發燒，我把顫抖的身體拖到梳妝台前，望向鏡子，然後生平第一次，看見自己一直以來在尋找的目標。

等回到餐桌上吃晚餐時，我發現麗迪亞沒出現。餐桌甚至沒爲她擺上餐具。

「麗迪亞呢？」我問。

安奈兒皺眉。「她離開了，」她說。

「離開了？」

安奈兒正努力不對我擺臭臉，我看得出來。「我想她應該是又累又不舒服，所以提早離開。她開車回布魯克林了。」

「而且也很沮喪，」迪亞哥說。「她很沮喪。因爲兔子。」

「那名畫家」正在切牛肉。那牛肉生到我覺得吃起來不安全。「噢，反正，」她說，她的聲音低沉、清晰。「不是每個人都是這塊料吧，我猜。」

我的酒杯倒了，但我不記得它怎麼倒的。酒漬像血一樣從我這邊延伸出去。倒了本來就會這樣。

「妳說什麼？」我問「那名畫家」。

她本來盯著叉子的眼神抬起來。一方紅紅的牛肉正在盤上滲出血來。「我說，不是每個人都是這塊料吧，我想。」其他人的話總能理所當然留在我腦中的，但這是我第一次聽到了她的話。她把肉送入唇間，開始咀嚼。我可以清楚聽見她在磨爛食物時擠壓、撕裂的聲音，彷彿啃咬的是我的喉嚨。一陣涼意從我的肩胛骨底下盪開。我彷彿又受到新一波的高燒襲擊。

「那句話是——因爲什麼有感而發嗎？」我問她。「那種情緒？是看了一場表演，還是——」

她把叉子放到盤子上，呑下食物。「不是。妳是在指控我做了什麼嗎？」

「不是，我只是——」這群人的臉全綴滿疑惑，彷彿還抹上了一層擔憂。我站起身，從餐桌退開。當我把椅子推回去時，刮地的嘰嘎聲讓大家都緊張了一下。

「別怕，」我對他們說。「我沒想怎樣。不像之前那樣了。」

我快速走出餐廳，抵達前門，走下階梯，不小心跌在草皮上，又歪歪倒倒地想站起來。在我身後，班傑明開始緩慢跑下階梯。

「別走，」他大叫。「回來呀。妳就讓我——」

我轉身跑向樹林。

在智性及理性的領域中，就邏輯而言，有些事物的合理無須理由（符合自然規律），有些事物的合理需要某些理由（蓄意設計的欺瞞），但毫無理由的不合理似乎違反常理。要是你殖民了自己的心智，並在進入其中時發現家具全黏在天花板上呢？要是你踏進去，並在碰到家具時意識到一切全是紙板剪出來的，手指一壓就坍了呢？要是你進去時發現沒家具呢？要是你進去時，發現只有你在坐在裡頭的椅子上，腿上擱著籃子，正用手把籃裡的棗子和雞蛋轉來轉去，口中還哼著一首小曲呢？要是你進去，發現裡頭什麼都沒有，門還被人拴上鎖起呢？

要是情況更糟呢？要是你被困在自己的心智之外？又或者被困在裡頭呢？

哪個情況更糟呢？寫了一個公式化的角色？成爲一個公式化的角色？要是不只成爲一個公式化的角色呢？

我最後一次走向我的小木屋。我終於把我的名字加入書桌上方的木牌。**悉〇〇・梅〇〇**，我繼續胡亂塗寫：**駐村殖民者兼殖民駐村者兼自己閣樓上的瘋女人**。

我把我的小說筆記和筆電丟進湖裡。等水花潑濺、湧動的聲音退去，我覺得聽見了女孩的聲音，是笑聲。又或者只是鳥在叫吧。

我在清晨的昏暗天色中駕車離開惡魔之喉。車子高速行駛在原本看似充滿可能性的誘人道路上。我就這樣往山下開，似乎藉此將自己逐漸倒帶、送回到一切的開端——不只是這個夏天的開端，還是這輩子的開端。樹木咻咻咻往後閃過，就是我曾坐在一名中年女子車上觀察過的同一批樹。現在我成爲那個年紀的女人了，但瘋狂加速的車子讓我覺得樹木閃過的速度好快，快到讓人反胃。車內沒有恬靜的女兒睡在後座，也沒有浸淫於噩夢心事中的不熟青少女坐在隔壁。（你不就是藉著那些噩夢心事變得溫柔、脆弱的嗎？你的心智因此被浸泡在足以軟化組織的醃漬液中？那種流沙般危險的精神放縱？）

我得回家。我得回家跟妻子待在一起。我得跟她一起待在位處文明的家屋，遠離其他藝術家——至少得遠離那些透過幽居避世的藝術家。管它什麼將死的技藝，管它什麼死氣沉沉的旅館。之前是我太蠢。

在我穿過雅〇〇時，有塊立在橘色支架上的標誌出現在路邊。上頭寫著速限四十五哩。標誌下有個暗色數位屏幕等著告誡（閃爍）或讚美（不閃爍）接近它的駕駛。接近屏幕時，我等著我的車——現在已接近時速六十哩——被感應，但屏幕一片漆黑。我在呼嘯而過時有了一種奇怪感受，彷彿有人用一片薄膜壓住我的喉頭，害我吸不到空氣。一切來得太突然，我的車幾乎因此歪向道路外。我用手指壓住喉嚨，脈搏在肌膚底下低吟，速度很快但還存在。我活著，確實活著。

我離開兩人共同依存的小屋多久了呢？上次看到妻子的臉又已是多久之前？要是我走錯一步，永遠錯過了她，在無法逆轉的一幕戲中如同經歷李伯大夢失去她呢？

我踩了一下煞車，又踩了一下，車後道路被紅色燈光淹沒。光線中有群鹿從路面如水流穿越，每踩一步都讓眼睛反射出光芒。

兩小時後，我把車停在人行道旁。許多人沿街晃蕩，又或者站在自家草皮上望著我。我不記得他們是不是我之前的鄰居。上次看見他們的前門和欄杆感覺已經是一輩子前的事。我走下車，往家的方向前進，有名身穿藍洋裝的女子跪在泥土地上，臉龐被頭上的遮陽帽隱去。我妻子覺得清晨空氣令人神清氣爽，也對健康有益，所以總在一大早蒔花弄草。她有件類似的洋裝，也有類似的帽子。那是她嗎？她的肩膀隨著年齡增長而彎曲、變形了嗎？又或者只是因爲跟我這種人結婚，才顯得如此精疲力竭？

我走上人行道，呼喚她的名字。

那名女子的身體僵住，頭抬起，遮陽帽也跟著往上抬起。我等著她的臉部輪廓從帽緣浮現：就爲了確認我仍被人需要，爲了確認我還存在。

我知道身爲讀者的你在想什麼。你在想：這個女人的性情適合來我們這兒駐村嗎？畢竟她這次可是徹底失敗了。當然她是太脆弱、太不對勁，又太瘋狂，不適合跟其他藝術家在同個地方吃、睡，及工作。又或者，你要是稍微沒那麼寬厚，或許會覺得我這人就是陳腔濫調的化身——是個帶有青春期創傷的軟弱、顫抖的小東西，簡直像哥德小說裡走出來的角色。

但我問問你們，讀者們：你們這群陪審團辯論了這麼久，但誰曾見過任何人認識了眞實的自我？我確定有人做到了，但不多。我這輩子見過很多人，但幾乎沒碰過任何人被狠狠擊倒之後，還能像樹一樣修剪自身枝條，好讓自己長得比之前更健壯。

我可以無比誠實地告訴你，森林那晚是老天給我的禮物。許多人從來不想，或者一輩子都沒在黑暗中真正面對過自己的內心。我也祈禱能有一天，你會在水邊轉圈，傾身，然後有辦法跟其他幸運的人一樣，看見自己。

派對恐懼症

此後，沒有任何靜默比得上我腦中的靜默。

保羅用他那台老舊的富豪載我回家。暖氣壞了，但當時是一月，所以有條羊毛毯塞在乘客座底下。我身體不停散發的痛覺充滿整個空間。他幫我把安全帶繫好。他的雙手在抖。他把毯子拎起來鋪上我的大腿。他之前也這麼做過，而當時他把包裹好的毯子邊緣塞進我的大腿底下，我還玩笑地說自己就像正被哄上床睡覺的小孩。不過此刻的他戒愼恐懼。

別弄了，我說，然後接手自己來。

今天是星期二。我想是星期二。車子內部凝結的水珠結凍了。車外的雪很髒，還有條灰黃色的深深凹痕。風把壞掉的門把吹得喀搭喀搭響。路的對面有名青少女對朋友大喊了三個字母，但她聽不清楚。星期二正在對我說話，用的是星期二的聲音。開門呀，它說，開門。

保羅伸手準備發動引擎。鑰匙孔旁的塑膠板面有好幾道刮痕，我想像是因爲他趕著來接我，鑰匙才會一直插不進正確位置。

引擎有點發不動，彷彿完全不想醒來。

回到我家的第一晚，他站在臥房門口，寬闊的肩膀畏縮地駝著，然後問我，他要睡哪。

跟我睡，我說，彷彿那是個可笑的提問。我要他把門鎖上，然後躺上床。

門已經鎖上了。

那就再鎖一遍。

他離開，我能聽見他扯弄、測試門把時發出的悶響。他回到臥房，翻開床罩，把自己深埋入我身旁的床鋪內。

我夢見星期二。我把星期二從頭到尾夢了一次。

早晨纖細的光線灑過床面，保羅睡在房間角落的躺椅上。你怎麼啦？我問，同時把毯子從身上推開。你爲什麼在那裡？他斜抬起頭，眼周有圈煙黑色的瘀青正成形。

妳在尖叫，他說。妳在尖叫，我試著要抱妳，但妳用手肘撞我的臉。

那是我第一次眞正哭出來。

我對著自己又黑又青的倒影說，我準備好了。今天是星期五。

我洗了個澡，水從斑斑點點的水龍頭噴出來時太燙。我把睡衣從身體剝下，衣物就像蛇褪一樣落在傾斜的地板上。我有點期待低頭看見自己的肋骨，還有那兩顆如同濕漉氣球一樣的肺臟。

浴缸中的熱水飄出蒸氣。我記得小時候曾坐在旅館裝滿熱水的浴缸中，雙臂僵直緊貼身軀，然後在翻騰的水中不停滾動。我是一根胡蘿蔔！我對一名女人尖聲大喊，可能是我媽吧。加些鹽！加些豆子！她從單人靠背椅上起身，走向我，手指彎起假裝抓著一根勺柄，就是在漫畫中，一名主廚拿著一把大漏勺的模樣。

我加入一大坨泡泡浴膠。

我把一隻腳放入水中。有那麼一秒鐘，美好的熱氣滑過體內，如同鋼線穿過一塊濕黏土。我倒抽了一口氣，但沒停止動作。第二隻腳進去時沒那麼痛了。我把雙手撐在浴缸兩側，身體往下浸入熱水。水讓人痛，但感覺很棒。泡泡浴中的化學成分灼刺著肌膚，但也比一開始緩和多了。

我用腳趾摩擦水龍頭，對自己悄聲說話。我用雙手把乳房捧起，想看最高能舉到哪裡。我在佈滿水珠的不銹鋼曲面上偶然瞧見自己的倒影，歪起了頭。在浴缸的另一側，我可以看見腳趾甲面從邊緣開始剝落的指甲油裂片。我覺得自己飄浮起來，彷彿身體不存在。水面上升太高，幾乎要溢出浴缸邊緣。我把水龍頭關上。浴室內迴盪著令人不舒服的回音。

我聽見前門打開的聲音。我的身體緊繃起來，直到鑰匙落在走廊桌上的聲音響起才放鬆。保羅走進浴室。
嘿，他說。
嘿，我說。你剛剛去開會呀。
什麼？
你剛剛是去開會吧。你穿著正式襯衫。
他低頭看著自己。對，他說，語速很慢，彷彿此刻才真正相信自己一直穿著這件襯衫。其實，他說，我去看了幾間公寓。
我不想搬家，我跟他說。
妳該找個新地方住。他說得非常堅定，彷彿花了一整天醞釀這個句子。
我沒有應該做任何事，我說。我不想搬家。
我覺得留在這裡是個壞主意。我可以幫妳找間新公寓。
我把一隻手轉動著插入髮絲，再用力從頭皮抽出來時搞得滿手濕漉漉。對誰來說是個壞主意？
我們盯著彼此。我的另一隻手橫放在胸口上。我任由那隻手落下。
替我把浴缸的水放掉，好嗎？我問。
他在浴缸旁冰涼的水窪中跪下。他把手腕上的袖口扣子解開，整齊把袖子往上緊緊捲起。他的手穿過我的雙腿，深入滿是泡沫的水中，一直伸到最底。他上臂的袖子布料沾上肥皂碎沫。當他翻弄著塞子的珠鍊，用手指繞住時，我能感受到他的手指創造出切分音的鼓動，然後他往上扯。

低沉的「趴」一聲。一陣懶洋洋的氣泡衝破水面。他往後退，手擦過我的肌膚。我嚇了一大跳，他也嚇了一大跳。

他站直身體，我的臉剛好與他的小腿骨同高，看到他的正式西裝褲膝頭有兩個溼答答的圓圈。你已經好久沒待在自己住的地方了，我說。我不希望你覺得有必要每晚待在這裡。

他皺起眉頭。我不覺得困擾，他說，我想幫忙。他的身影消失在走廊。

我坐在那裡直到水全部退去，直到最後一絲奶色漩渦消失在那張銀色的口中，然後感覺體內深處出現一陣詭異顫抖。脊椎本身應該不會如此害怕才對。退去的泡泡在我的肌膚上留下古怪的白色條紋，就像沙灘邊緣被潮水侵蝕的沙子。我覺得身體好重。

幾星期過去了。在醫院替我製作筆錄的警官打電話來，說她或許需要我到局裡指認某人。她的語氣非常寬厚，但音量太大。之後，她在我的答錄機上留了一段語調清脆的訊息，告訴我不用去了。抓錯人了，那不是真正的犯人。

說不定他離開美國了，保羅說。

我對自己保持距離。保羅也對我保持距離。我不知道誰比較害怕。他還是我？

我們得試著做些什麼，某天早上我說。我們得試著解決問題，這個問題。我指了指橫跨在我們之間的漫長距離。

他本來盯著一顆蛋，聽了抬頭看我。好，他說。

我們把各種可能的想法寫在亮粉色便利貼上，那便利貼好小，許多解決方案根本寫不下。

有間公司專門向恩愛伴侶推銷成人片，我向那間公司訂了一片 DVD。DVD 放在一個單調的棕盒子寄來，而盒子就放在我公寓前一個水泥墩上的角落。拿起來時，盒子比我預期的還輕。我把盒子夾在手臂底下，笨拙弄著門把。新鎖真不好開。

我把盒子放在廚房桌上。保羅打來。我很快過去，他說。他的口氣聽起來總是很急迫、很有臨場感，即便在電話另一頭時也一樣。你有收到——

有啦，我說。已經寄到了。

他到小鎮的這一區得花上至少十五分鐘。我走向盒子，打開。封面上彼此糾纏的上下肢數目太多，似乎跟臉的數目對不上。我數了兩次，終於確認多了一個手肘和一條腿。我打開 DVD 的膠盒。光碟片帶有全新的氣味，無法從中間的塑膠扣上輕易拿起。亮面如同浮油閃亮，我的臉詭異地映於其上，彷彿有人伸手把影像抹了上去。我把光碟放進 DVD 播放器敞開的盤座上。

沒有主選單的影片自動開始播放。我跪在電視前的地毯上，下巴靠在手上看了起來。拍攝手法很穩定。影像裡的女人長得有點像我——至少嘴巴一樣。她正害羞地跟左側男子說話，體格壯碩的男子之前大概不是一直那麼壯——他的身體似乎要從襯衣中爆出來了，可見是新肌肉讓這件舊襯衣顯小。他們正在聊天，而內容是關於——我無法理解這段對話中的任何片段。他撫摸她的腿。而她捏住拉鍊頭，往下拉。底下什麼都沒穿。

義務性的吸老二橋段過去了，那個嘴巴像我的女人使勁表現的橋段過去了，馬虎敷衍的舔陰橋段也過去了，他們又開始講話。

最後一次，我告訴他，我說，肏，他們可以看見我的——

我這次忍不住了，這次忍不住了，我沒辦法——

我坐直身體。他們的嘴巴並沒有在動。好吧，他們的嘴巴有在動，但掉出來的語句卻不是預料中的台詞。**寶貝。肏。對、對、就是這樣。**老天爺。這些台詞底下有些什麼在蠢動，就像冰層底下有道水流。有道畫外音。或者，我猜，應該說藏在底下的畫內音。

如果他再跟我說一次，如果他說這樣不行，我該直接——

再兩年，或許，只要兩年，如果我繼續努力，或許只要一年——

這些人聲——不，不是人聲，是柔軟、低緩，但音量起起伏伏的音響——混雜又彼此糾纏，但每個響起的音節又都迥然不同。我不知道這些人聲是從哪來的——評論音軌嗎？我的眼神還在螢幕上，然後伸手拿遙控器，按下暫停。

他們靜止不動。她盯著他。他看著電視框外的某處。她的手則按住自己的肚子，很用力。原本肚子上的鼓脹小丘已在她的按壓下消失。

我解除暫停。

好吧，有了孩子又怎樣，反正也不是第一次——

如果只有一年，那麼，或許我可以追隨——

我又按了暫停。這次定住的女人正躺著。站在她腿間的伴侶姿態隨興，彷彿正要問她一個問題，而他往左歪的老二正靠著肚子。她仍用手使力按住肚子。

我盯著螢幕好長一段時間。

保羅敲門時，我嚇了一大跳。

我開門讓他進來，擁抱他。正在喘氣的他襯衣都已被汗沾濕。我把臉貼上他的胸口，嘴裡彷彿能嚐到鹽的味道。他親吻我，我可以感覺他閃爍的眼神飄向電視。

我覺得不舒服，我告訴他。

他問我，是那種想喝湯的不舒服，還是想喝氣泡水的不舒服。我說想喝湯。他進了廚房，我躺上沙發。

珍恩和吉兒邀請我們去她們的喬遷派對，他從廚房裡對我喊。我聽見碗櫃的門撞到隔壁櫥櫃的悶響、翻找罐頭的乾燥摩擦、液體潑濺、鍋子放上爐子的輕拍，以及用不對的湯匙攪拌而發出的金屬碰撞。

她們搬家了？我問。

搬到一間鄉下的大房子，他說。

我不想去，我告訴他。電視上有三個男人交纏在一起，螢幕的淡藍色光線在我臉上投射出陰影。每個男人的嘴巴都在忙。他拿給我的雞湯幾乎要滿出碗外，底下鋪著餐巾。湯很燙，他警告我。我啜了一口滾燙的湯，但喝得太快，結果又把一整口吐回碗裡。

我擔心妳待在家的時間太長了，他說。反正幾乎都是女人。

什麼？我說。

我說派對。會去派對的幾乎都是女人。都是我認識的人。很好的人。

我沒回答。我用手指碰了碰麻掉的舌頭。

我穿了藍綠色洋裝搭配黑色褲襪，還帶了一小株蘆薈當禮物。我們開著我的車加速離開發出微光的小鎮，駛上前往鄉下的道路。保羅單手駕駛，另一隻手放在我腿上。往四面八方延伸數哩的雪被滿月照得發亮，傾斜的穀倉屋頂和狹小的筒倉簷廊邊緣垂下和我手臂一樣粗的冰椎，還有一群沒動靜的長方形母牛聚攏在乾草棚入口。我充滿戒心地把植物緊靠在身上，車子突然往左轉，有些砂土撒到我的洋裝上，我只好把砂土捏回盆內，再把碎土從厚實葉片上撥掉。

等我再次抬頭，我們已逐漸接近一棟發光的巨大建築。

所以這是一棟新蓋的房子？我問。我把頭緊靠在車窗上。

對呀，他說。她們剛買下，噢，我不太確定，但大約一個月前吧。我還沒去過，不過聽說很棒。

我們把車停在一排停好的車旁，就在一棟走世紀之交風格但又接受過翻修的農舍前方。看起來好溫馨，保羅說。他走出車外，沒戴手套的雙手彼此摩擦。

窗戶上垂掛著薄紗簾子，一波波奶蜜色的光線由內透出，讓整棟房子有如著火。

兩位主人開了門。她們漂亮的牙齒可說白得發光。我看過類似的場面，但之前並沒見過她們。

我是珍恩，黑髮女子說。吉兒，紅髮女子說。而且我們沒在開玩笑唷[1]！她們笑了。保羅也笑了。見到妳真好，珍恩對我說。我把那盆蘆薈遞向她。她又微笑了一次後接下植物。她的酒渦好深，我有一種把手指戳進去的衝動。保羅似乎很開心。他彎下腰搔抓一隻大白貓的耳朵。那隻扁臉貓正用身體摩擦他的腿。

我們把一間臥房當成衣帽間，吉兒說。保羅伸手要接我的外套。我把外套脫下，遞給他，他的身影在走上樓梯後消失。

走廊有個男人頭髮毛燥，皮膚蒼白，肩膀上扛了一台老舊的攝錄影機。那台煤渣色的機器非常巨大。他把攝影機的單眼鏡頭掃向我。

告訴我妳的名字，他說。

我想躲開，想躲到他的視線之外，但再怎麼縮小身體都無法完全緊貼於牆面。

爲什麼會有這玩意兒？我問，努力不讓語氣透露出一絲恐慌。

妳的名字？他又問了一次，還把攝影機往我的方向推。

噢，老天，蓋博，別煩她了，吉兒一邊說一邊把他推開。她拉住我的手臂走開。剛剛眞不好意思。派對中總會有那種熱愛復古風的煩人傢伙，他就是我們派對上的煩人傢伙。

珍恩出現在我另一邊，發出如同下滑音階的笑聲。保羅，她開口，你去哪啦？

1 有首著名童謠的名稱是〈傑克與吉兒〉（*Jack and Jill*），在莎士比亞的故事中，傑克與吉兒正是「有情人終成眷屬」的兩個名字，後來也用來代稱「青梅竹馬」。到了近代，有人把這首童謠改編出女女版本，而標題就是〈珍恩和吉兒〉。

他又出現了。就在前面呀，他說，聲音聽起來很歡快。

她們問要不要為我們導覽這間屋子。於是我們從客廳晃到寬敞開放的廚房，看到廚房裡的黃銅和鋼材閃閃發亮。她們輪流輕拍設備：洗碗機、冰箱、瓦斯爐、獨立爐台、第二座爐台。有扇門通往後方，銅色門把上刻了許多花飾。我伸手要握，但珍恩抓住我的肩膀。別碰，她說。小心一點。

那個房間正在重新裝修，吉兒說。裡頭沒地板，雖然能進去，但會直接掉進地窖。她用那隻指甲修得好漂亮的手打開門，確實沒錯，原本存在地板底下的大口彷彿正在對我打呵欠。

要是那樣就太可怕了，珍恩說。

那台攝影機到處跟著我。我在保羅身邊站了一陣子，同時尷尬地整理洋裝。他似乎很焦慮，所以我開始移動，彷彿一顆脫離軌道的衛星。離開他之後那種漫無目標的感覺很奇怪。畢竟我不認識這些人，他們也不認識我。我站在前菜桌附近吃了一條蝦子——這條優遊在海鮮沾醬內的蝦子肉質豐厚——然後把硬梆梆的尾殼緊握於掌心。我又吃了一條，接著是第三條，尾殼逐漸填滿我的掌心。我完全沒仔細品味就吞下一杯紅酒，然後斟滿酒杯再次乾掉。我把一片餅乾在某種深綠色的醬料中轉了轉。我抬眼。攝影機的那隻眼睛從房間角落死盯著我。我轉身走向餐桌。

那隻貓悠晃過來，好玩地撥弄著我手中的圓麵餅皮，接著在我把餅皮拉回來時揮了我一掌，還咬下我指尖一小塊肉。我咒罵一聲，吸吮傷處，口中因此嚐到豆泥和銅的味道。我眞抱歉，吉兒說，她旋即出現，彷彿一等我流血就要上場的演員。這貓有時候會對陌生人這樣，眞該餵他吃個抗焦慮藥之類的。壞貓貓！珍恩輕撫吉兒手臂，要求她過去幫忙清理潑灑出來的酒水，然後兩人就不見了。

我沒見過的友善人們開始問起我的工作和生活。他們越過我拿酒杯時會碰到我的手臂。每次我都會移開，但不是直接往後退，而是往右踏半步，但他們也會跟著我移動，於是我們總是一邊講話一邊繞著小圈旋轉。

我最近讀的一本書，我緩慢重覆對方的問句，那本書是——

但我不記得了。我記得指腹撫摸緞面書封的觸感，但不記得書名，也不記得作者，或者書裡頭的任何一個字。我想我說話的樣子應該很滑稽：我的嘴巴灼熱，僵麻的舌頭彷彿脹滿整張嘴巴，一點用處也沒有。我想叫她別費心問我任何問題了。我想跟她說我這人不過是一具空空如也的皮囊。

那妳做什麼工作？

這個問題就像突然爲我敞開了一道門。我開始解釋，不過才剛開始講就發現自己在搜尋保羅的身影。他正在房內遙遠的一角跟一名短髮女子說話，那女人脖子上纏著一串如同纜繩的珍珠。她親暱地摸摸他的手臂，他則用手把她揮開。他堅實的肌肉感覺隨時有可能撐破襯衫。我回頭看著那位問我做什麼工作的女子。她的曲線曼妙，身型比大多數人高，擦的唇膏是我看過最亮眼的紅色。她的眼神閃爍，飄向保羅，然後又緩慢喝了一大口馬丁尼，而橄欖就在杯中如同她的眼珠子般旋轉。你們倆最近怎樣？她問。一股甜胡椒混著鳶尾花的香味向我襲來。戴著珍珠項鍊的女子再次輕撫保羅的手臂。他搖頭的姿態幾乎難以察覺。她是誰？爲什麼她——

我找了藉口離開，走進光線陰暗的走廊。我把手掌緊貼在欄杆最低階的金屬球體上，用力把自己往上一甩後走上樓梯。

衣帽間，我心想。那間充滿外套的臥房。那間被用來當作——

階梯感覺在離我遠去，我得加緊速度才能踩上。我尋找那扇門，那片在黑暗中更顯黑暗的角落。衣帽間很涼。我把手貼在木頭嵌板上。這些外套不會審問我。

有兩人在眾多陰影間躺在床上掙扎。我立刻感覺心臟因爲恐懼而懸空吊起，彷彿一條唇邊被刺入鋼鉤的魚。隨著雙眼逐漸適應黑暗，我發現躺在那兒的是這家的兩位主人，她們正在一堆亮色羽絨外套上糾纏。黑髮那位——珍恩？還是吉兒？——正躺在床上，洋裝拉到臀部，她的妻子則在上面用膝蓋摩擦她的腿間。珍恩——或是吉兒——還咬住自己的手腕以免大叫出聲。外套們彼此摩擦、滑落。珍恩吻了吉兒，或者吉兒吻了珍恩，然後其中一人彎腰，捲下另一人的絲襪，邊緣還捲著內褲，然後她的臉消失在她腿間。

我的體內出現了一陣愉悅的翻攪。吉兒或是珍恩扭動著，雙手因爲大把大把抓起羽絨外套而發出一陣陣輕微噪音，彷彿一個同時往相反方向延伸的音節。一條長長的紅圍巾滑落地面。

我並沒有去想她們能否看到我。我能在這裡站上千年，就站在這些外套和音節和嘴巴之間，而她們永遠不會看到我。

我關上門。

我喝醉了。喝了四支笛型杯的香檳，還有一杯很烈的琴通寧。我甚至吸乾了檸檬角裡頭的琴酒，裡頭的酸澀果汁刺痛了手指上的傷口。蓋博終於把那台攝影機放下，就放在一張無視其驚人重量的椅子上。那台機器被擱在那裡，它無聲無息，但裡頭裝著我，某處裝著我，而我無法收回那珍貴的幾秒鐘。那張我仍未好好看過的臉就棲息在那台機器內纏繞的膠卷深處。

我經過那台攝影機，提起機器，再用手指繞住把手後握緊。現在由我掌鏡了。當我漫不經心走向前門，仔細將鏡頭對準我身體以外的地方時，我看見那隻扁臉白貓正站在樓梯上的平台看著我。牠那條彷彿癱瘓的粉紅舌頭從口中滑出，彷彿剛走過上唇就滑倒一樣，而那雙細細的藍眼睛彷彿控訴般瞪著我。我踉蹌了一下，沒費心去拿外套就直接走出前門。

我走出屋外，我的靴子嘎啦嘎啦踩過發亮的冰及難走的雪地。通往車道的小徑末端被人倒了半杯咖啡，深棕色的痕跡古怪地潑濺過覆著白雪的草坪，而雪地上的窄小足跡顯示有頭鹿也見證了這個場景。我的皮膚上立滿一顆顆雞皮疙瘩。我意識到自己身上沒鑰匙，但還是伸手握住了後車廂的把手。

沒鎖。後車箱在我面前打開，我把攝影機重重放進其中的陰影內。

我回到屋內，喝了一杯酒，然後又喝了一小杯綠色的烈酒。世界開始崩落。

我沒有像個有尊嚴的人一樣昏過去，反而再次跌跌撞撞走向車子。我坐進冰冷的副駕駛座，把座椅往後放，透過天窗望向那片擠滿細緻小光點的天空。

保羅坐進駕駛座。

妳還好嗎？他問。

我點點頭，接著立刻打開車門，用吐出的沾醬蝦及菠菜沾滿碎石車道。粉色團塊和如同頭髮的深色長絲落在石頭和雪之間，一整窪閃閃發光的嘔吐物反射出月亮。

我們開車離開。我仍斜躺著望向天空。

玩得開心嗎？他問。

我先是咯咯笑，然後大笑。不開心唷，我粗聲狂笑。最後笑到像豬叫。肏他祖宗的不開心。肏——

我感覺臉上有個涼涼的東西，撿起來才發現是菠菜。我搖下車窗，冰涼空氣拍打著我的臉。我把菠菜丟出車外。

如果那是一根香菸，我說，就會飛散出火星。應該丟根菸的。我挺需要來根菸的。冷空氣弄得我好痛。

妳可以把窗戶搖起來嗎？湧入的風聲太大，保羅只好吼得比風更大聲。我重新搖上車窗，把沉重的頭靠在玻璃上。

我以爲我們一起出門走走會很不錯，他說。珍恩和吉兒眞的很喜歡妳。

喜歡我什麼？我的頭從玻璃移開後留下一圈遮蔽天色的油汙。我看到有個黑點在車燈下一閃而逝，接著在路邊看到一堆爛爛的團塊——是一頭鹿，被休旅車輪胎輾爆的一頭鹿。

我幾乎可以從保羅深鎖的眉頭中聽到他的台詞。妳是什麼意思？喜歡妳什麼？這個問句究竟又是什麼意思？

我不知道。

她們就是喜歡妳，如此而已。

我又笑了，然後伸手去握車窗搖柄。那個戴珍珠項鍊的女人是誰？我問。

不重要的人，他說。那語氣騙不了他，當然也騙不了我。

他回到我家後把我抱上床。他在我身邊躺下時，我伸手去撫摸他的肚子。他沒問我在做什麼。

妳喝醉了，他說。妳其實不想這麼做。

你又怎麼知道我想要什麼？我問。我又往他靠近一些。他拉起我的手想移開，但握著我的手懸在空中一陣子，似乎不想放手又不想放回去，最後決定把手放到我的肚子上，然後轉身避開我。

我伸手撫摸自己。我連自己身體的形貌都要認不出來了。

大多數早晨，保羅會問我夢到什麼。

我不記得了，我說。爲什麼問？

妳動來動去。動個不停。他說話的態度小心，但還是不小心露出極力隱忍的模樣。

我想看。我爲了錄下自己睡覺的過程在床邊書架最高層設置了攝影機。之前買的 DVD 顯然已經壞了，所以被我丟進垃圾桶，就深埋在如同問號一樣捲曲的馬鈴薯皮底下。接著我又訂了一片 DVD，然後 DVD 又出現在我門前的水泥墩上。

這部片由很多比較短的橋段組成，像是短片集錦。第一段叫「肏我老婆」。我開始播放。有個男人正拿著攝影機，但我看不見他的臉。金髮女子的年紀比之前那個女人大，不過仔細上了睫毛膏。

我該怎麼說，我該怎麼說，我該怎麼說——

我聽不見他說話。我再次看了 DVD 的盒子。「肏我老婆」。我不懂這標題。我聽不見他說話。只能聽見那女人的聲音，口氣中還有一絲抑鬱。

我該怎麼說，我該怎麼說，我該怎麼說——

我不想再聽見她的聲音了。我按了靜音。

我該怎麼說，我該怎麼說，我該怎麼說——

我關掉 DVD 播放器。電視閃了一下後回到新聞頻道。一名金髮女子正表情凝重地盯著觀眾，左肩上有個像小惡魔的方形炸彈圖示炸開後四散成一顆顆畫素。我解除靜音。

——爆炸發生在土耳其，她這麼說著。我們必須先提醒觀眾，接下來的畫面——

我關掉電視。拉著電線拔掉插頭。

保羅來我家。

妳覺得怎麼樣？他問。好一點了，我說。就是累。我靠向他懷中。他聞起來有洗衣精的味道。我靠向他懷中，我想要他。他的身體好堅實。他讓我想起樹——那種根脈往下扎得很深的樹。

DVD 播放器壞了，我說。我在他開口前就攔下了這個問題。

需要我檢查一下嗎？他問。

好，我說。我重新把電視插頭插上。隨著 DVD 開始播放，身體開始鋪展在螢幕上，我又聽到了那些人聲。那種憂傷、絕望的音響如同格言一般重複不停地自我質疑，就連她在微笑時也不例外。就連她在呻吟時，心思都在自我質疑及地毯樣式間游移。保羅堅定有禮地盯著電視，手則隨著影片播放漫不經心地拍打著我的手。下一個片段開始了，是另一段跟按摩有關的故事。

你聽不見嗎？我感覺自己另一隻手的指甲掐進牛仔褲裡。

他頭歪向一邊，又聽了一次。

聽見什麼？他問。口氣中有一絲惱怒。

那些人聲。

現在又沒按靜音。

不是，是更深層的那些人聲。

他快速從我身邊離開，我因此一下子失去平衡。他的右手在身側揮動，手握緊後又放鬆，彷彿正捏著一顆隱形的敵人心臟。妳有什麼毛病呀？他大怒。我沒回應，他雙手用力拍打牆面。**天殺的**，他說。

我的眼神回到螢幕上。有個男人望著在自己下頭忙碌的女人。讓我瞧瞧那對美麗的嬰兒藍眼睛吧，他說，而她琥珀黃的雙眼往上掃去，兩人心中彷彿在誦唸死者名單般各自出現了一連串的人名。

別對我發脾氣，拜託，我說。站在他面前的我雙手沉重地垂在兩側。他用雙臂環住我，下巴抵在我頭頂。暖氣通風口正奮力確保我們夠暖，而我們則隨著它的運作節奏緩慢前後搖動。

我想我替妳找到一間公寓了，他對著我的頭髮說。就在河的另一邊，某棟建築的三樓。

我不想離開，我對他的胸口說。

他的肌肉緊繃起來，把我從他的身上拉開，推開的距離跟他的雙臂一樣難以親近。

妳的魂根本不在。他抓住我的手臂兩側。妳在意的事都不對。

請住手，我說。他伸手要碰我，但我把他的手拍開。我需要你維持原本簡單的樣子就好，我說。你不能維持原本簡單的樣子就好嗎？

他的眼神直直穿過我的身體，彷彿我早已知道答案。

隔天早上，我把影帶從攝影機內取出，倒帶，放入播放器。我把沒動靜的部分快轉過去，但不多。攝影機內的我手舞足蹈。那個女人在空氣中亂抓，彷彿正想把派對彩帶從天花板上扯下。她用四肢敲打牆面，敲打橡木床頭板、邊桌，完全沒因爲疼痛而收手，只是反覆回去敲打。細長檯燈摔倒在地面。保羅起身想幫忙，想抓住她的雙臂，想抓住我的雙臂，想把她的兩隻手緊緊收攏在身體兩側，接著又充滿罪惡感地放開。她倒下。她在毯子上掙扎。她滑落地面，翻滾後半邊身體消失在床緣底下，此時床底已被拉散的床單蓋住了一部分。保羅想把她弄回床上，她對他的頭揮了狂暴的一拳。即便在他把她重新送回床墊上、蓋好被子，而且終於有辦法靠近她耳朵講話時，我都能聽見她不停穩定說著不、不、不、不、不、不、不，但攝影機錄不到他微弱的說話聲。接著他把她抱著把我往下壓，往床墊裡壓，放自己懷裡壓，那種擁抱的方式令人既感威脅又安心。就這麼抱了一陣子之後，那個女人（又比我早）起身了，保羅又把我抱回去，但我還是不停捶打他的胸口，而且再次滑落地面。整個晚上就這麼不停反覆。

看完之後，我把影片倒帶回到最底，重新放回攝影機。

我不再透過郵購訂 DVD 了。網路A片不會玩那種人聲把戲，也沒有古怪的評論音軌。我在四個不同網站加入了免費試看的活動。

但我還是會聽見那些聲音。有個手腕纖瘦的男人無止盡想著某個名叫山姆的人。有兩個女人對彼此柔軟無比的身體感到驚訝，**沒人跟我說過呀，沒人說過**，其中一名皮膚晒成褐色的女子心想，而這些話同時在她和我的腦中迴盪。我靠得離螢幕太近，甚至連影像都無法看清，眼前只剩一片片色塊在移動，包括米色、棕色，還有褐皮膚女子頭髮的黑色。另外還在往後遠離螢幕時看到一片顯眼的紅，但不知是從何而來。

有個女人一直在腦中糾正把她下面叫成**妹妹**的男人。是**屄**，她心想，這個字很厚重，像片未熟的水果懸在空氣中。我愛妳的妹妹，他說。是**屄**啦，她彷彿冥想般一次次重複。

有些人很沉默。有些人的思緒沒有文字，只有顏色。

有個女人的豐俏臀部綁上了黑色的情趣綁帶。她一邊肏某個崇拜她的乾瘦男子一邊禱告。她的每次搖動就是禱文的標點，到了最後，她以親吻他的背作爲賜福祈禱。

有個用一屌大戰兩女的男人想回家。

他們知道自己在想什麼嗎？我把影片一段段點開，正在下載的它們就像逐漸往後拉緊的彈弓。他們自己有聽見嗎？他們知道嗎？我知道自己在想什麼嗎？

我不記得了。

凌晨兩點，我看的影片中有個男人在送貨，開門的則是乳房違反重力往上飄浮的女子。送錯地址了，想也知道，我覺得我看過這部了，應該吧。他把空紙盒放在桌上。她脫下衣服。我開始聽。

她的內心是全然的黑暗。恐懼已滿得容不下其它些什麼。白熱、嚇人的恐懼在黑暗中湧動，同時壓在她的胸口、擊潰她。她正想像一扇門打開，想像有個陌生人走進門，而我也在想像一扇門打開。我可以聽見他抓緊門把。我其實不能聽見他抓緊門把但能聽見門把轉動。我其實不能聽見門把轉動但能聽見腳步聲。我其實不能聽見腳步聲，我什麼都聽不見。眼前只有一片陰影。只有黑暗擋住所有光線。

至於他，這名送貨員，或者說沒打算送貨的送貨員，想的則是她的奶子。他對自己的體態感到不安。他想取悅她，眞的很想。

她微笑。牙齒上有一小抹唇膏。她喜歡他。在此念頭之下還有一聲尖叫，接著彷彿進了隧道般斷訊了。我滿腦子都是尖叫，這聲音緊貼著我的頭骨，敲打，支解。我還像個嬰兒呀。我的頭還不夠堅實。這些地質板塊撐不住呀。

我抓起筆電甩向房間另一邊的牆面。我以爲它會摔碎，但沒有——它只是先砸在沒塗灰泥的石牆上，然後在落下地面時發出巨大噪音。

我尖叫。我叫得太大聲，連音符都因此裂成兩半。

保羅從地下室衝出來。他無法靠近我。

別碰我，我嚎叫，別碰我、別碰我。

他待在門旁，我癱坐地面。熱燙淚水流下後又在我的臉上冷卻。你回去樓下吧，我說。我看不見保羅，但能聽見他打開地下室的門，還因此嚇得身體瑟縮了一下。我一直等心跳緩下才起身。

等我終於起身，走到牆邊，把電腦扶成正確的角度時，才看到螢幕中央有條巨大裂縫。看起來就像一道破裂的斷層。

臥房內，保羅坐在我對面。他的指尖在長褲的丹寧布上隨性拍打。

妳記得嗎？他說。妳記得之前的情況嗎？

我低頭盯著自己的雙腿，接著望向空白牆面，然後再次望向他。我甚至沒逼自己開口。話語的火星在我胸口的極深處滅去，甚至沒留空間讓你吹吹氣，好把火重新生起來。

妳總是想要，他說。妳總是要了又要，簡直永無止盡，彷彿一口不會乾涸的井。

我希望能說自己記得，但我不記得。我可以想像那些不停抽送的四肢，可以想像嘴對嘴的場景，但就是不記得這一切。我不記得自己曾那麼飢渴。

我睡著了，睡了很久，睡得很熱。雖然是冬天，窗戶卻還是開著。靠著床睡的保羅完全沒有受此驚擾。

那些人聲沒有出現，此刻沒有，但我還是能感應到。它們在我腦內漂浮，如同乳草。

我是薩姆爾[2]，我想。原來如此。我是薩姆爾。上帝就是在夜裡召喚他，而這些人聲在召喚我。薩姆爾回應了：主呀，有什麼吩咐？我卻無法回應。我無法讓它們知道我能聽見。

我聽見門開了又關，但沒把頭轉過去。我盯著螢幕。此刻有場性愛派對正要開始。第五場了。多到數不清的幾十道人聲重疊、糾纏在一起，把空氣擠得好緊繃。他們擔憂，他們慾望，他們笑，他們也會說些蠢話。汗水閃閃發光。位置擺得不好的鎢絲燈造成大量陰影，在過程中數度將幾具身體切割成一堆光滑的肌膚及打滿陰影的暗谷。然後這些身體又完整起來。然後又裂成碎片。

他在我身邊坐下。他的體重讓椅墊陷下去，我因此斜靠上他的身體。我沒把眼神從螢幕上移開。

嘿，他說。妳還好嗎？

很好。我把雙手的手指扣在一起，左右指關節因此鎖成一條直線。這手勢是教堂。這手勢是尖塔[3]。

他舒服坐著觀察，然後望向我。他把手指頭輕放在我的肩胛骨上，抓住我的內衣肩帶，手指探向彈性肩帶底下，然後沿著肌膚弧度滑動。他的動作輕巧，一次又一次。

一個被男人環繞的女子舉起手，那手不只高舉過頭，還是遠超過頭的高。她特別想著其中一個男人，就是那個正充滿她的男人，那個讓她完整的男人。她稍微想了一下燈光的事，接著思緒又轉回他身上。她的腿快麻了。

保羅幾乎貼在我的皮膚上說話。妳在幹什麼呀？他問。

在看呀，我說。

看什麼？

在看呀。這不是我該做的事嗎？看這種東西？

他停止動作。我知道他正在思考。接著他把手放在我的手上——蓋住了那座手搭的教堂。

沒事的，他說。嘿，沒事的。

其中有個男人病了。他心想他要死了。他想死。

那些身體連結在一起、解開；有肌肉在抖動、有手在抖動。

有條光的緞帶穿越那名女子的心智，那條緞帶繃緊、鬆開，然後又再次繃緊。她笑

2 薩姆爾（Samuel）意即「從耶和華那裡求來的」。他終身侍奉神，也沒犯下過任何罪行。

3 搭配著兒歌說故事的手勢遊戲。

了。她其實高潮了。我和保羅的初吻時是在我的床上，當時周遭一片黑暗，他幾乎像發狂一樣全身流竄著能量，彷彿風中不停敲打門框的紗門。之後他告訴我，他已經好久、好久沒上床了，所以身體幾乎要爆炸了。我還能聽見那些人的思緒，那些人聲在我腦內迴盪，滑入我的記憶縫隙。我無法阻隔它們。這座堤壩撐不住了。

直到他起身把我從沙發上拉起來，我才意識到自己在哭。至於螢幕上，高潮後的體液滴滴答答灑在正在笑的那名女子身體上。我輕易就被拉起。他抱住我，他撫摸我的臉，手指因爲剛剛使力而汗濕。

噓，他說。噓。我很抱歉，他說，我們不用看這個，我們不需要。

他把手指插進我的髮絲，扶住我的腰窩。噓，他說。我不要他們之中的任何一人。我只要妳。

我的身體僵住。

我只要妳，他緊抱著我又說了一次。眞是個好男人呀。他又說了一次：我只要妳。

你根本就不想待在這裡，我說。

地板隆隆悶響，一台駛過的大卡車讓前方窗戶黯淡下來。他沒回話。

安靜坐在那裡的他全身散發出罪惡感。屋內陰暗。我親吻他的嘴唇。

抱歉，他說。我眞的很——

現在輪到我噓了。他結結巴巴地不再說話。我比剛剛更用力地親吻他，接著把他放在我身側的雙手拎起再放上我的大腿。他正感到痛苦，我想要那樣的痛苦停下來。我又親吻他。我用兩隻手指輕撫他的勃起。

來吧，我說。

我總是比他早醒來。保羅趴著睡。我坐起來伸了個懶腰，然後沿著小蓋毯的裂口撫摸。陽光透過窗簾瀉入。我在這種陽光下不太能睡。我起身時沒讓他受到驚擾。

我越過房間，把攝影機從設置的地方取下帶進客廳。我倒帶，它一邊往回旋轉一邊嗖嗖作響。

我把影帶放進播放器。我用手指沿著機器上的按鈕往下摸，彷彿鋼琴家在選擇即將敲下的第一個琴鍵。然後我按下去，螢幕冒出一片白花花的畫面後轉暗，然後出現了我房間的靜態微縮圖。皺皺的床單上是潑墨風的中國藍圖樣，整片亂糟糟的。我快轉。快轉。不停把膠捲旋繞過那些一無所有的片刻，並對它們的輕易流逝絲毫不感意外。

接著有兩人跌跌撞撞出現在畫面中，我抬起手指，原本狂瀉向此刻的時間之流慢了下來。這兩個陌生人翻弄著彼此的衣物和身體。他的身體瘦、高、蒼白，褲子因爲口袋裝滿鑰匙和零錢而砰一聲掉在地上。而她的身體——我的身體——仍留著一片片瘀青快要退去的黃斑。那具身體正從自身傾瀉而出，正永無止盡地一層層解開自己。襯衣在我手上看來好大一團，我放手任由它像隻被射中的鳥落向地面。我們正壓上床墊邊緣。

我低頭盯著自己的雙手。它們沒有流汗，也沒發抖。於是我又抬頭望向螢幕，開始聆聽。

致謝

看來只要出版了出道作，就得面臨一項不可能的任務：不只必須感謝直接影響你完成這本書的人，還要感謝所有在你作家之路上參過一腳的人。而且，事實證明，一旦你坐下來好好思考，會發現這張清單驚人的長。

在我的寫作生涯中，連我自己都不願押注在自己身上的時刻，許多人都還願意在我身上賭一把。因此，現在我打算嘗試這份重大任務，才能眞正表彰這些人的無比寬厚及堅定信念。

這本書——以及我的這段人生——之所以得以存在，有賴於：

我的爸媽雷納多和瑪莎，他們早在我能閱讀之前就爲我讀故事，也感謝總是聽我講故事的手足馬力歐和史黛芬妮，還有教導我如何說故事的祖父。

蘿莉和里克・馬卡多總是不離不棄，對我充滿關愛。

還有那些送過我書，爲我剛萌芽的想像力增添柴薪的女性：愛蓮諾・傑考布斯、蘇・湯普森、史黛芬妮・「歐瑪瑪」・霍夫曼、凱倫・毛爾，以及薇妮弗烈德・尤恩金。

瑪莉琳・史黛因伯不但任由我在她的課堂上大肆抱怨海明威，還從個人藏書中借書給我，帶領我看到了文學的可能性。

亞當・馬蘭多尼歐爲我製作了一首配樂。

馬爾聶農・索爾曼讓我享受了十五年的友誼及精彩人生。

亞曼達・邁爾、愛咪・伍埃夏耶珀、珊姆・亞基瑞、瓊恩・萊普、凱蒂・摩爾斯基、凱莉・堂烈普、山姆・希克斯、尼爾・佛爾斯可，以及瑞貝卡・孟恩和我一起長大，幫助我成為我自己。

吉米、詹姆斯和喬許聽我說話，幫我找到各種答案。

哈維・葛羅辛格與我分享他寶貴的時間及智慧。

亞倫・格葛諾斯鼓勵我做出正確的決定。

約翰・維提和蘿拉・漢普頓的愛及友情使我不至於崩毀，其效力無人能及。

愛荷華作家工作坊及協助其運作的了不起人們：康尼・布拉德斯、戴比・魏斯特、珍恩・贊尼薩克，當然還有藍恩・莎曼珊・張。

我在愛荷華的同學及其他親愛的友人，他們幫助我成為更聰明的人，也讓我成為更好的作家：愛米・帕克、班恩・莫克、班奈特・西姆斯、丹尼爾・卡斯卓、E.J. 費雪、伊凡・詹姆斯、馬克・梅爾、李貝卡・魯奇瑟、東尼・土拉瑟馬，還有札克・戈爾。

我的寫作老師——亞歷山得・奇、卡珊卓拉・克萊爾、迪利亞・雪曼、哈維・葛羅辛格、荷利・布萊克、傑弗瑞・佛爾德、凱文・布洛克梅爾、藍恩・莎曼珊・張、蜜雪兒・胡納凡、蘭登・諾柏、泰德・姜，以及威爾斯・陶爾——他們會在必要時對我嚴厲，也會在必要時鼓勵我，而且總是非常體貼。

克萊利恩科幻小說及奇幻作家工作坊二〇一二年班的同學：克里斯・凱莫拉德、丹恩・麥克敏、黛博拉・貝利、E.G. 卡什、伊萊莎・布萊爾、艾瑞克・埃瑟、強納森・佛爾汀、拉拉・唐納利、麗莎・R・派卜勒、皮耶爾・李班伯爾、路比・卡提貝克、薩第・布魯斯、山姆・J・米勒，還有莎拉・麥克。（你們永遠都會是我的笨拙機器人。）

還有希卡默爾丘工作坊二〇一四及一五年班的作家：安迪・當肯、亞尼爾・曼農、克里斯・布朗、克里斯多佛・洛烏、戴爾・貝利、加文・葛蘭特、簡恩。沃蘭特、凱倫・喬伊・符敖勒、凱利・林克、奇尼・伊布拉・薩拉姆、L・提摩・杜尚普、麥特・克雷索、莫林・麥克修、梅根・麥卡倫、麥克・布朗姆賴恩、莫利・葛羅斯、奈森・巴林谷羅德、瑞秋・史沃斯基、李查・巴特納、莎拉・平斯克，以及泰德・姜。

貝斯小屋寫作坊讓我擁有時間及經濟方面的餘裕，也感謝信德斯基金會、克萊利恩基金會、美國哥白尼會社、伊莉莎白・喬治基金會、圍籬小溪女性文學計畫、米萊藝術聚落、派特隆募資平台上的贊助者、普拉亞基金會、幻想文學基金會、史布魯斯頓旅店、蘇珊・C・皮崔獎學金基金、愛荷華大學、華勒斯基金會、懷亭基金會，還有亞杜藝術村。

總是懂我的五十嵐由佳。

肯特・沃爾夫打從一開始就相信我，也總是不辭辛苦、充滿耐心地支持我。

感謝卡羅琳・尼茲、費歐娜・麥可克雷、凱蒂・達柏林斯基、瑪莉莎・艾特金森、史帝夫・馬庫瓦、凱西・歐尼爾、凱倫・古的付出及努力，也感謝整個灰狼出版團隊。

伊森・諾薩敖斯基的指導和信任讓本書變得更好，完全超乎我的想像。

感謝所有在我之前的女性作家。她們的勇氣總能讓我啞口無言。

還有我的妻子葳爾・豪列特，她總是我的第一個讀者、我最棒的讀者，也是我最喜歡的作家。若沒有她，我無法成就眼前的分毫。

暗夜裡燦亮的另類太陽

葉佳怡

「性」在二十一世紀初的台灣還算禁忌嗎？一方面我們進口了商業大片《格雷的五十道陰影》三部曲，讓光裸身體的帥總裁爲觀眾揮鞭歡愛；但二〇一七年在台灣出版的日文自傳小說《老公的陰莖插不進來》，卻光連書名都被部分網友批爲「出版業向下沉淪」。於是我們知道，若禁忌眞的存在，問題應該在於：爲什麼有些性被當作「正確的」、「美的」，而有些性（甚至是無性）是「不道德的」？

也是在最近的二〇一七年，美國新秀作家卡門．瑪麗亞．馬查多出版了短篇小說集《她的身體與其它派對》後大受矚目。當作者被問到，「爲什麼這麼常寫性」時，她的答案大概是這樣：我對這樣的書寫有興趣，而且感覺這類主題寫得好的不多，所以，我就想寫寫看。

換句話來說，馬查多覺得性就是性。性不是表達某種議題的工具，也不必用來爲任何道德標準背書。當台灣健康教育課本上的生殖器受到保守團體質疑太過寫實，而必須改成粉紅色，或任何與性有關的描述就是在鼓勵濫交的同時，馬查多卻只是想坦率地寫一寫性。她想寫溫柔、暴力、有趣、殘酷、調皮、古怪，又或者就是雞肋般的性。

書中最能呈現此概念的就是〈性愛清單〉。清單這事沒什麼趣味，大多是爲了幫助人整理思緒或待辦事項。而在這篇故事中，熱愛列清單的主角列出了自己從小到大的各種性事，初看擔心百無聊賴，細讀卻撞見一個人暗潮洶湧的性事探索過程及成長軌跡。如果在日常生活中，性愛是我們人生志向背後的潛台詞，這故事就是把潛台詞翻上檯面，是一個不談都會女子獨立逞強或家庭主婦犧牲成全的另一種「女人心（性）事」，是女人從「性（心）」這樣一個針尖的點上，去輻射出如同英國超現實影集《黑鏡》般的魔幻景觀。

我喝了水，搭好帳篷，又開始列清單。包括幼稚園開始的所有老師。做過的所有工作。住過的所有家屋。愛過的所有人。所有可能愛過我的人。下星期我就要三十歲了。沙子被風吹入我的口中，吹入我的頭髮，吹入筆記本中的凹槽，而大海看起來灰而洶湧。

是的，《她的身體與其它派對》去年底已經由FX電視台買下改編的版權，打算拍成「女性主義版本的《黑鏡》影集」。主要就是因爲其中如同末日寓言般的絕美畫面。

此書在美國一出，大多評論家都用「寓言」來描述馬查多的故事。確實，她的作品不避諱有關女性處境的政治議題，而且融入了童話、民謠、恐怖故事、哥德元素及各種魔幻情節，創造出種種對現實社會的諷刺及批判。不過若要說其中強調了什麼道德寓意，恐怕那刀尖不只是揮向現實，同時也抵著作者自己的喉頭。

比如書中有篇〈吃八口〉，談母女針對身體形象進行的角力就非常尖銳。馬查多表面上不停談性，但同時也是在直攻承載性愛感受的平台，也就是整部小說集書名所示的「身體」。她受訪時表示，這個故事是爲了回顧自己從小到大被說「胖」的經驗，以及爲了這個「胖」而跟自我及親人之間產生的衝突。於是透過身體，她進一步連結到女性在父權結構下可能出現的彼此傾軋：如果母親不喜歡身爲母親的自己怎麼辦？只喜歡身爲「女人」的自己可以嗎？而當母親追求著又瘦又吸引人的自我時，被當作「胖」而感覺不被愛的女兒又該怎麼辦？為了感覺被愛而「政治正確」地要求母親不准變瘦難道又可以嗎？

同樣是談結構下的壓迫，〈駐村者〉直接挑戰的是「閣樓裡的瘋女人」的意象。其中主角是身為女性的小說家。她有一名在家等待的妻子，手頭正在創作的是一個以神經質女人為主角的故事，卻被其他女性創作者嘲笑，「你知道的呀。就是那種老派的橋段。去故意把一個女主角寫得超級古怪。實在是懷舊到令人感覺有點疲乏，而且，玩不出新花樣了吧？」「你不覺得嗎？還有那種瘋狂的拉子角色？不覺得也算是某種刻板印象嗎？」其中主角立刻回答：「男人就能寫私密的內心世界，但我就不行？我做了就是自尊心太強嗎？」

這裡同樣連結到馬查多對待性的態度：如果你不覺得「性」、「女性」、「拉子」是一種為了表達其它「普世主題」的工具，而是跟「男性」一樣的普世主題，你就不會單從這種分類去質疑其是否「老派」。畢竟若世間充滿瘋男瘋女，實在沒必要把其中一個性別放入閣樓後化為文學意象。

另一篇〈十惡不赦〉的野心則非常宏大。其中用了《法網遊龍》（*Law and Order*）這部經典美國影集的框架，進一步做了全面性的創新改編，並藉此探索強暴及性別暴力帶給女人的創傷。故事中的創傷是集體暴力造成的普遍事件，而紐約市在女人眼中就是充滿這類暴行的犯罪現場。受創的女人為了存活下去，只能讓壓抑的痛苦以鬼魅及分身的狀態在世間遊蕩。儘管表面上是非常陽剛的刑事偵案故事，內裡卻裝滿各種陰柔的翻轉。

馬查多更細膩的部分是，她在〈十惡不赦〉中不只寫受創的女人，還有因為想幫助她們而受創的男人，以及為了照顧她們而造成更多傷害的男人。馬查多尖銳又悲憫地指出：暴力是一種對自主性的剝奪，而愈是昭示男性力量的保護愈是這項剝奪的一體兩面。〈派對恐懼症〉更是據此進一步延伸，其中不只說出女性的心聲，也溫柔處理了男性在性別刻板印象之下的困境。

進一步往故事深處探勘，我們會發現，在馬查多筆下，最暴力對待女性身體的不一定是男性（雖然在《為丈夫縫的那一針》中，兩名男性在產房內嘻笑處置女性身體橋段確實象徵了男性對女性的擺弄），也不一定是女性，而是內化了所有既有價值的自己。〈真女人就該有身體〉中就有許多為了迎合主流美感，而逐漸放棄身體的女子（讀完之後真想看男性版本的故事啊）。當然，在女性主義一波波洗過時代之後，我們知道改造自己也能是一種選擇，保持天然也不見得就不是一種放棄，然而在愛自己及渴望得到他人的愛之間，那條努力追求卻不至於消滅自我的界線，卻往往是暗夜裡易滅的火燭。

於是對我來說，〈母親們〉是全書中最為哀傷、卻也最為絕美的寓言。裡頭有兩名女子建立了烏托邦般的愛情國度，一個水晶般純粹且歷史全以女性寫就的宇宙。然而裡頭卻蘊含了各種政治正確都無法挽救的愛的破碎。在政治的場域中，我們常說愛不分性別，確實沒錯，但或許更精準的說法，是愛的破碎永遠不分性別。馬查多的寓言是用半虛構的世界翻轉主流觀點，但卻是這份哀傷將她的寓言安放回我們熟悉的現實。

所以就算火燭易滅也無妨。畢竟暗夜不代表沒有光亮。在〈母親們〉裡頭，馬查多優美描寫了烏托邦世界的秋天，「某些晚上比較奇怪，太陽已經下山，雨卻還是一股腦落下，而天空又金又桃但又像瘀青一樣又灰又紫。每天早上，細緻的霧氣覆蓋群樹。有些晚上，血紅色的穫月在地平線上升起，彷彿另一種日出將雲染紅。」而馬查多寫的故事其實也正像穫月，優美但傷感，尖銳但溫暖，讀起來簡直是暗夜裡燦亮的另類太陽。

她的身體與其它派對
Her Body and Other Parties

作者　卡門・瑪麗亞・馬查多
　　　Carmen Maria Machado
翻譯　葉佳怡
編輯　李　潔
封面設計　盧翊軒
業務　陳碩甫
發行人　林聖修

出版　啟明出版事業股份有限公司
地址　台北市敦化南路二段 59 號 5 樓
電話　02-2708-8351
傳真　03-516-7251
網站　www.chimingpublishing.com
服務信箱　service@chimingpublishing.com

法律顧問　北辰著作權事務所
印刷　漾格科技股份有限公司

總經銷　紅螞蟻圖書有限公司
地址　台北市內湖區舊宗路二段 121 巷 19 號
電話　02-2795-3656
傳真　02-2795-4100

初版　2019 年 6 月
ISBN　978-986-97592-2-9
定價　NT$380 HK$110

國家圖書館出版品預行編目（CIP）資料
她的身體與其它派對 / 卡門・瑪麗亞・馬查多 (Carmen Maria Machado) 作
; 葉佳怡譯 . -- 初版 . -- 臺北市 : 啟明 , 2019.06
面； 公分
譯自 : Her body and other parties
ISBN 978-986-97592-2-9 (平裝)

874.57 108005905
